Jürgen Carl

DER CONCIERGE

JÜRGEN CARL
MIT SIBYLLE AUER

DER CONCIERGE

VOM GLÜCK, FÜR ANDERE DA ZU SEIN

LÜBBE

FSC
www.fsc.org
MIX
Papier aus verantwortungsvollen Quellen
FSC® C014889

Lübbe Hardcover in der Bastei Lübbe GmbH & Co. KG

Originalausgabe

Textredaktion: Dr. Katharina Theml, Wiesbaden
Umschlaggestaltung: Gisela Kullowatz
Einband-/Umschlagmotiv: © Armin Zedler, Köln
Satz: Dörlemann Satz, Lemförde
Gesetzt aus der Adobe Caslon und der Kabel
Druck und Einband: Friedrich Pustet, Regensburg

Printed in Germany
ISBN 978-3-7857-2413-2

5 4 3 2 1

Sie finden uns im Internet unter www.luebbe.de
Bitte beachten Sie auch: www.lesejury.de

Für Barbara Hecker – sie weiß warum.

INHALT

Entrée 9
I. Felix Carl – oder: Die Halle 13
II. Menschen im Hotel 45
III. Ihr habt die Uhren – wir haben die Zeit 73
IV. Der Junge mit der Kohlenschaufel 109
V. Die goldenen Schlüssel 143
VI. Bücher und anderer Luxus – oder: Warum eine reife Mango Glück bedeuten kann 179
VII. Von guten Mächten wunderbar geborgen 205
VIII. Jedem Anfang wohnt ein Zauber inne 229
Dank 235

ENTRÉE

»Ein prachtvoller Kronensaal mit Porphyrsäulen und in der Höhe des Entresols umlaufenden Galerie nahm mich auf, wo viel Menschheit hin und wider wogte und reisefertig gekleidete Personen, auch Damen mit zitternden Hündchen auf dem Schoß, wartend die tiefen Fauteuils einnahmen, welche auf Teppichen an den Säulen standen.«

Ich ließ das Buch sinken. Meine schrundigen Finger, von denen ich den Schmutz und die Erdreste kaum mehr abbekam, egal, wie heftig ich schrubbte, blieben dabei leicht an den Seiten hängen. Ich bekam eine Gänsehaut. Das kostbare Buch! Es hatte so viel Geld gekostet!

Welch wunderbare Welt mir Thomas Mann in seiner unvergleichlichen Sprache vor Augen führte. Eine Welt, die ich noch nie mit eigenen Augen gesehen hatte und wahrscheinlich auch nie sehen würde. Aber es gab sie, das wusste ich. Die Welt der Grandhotels, in denen feine Damen und gebildete Herren ein- und ausgingen, wo sie speisten und wohnten. Eine Welt voller Magie, die ich nur vom Hörensagen kannte – und von *Felix Krull*. Und in dieser Welt arbeiteten Menschen, ganz normale Menschen. Sie schleppten Koffer, hielten Türen auf, halfen Damen in den Wagen, nahmen Herren die Mäntel ab und waren behilflich, wo immer sie gebraucht wurden.

Das Zentrum dieses Kosmos war die Conciergeloge, in der *»ein matt und kalt blickender Herr in goldbetreßtem Gehrock und offenbar an hohe Kontributionen gewöhnt, in drei oder vier Sprachen dem die Loge umdrängenden Publikum Auskünfte erteilte und zwischenein solchen Gästen des Hotels, die danach verlangten, mit distinguiertem Lächeln ihre Zimmerschlüssel überhändigte«*.

Etwas begann in mir zu klingen, je länger ich *Die Bekenntnisse des Hochstaplers Felix Krull* las. »Ach«, dachte ich beim Lesen hin und wieder sehnsüchtig, »was ist das doch für eine schöne Welt! Vielleicht wäre das auch etwas für mich?«

Noch heute schüttle ich beim Gedanken daran den Kopf. Ich war ein Naivling, ein Gärtner, der von Hotels und vom Hotelfach überhaupt keine Ahnung und außer durch die Brille des alten Zauberers noch nie ein Hotel von innen gesehen hatte. Ausgerechnet ich, der ich in der Bescheidenheit eines evangelischen Kinderheims groß geworden war, wollte in solch einer luxuriösen Umgebung arbeiten?

Vielleicht war es Fügung, so wie vieles in meinem Leben Fügung war und mich in eine neue Richtung lenkte. Die Lektüre von *Felix Krull* war jedenfalls mein erster Kontakt mit dem Hotelfach. Und Thomas Manns faszinierender Roman war es dann auch, der mich letzten Endes dazu bewog, den entscheidenden Schritt zu tun und mich um eine Anstellung in einem Hotel zu bewerben.

Das ist heute mehr als fünfzig Jahre her, und ich habe die Entscheidung noch an keinem einzigen Tag, zu keiner einzigen Stunde bereut. Ich kann mir nichts Faszinierenderes vorstellen, als in einem großen Hotel zu arbeiten, denn ein Hotel ist eine Welt im Kleinen. In einem Hotel spiegelt sich all das, was auch draußen das Leben der Menschen prägt: Liebe und Leid, Glück und Unglück, Wohlstand und Armut, Hoffnung und Enttäuschung, Erfolg und Misserfolg, Wahrheit und Täuschung, Gesundheit und Krankheit, Leben und Tod.

Wer in einem Hotel arbeitet, wird mit all diesen Dingen konfrontiert, tagtäglich. Deshalb ist im Hotel kein Tag wie der andere. Man weiß nie, was einen erwartet, wenn man seinen Dienst antritt. Man kann noch so gut vorbereitet sein, und doch kann alles ganz anders kommen als gedacht.

Das ist das Faszinierende, aber auch das Herausfordernde an diesem Beruf. Nur Menschen, die von der Arbeit in einem Hotel geradezu hypnotisiert sind, halten diese ständige Spannung aus und sind trotzdem – oder vielleicht gerade deshalb – in der Lage, ihre Arbeit gut und mit Freude zu machen.

Mein Beruf hat mir zudem Gelegenheit verschafft, vielen wunderbaren, sonderbaren, beeindruckenden Menschen nicht nur zu begegnen, sondern sie in vielen Fällen auch näher kennen zu lernen. Aus einigen dieser Begegnungen sind im Lauf der Jahre sogar Freundschaften entstanden.

Dabei mache ich immer wieder die Erfahrung, dass Gäste als etwas Besonderes erleben, was im Dienstleistungsgewerbe eigentlich normal sein sollte: die Hinwendung zu den Menschen, die zu uns kommen, der Wunsch, ihnen jeden Wunsch bestmöglich zu erfüllen.

Der fast überschwängliche Dank, den ich oft ernte,

wenn ich einem Gast bei der Lösung eines Problems geholfen habe oder dafür sorgen konnte, dass ihm ein besonderer Wunsch erfüllt wurde, beschämt mich manchmal. Denn das, was meine Kollegen und ich für unsere Gäste tun, ist keine besondere Leistung. Es ist unsere Aufgabe, unsere Pflicht, es gehört zu unserem Berufsbild – und vor allem: Es macht uns Freude.

Deshalb habe ich mich überzeugen lassen, dieses Buch zu schreiben. Es soll zeigen, was den Beruf des Concierges ausmacht, so wie ich ihn verstehe, und es soll vor allem ein Dank sein an unsere langjährigen und treuen Gäste.

Es soll aber auch ein wenig von den vielen unterschiedlichen Erfahrungen mit Menschen widerspiegeln, die ich im Lauf meines Lebens machen durfte, und von den Erkenntnissen erzählen, die ich daraus ziehen konnte.

So wurde mir beim Schreiben immer klarer, dass mir drei Dinge besonders am Herzen liegen und sich deshalb wie ein roter Faden durch die Geschichten meines Lebens ziehen: das Streben nach Menschlichkeit, nach Toleranz und nach Respekt gegenüber anderen.

Ich möchte Sie einladen, mir über die Schulter zu schauen und mich während einer Woche bei meinem Tun im und außerhalb des »Steigenberger Frankfurter Hof«, wie der vollständige und korrekte Name des Hauses lautet, zu begleiten. Vielleicht gelingt es mir, Ihnen ein wenig von der Faszination zu vermitteln, die die Arbeit in einem Hotel ausmacht, und von der Zufriedenheit, die daraus erwächst. Es sind diese beiden Faktoren, die es mir erlauben, über mich zu sagen: Ich bin ein glücklicher Mensch, denn ich habe meinen Platz gefunden.

SONNTAG

Goldfarbene, sonnenbeschienene Säulen ragen im Halbrund vor mir auf, zeitlos, ehrfurchtgebietend. Es sind die Säulen, die den imposanten Ehrenhof des Frankfurter Hof umschließen. Für mich strahlen sie stets einen Hauch von Ewigkeit aus.

Fein gekleidete Menschen kommen mir gemächlich auf dem Gehsteig entgegen, entspannt plaudernd, lachend, nicht so gehetzt, hektisch und stur geradeaus blickend, wie das unter der Woche meist der Fall ist.

Wo sonst ein Auto nach dem anderen vorbeifährt, herrscht hier in der Frankfurter Innenstadt, rund um den Kaiserplatz, feiertägliche Stille. Man kann sogar hin und wieder Vogelgezwitscher hören, inmitten von Hochhäusern und Bürogebäuden, wo kaum ein Baum wächst.

Ich liebe diese Stadt, und ganz besonders liebe ich sie am Sonntag. Sie ist meine Heimat seit über vierzig Jahren, die Stadt, in der ich bis heute mehr als die Hälfte meines Lebens verbracht habe. Und es ist die Stadt, in der das Haus steht, dem ich unendlich viel zu verdanken habe: der altehrwürdige Frankfurter Hof, die First Lady der Frankfurter Luxushotels und, wie manche meinen, auch die First Lady der deutschen Grandhotels. Zu Recht, wie ich finde. Aber das ist meine ganz persönliche

Meinung, denn ich bin befangen: Welcher Concierge wäre nicht stolz auf »sein« Hotel?

Der Sonntag ist gemeinhin in Deutschland der Tag, an dem die meisten Menschen frei haben. Sie erholen sich von den Anstrengungen der zurückliegenden Arbeitswoche und sammeln Kraft für das, was vor ihnen liegt.

Bei mir ist es anders: Seit Jahren ist der Sonntag für mich der erste Tag meiner Arbeitswoche. Mein Dienst beginnt in der Regel um 14:30 Uhr und endet um 23 Uhr. Das hat mit meinem Glauben zu tun: Mein Sonntag ist der Samstag. Aber davon später.

Der Sonntag im Frankfurter Hof ist etwas Besonderes. Es ist ja ein Hotel, in dem überwiegend Geschäftsreisende absteigen, und kein Ferienresort. Das Gebäude liegt mitten in der Stadt und ist der bevorzugte Wohnort von Geschäftsleuten, Managern und Industriellen, die in der deutschen Bankenmetropole ihren Geschäften nachgehen. Familien sieht man hier eher selten. Und wenn, dann begleiten Frauen und Kinder ihre Männer und Väter auf Geschäftsreisen.

So ist es unter der Woche. Aber am Sonntag kommen die Frankfurter selbst, um hier zu brunchen oder um nachmittags Tee zu trinken in der schönen Lobby mit den eleganten, klassischen Polstersesseln, den bequemen Sofas und dem blauen Teppichboden mit dem hellen Muster. Ganz Hartgesottene trinken auch schon mal ein erstes Gläschen Bier oder Champagner in der berühmten Autorenbar. Es sind wohlhabende, vornehme Menschen, gut angezogen und mit guten Manieren, meistens jedenfalls. Zum Brunch bringen viele auch ihre Kinder mit, das ist heute nicht anders als vor dreißig oder vierzig Jahren.

Manche der heute Erwachsenen kannte ich schon, als sie noch klein waren. Damals kamen sie mit ihren Eltern zum Frühstück oder zum Nachmittagstee ins Hotel und langweilten sich entsetzlich. Sie trugen Sonntagskleidung, die sie nicht bekleckern durften, mussten stillsitzen, durften nicht laut reden und hatten sich anständig zu benehmen.

Früher oder später standen sie dann alle bei mir in der Halle, nachdem sie endlich von den Eltern die Erlaubnis bekommen hatten, vom Tisch aufzustehen. Aus irgendeinem Grund mögen Kinder mich gerne, und diese Sympathie beruht auf Gegenseitigkeit. Sie bewunderten meine graue Uniform mit den schönen goldenen Knöpfen, durften, wenn sie wollten, auch mal Hoteldiener spielen und eine Tasche tragen, wenn sie nicht zu schwer war, und zur Belohnung gab es statt Trinkgeld eine Runde Aufzug fahren, wenn sonst wenig los war.

Kinder schätzen es sehr, wenn ein Erwachsener ihnen Zuwendung schenkt, und sie vergessen ihm das nicht. Da sind Kinder nicht anders als Erwachsene: Wenn sie merken, dass man es gut mit ihnen meint, hat man sie gewonnen fürs Leben. Auch Kinder sind Gäste und verdienen es, dass man ihnen Aufmerksamkeit und Respekt entgegenbringt. Häufig denke ich, das sollte nicht nur für das Hotel gelten, sondern für den Umgang mit Kindern generell. Vielleicht gäbe es dann ein paar Probleme weniger auf der Welt.

Ich betrete das Hotel durch den Personaleingang, der sich an der Rückseite des Gebäudes befindet. Der Haupteingang an der Seite ist für die Gäste reserviert.

Viele Gäste, die das erste Mal zu uns kommen, sind erstaunt, dass der Haupteingang nicht hinter den Säulen des Ehrenhofs liegt, wie man das vielleicht erwarten würde, sondern sich fast bescheiden an der linken Seite versteckt. Das Gefühl trügt sie nicht: Tatsächlich befand sich der Haupteingang vor dem Zweiten Weltkrieg hinter der imposanten Front und wurde erst im Zuge des Wiederaufbaus verlegt. Dadurch kann der Ehrenhof heute als Terrasse für das Gourmetrestaurant Français und das Restaurant Oscar's dienen und bildet eine Oase inmitten des Verkehrs der Frankfurter Innenstadt.

Hinter einer Glastür, die rund um die Uhr offen steht und vor der der uniformierte Wagenmeister den ankommenden Gästen zur Hand geht, führen acht mit rotem Teppich belegte Stufen zu einer zweiten Glastür hinauf. Und dann öffnet sich die Halle: Die Fußböden sind aus schimmerndem weißem Marmor, die weißen Wände sind holzvertäfelt, in der Mitte des Raumes steht ein exquisiter runder Empire-Tisch, auf dem stets ein riesiger, raffiniert arrangierter Blumenstrauß die Blicke der Besucher auf sich zieht.

Hinten und an der rechten Seite des Raumes gibt es marmorne Tresen, an denen die Gäste empfangen werden, einchecken und zum Schluss bezahlen. Und hier befindet sich auch mein Arbeitsplatz seit vielen Jahren: die Loge des Concierge. Neun Stunden am Tag stehe ich hinter dem Tresen, begrüße Gäste, beantworte Fragen, trage Koffer, wenn gerade kein Hoteldiener zur Verfügung steht, erledige Besorgungen, beantworte Telefonate und diene als Blitzableiter, wenn einmal etwas nicht so funktioniert, wie es sollte. Und das kommt auch in einem Haus wie dem unseren vor. Denn jedes Hotel, selbst das beste und teuerste, ist ein Unternehmen, in dem Menschen arbeiten. Sie geben ihr Bestes, aber jeder macht auch ab und zu Fehler. Dafür, dass solche Fehler unkompliziert und zur Zufriedenheit des Gastes wiedergutgemacht werden, leistet sich ein Hotel einen Concierge.

Längst nicht jedes Hotel hat einen Concierge, doch wenn es ihn gibt, so ist das ein Zeichen für ein echtes Luxushotel. Denn ein Concierge ist selbst ein Luxus. Er ist der Luxus, den ein Luxushotel sich leistet, um sicherzustellen, dass die Wünsche seiner anspruchsvollen, weit gereisten und viel beschäftigten Klientel in der bestmöglichen Weise befriedigt werden.

Menschen, die viel reisen, wissen, was sie erwarten können, wenn sie in einem Fünf-Sterne-Haus ankommen: Sie sollen sich fühlen, als kämen sie nach Hause. Deshalb gibt es einen festen Ablauf, nach dem neu ankommende Gäste in Empfang genommen werden.

Wenn alles seine Richtigkeit hat, werden sie draußen vor dem Eingang zuerst vom Wagenmeister begrüßt, der ihnen das Gepäck abnimmt und vielleicht auch das Auto wegfährt. Dann geht der Gast zum Empfang, um dort einzuchecken. Viele Stammgäste kommen aber auch erst zu mir, weil sie mich hinter meinem Tresen sehen und mich kennen. Manche, die ich schon lange kenne, umarme ich sogar zur Begrüßung – besonders gerne Frauen, das gebe ich zu. Aber solch eine persönliche Geste ist tatsächlich ungewöhnlich, nicht jeder Concierge kann sie sich erlauben. Sicherlich hat es mit meinem Alter zu tun und damit, dass sich zu vielen meiner Gäste über lange Jahre ein Verhältnis aufgebaut hat, das über eine normale geschäftliche Bekanntschaft hinausgeht. Jüngeren Kollegen, die noch am Anfang ihrer Conciergelaufbahn stehen, würde ich jedoch abraten, mich in dieser Hinsicht kopieren zu wollen. Jeder Mensch hat seinen eigenen Stil und seine eigenen Qualitäten, und diese sollte er hervorheben.

In gewisser Weise bin ich – so glaube ich jedenfalls – ein Unikum. Wenn ich zu einem weiblichen Gast sage: »Sie sehen heute aber wieder blendend aus!«, dann kann *ich* das sagen, weil ich die Dame schon lange kenne und das auch so meine. Aber ich weiß genau, bei wem ich das sagen darf, und bei wem ich es besser bleiben lassen sollte. Entscheidend ist, dass ein solches Kompliment wirklich von Herzen kommt und nicht eine bloße Höflichkeitsfloskel ist. Sonst halte ich besser meinen Mund.

Hat der Gast am Empfangstresen eingecheckt und seinen Zimmerschlüssel erhalten – der früher ein richtiger Schlüssel war, aber heute aus Sicherheitsgründen aus einer codierten Plastikkarte besteht –, wird er von einem Angestellten auf sein Zimmer begleitet. Dies ist die Aufgabe des Pagen oder des Hoteldieners. Er trägt die Koffer aufs Zimmer und erklärt dem Gast alles, was er wissen muss, um sich in dem Zimmer und im ganzen Haus so rasch wie möglich heimisch zu fühlen.

Genau so habe auch ich angefangen. Ich war jahrelang Hoteldiener, bis ich mich zum Portierassistenten und schließlich zum Concierge hocharbeitete.

Mitte der fünfziger Jahre, ich war neunzehn, Deutschland begann gerade, sich von den Folgen des Zweiten Weltkriegs zu erholen, beschloss ich, mein Glück im Hotelgewerbe zu suchen.

Ich hatte noch nie ein Hotel von innen gesehen. Mein gesamtes Wissen darüber, wie es in einem Hotel zugeht, hatte ich aus *Felix Krull* – und der spielt nicht in einer normalen Herberge, sondern in einem prächtigen Luxushotel. Darunter hätte es Thomas Mann vermutlich auch nicht getan.

Die Beschreibungen faszinierten mich und gingen mir nicht mehr aus dem Kopf. Glitzernde Kronleuchter, weiche Fauteuils, kostbare Teppiche, schöne Frauen, distinguierte Herren, edle Kleider, goldbetresste Uniformen – das klang alles so viel schöner als das, womit ich mich als einfacher Angestellter der Stadtgärtnerei Ludwigshafen von morgens bis abends zu beschäftigen hatte. Ich liebe die Natur sehr, doch ich hatte es satt, den ganzen Tag bei Wind, Wetter und Kälte im Dreck zu wühlen, ich wünschte mir eine Tätigkeit, bei der ich mit schönen Dingen zu tun hatte. Nicht, dass ich das von Kindheit an gewöhnt gewesen wäre, ganz im Gegenteil: Ich bin in einem Kinderheim aufgewachsen und besaß, als ich in die Welt entlassen wurde, nichts außer dem, was ich auf dem Leib trug.

Da fiel mir eines Tages eine Zeitungsanzeige in die Hände. Das Hotel Steigenberger Mannheimer Hof, damals wie heute das erste Haus am Platz in Mannheim, suchte einen Hoteldiener!

Kurz entschlossen fasste ich mir ein Herz. Ich hatte schon einmal für kurze Zeit als Aushilfskraft in einem

Feinschmeckerrestaurant in Nürnberg gearbeitet, war zwar klein, aber kräftig, und konnte anpacken. Vielleicht würden sie mich ja nehmen.

Ich zog meine besten Kleider an: ein sauberes Hemd und eine Hose. Einen Anzug besaß ich nicht. Mein einziges Paar Schuhe befreite ich sorgfältig von der Gartenerde, die ständig daran klebte, und brachte es mit Spucke und Zeitungspapier auf Hochglanz, so gut es ging. Dann machte ich mich mit großer Entschlossenheit und klopfendem Herzen zu Fuß auf den Weg.

Hin und wieder sah ich im Vorbeigehen noch die Spuren des Krieges: schwarze Trümmerberge, von Gras und Moos überwuchert – die Reste von einst stattlichen Häusern, die vermutlich nie wieder aufgebaut würden. Gartenzäune, von denen nur noch schiefe steinerne Pfosten standen, das Metall der Gitter hatte anderweitig wohl bessere Dienste geleistet. Türstöcke, die ins Leere führten. Kahle Gärten, da die Bäume längst zu Brennholz verarbeitet worden waren. Mannheim, die einst so stolze und prächtige Residenzstadt mit ihren breiten Straßen, war durch die verheerenden Luftangriffe und Häuserkämpfe während des Zweiten Weltkriegs in Schutt und Asche gelegt worden. Jetzt, keine fünfzehn Jahre danach, gab es überall Neubauten, zwar schnell hochgezogen und eher zweckmäßig als schön. Doch es ging voran, das war an allen Ecken und Enden zu sehen und zu spüren.

Schließlich langte ich an der angegebenen Adresse an: Augustaanlage 4, im Herzen der Stadt, wo während der Bombardements kein Stein auf dem anderen geblieben war. Vor mir erhob sich ein fünfstöckiges Gebäude aus grauem Beton, die Fassade nur von schlichten, sprossenlosen Fenstern durchbrochen. Unter einem rechteckigen Vordach prangte groß der Schriftzug »Steigenberger Mannheimer Hof«. Das also war ein Luxushotel.

Heute rümpft man die Nase über die strenge, schnörkellose Nachkriegsarchitektur der fünfziger Jahre und ersetzt solche Bauten, wo es geht, durch neue, schönere, attraktivere. Damals, nach dem Stein gewordenen Größenwahn der nationalsozialistischen Architektur, war dieser Baustil das Nonplusultra, ein Zeichen für Moderne und für Demokratie schlechthin.

Das Herz klopfte mir jetzt bis zum Hals. Schon draußen, vor dem Haupteingang, stand wartend ein hochgewachsener Mann in einem langen dunklen Mantel, mit weißen Handschuhen und schwarzem Zylinder. Er sah ein bisschen aus wie ein Kutscher auf alten Postkarten und musterte mich, wie ich fand, ziemlich herablassend. Später erfuhr ich, dass es sich dabei um den Wagenmeister gehandelt hatte. Er erkannte vermutlich sofort, dass es für ihn in meinem Fall nichts zu tun gab, und wendete sich anderen Dingen zu.

Ziemlich verschüchtert durch diesen ersten Eindruck, aber dennoch fest entschlossen, mich nicht von meinem Vorhaben abbringen zu lassen, betrat ich das Gebäude durch den Haupteingang, denn einen Personaleingang konnte ich nirgends entdecken. Dann stand ich in einem Hotel, zum ersten Mal in meinem Leben.

Vor mir öffnete sich eine prächtige Halle mit Kronleuchtern und glänzendem weißen Marmorboden. Es duftete nach Blumen; in den Sesseln, die überall standen, saßen gut gekleidete Menschen und unterhielten sich mit gedämpften Stimmen. Rechts warteten livrierte Boys in

Reih und Glied, und links, hinter einem marmornen Tresen, über dem in goldenen Buchstaben »Concierge« stand, thronte ein älterer, strenger Herr im Schwalbenfrack.

Ich atmete erst einmal tief durch und ging dann, die Zeitungsanzeige in der Hand, geradewegs auf den furchteinflößenden Concierge zu, der mich überhaupt nicht wahrzunehmen schien. Ich rechnete jeden Moment damit, dass er mich hinauswerfen oder mir zumindest sagen würde, dass der Lieferanteneingang dort hinten um die Ecke sei.

Aber es passierte nichts dergleichen. Also ging ich weiter.

»Ich habe diese Anzeige gelesen und würde mich gerne bewerben!«, erklärte ich mit möglichst fester Stimme und hielt ihm das Stück Papier hin, in das ich so große Hoffnungen setzte.

Der Concierge sah mich über seinen Tresen hinweg an wie ein seltenes Insekt und ließ sich dann immerhin dazu herab, mich ins Personalbüro weiterzuschicken, das nicht weit entfernt im Verwaltungstrakt lag.

Wie einfach das ging! Ich war tatsächlich einen Schritt weiter, ohne dass mir etwas passiert war. Ich versuchte jedoch, mir meine Überraschung nicht anmerken zu lassen, und folgte dem ausgestreckten Finger des Concierge.

Im Personalbüro kam dann die nächste Überraschung: Die Menschen dort waren alle so nett und freundlich zu mir! Ich hatte mir Hotelangestellte ganz anders vorgestellt, einschüchternd und reserviert, aber das Gegenteil war der Fall. Ich wurde auf das Höflichste begrüßt, und nachdem man mich ein wenig befragt und sich mein gutes Zeugnis der Stadtgärtnerei angeschaut hatte, hieß es nur: »Gut, Sie sind eingestellt. Nächste Woche fangen Sie an. Aber kommen Sie bitte vorher noch einmal ins Haus, um sich Ihre Uniform abzuholen und ein paar Formalitäten zu erledigen.«

So stand ich da und war plötzlich Hoteldiener.

Ungläubig und noch etwas benommen von dem, was mir da soeben widerfahren war, verließ ich das Hotel so, wie ich gekommen war: durch den Haupteingang, vorbei an dem grimmigen Concierge. Doch ich nahm ihn überhaupt nicht wahr, so sehr freute ich mich über mein unverhofftes Glück. »Guck mal da, geht doch!«, sagte ich innerlich jubelnd zu mir selbst. »Du hast etwas gewagt, und du hast gewonnen!«

In den Jubel mischte sich allerdings bald ein wenig Beklommenheit, fast bekam ich Angst vor meiner eigenen Courage: Ich war doch nur ein Gärtner! Ein sehr gewissenhafter zwar, aber ein Hotel und eine Stadtgärtnerei, das waren doch zwei Welten. Ich kannte die Regeln nicht, die in einem Hotel herrschten, wusste nicht, wie ich mich verhalten musste und was meine Aufgaben sein würden. Alles, was man mir gesagt hatte, war, dass ich in eine Uniform gesteckt würde und in ein paar Tagen anfangen sollte – und dass ich zum Dienstantritt gute Schuhe und ein weißes Hemd mitzubringen hätte.

Ich besaß weder das eine noch das andere, und so gingen die paar Mark, die ich mir glücklicherweise von meinem letzten Gehalt aufgespart hatte, restlos für die Anschaffung von einem Paar schwarzer Schuhe und einem weißen Hemd drauf. Ich sollte diese Investition jedoch nie bereuen.

An meinen ersten Tag im Hotel muss ich heute noch manchmal denken, vor allem dann, wenn wir einen neuen Pagen oder Hoteldiener bekommen.

Angetan mit den auf Hochglanz polierten neuen schwarzen Schuhen, die ein wenig drückten, dem steifen weißen Hemd und meiner schönen Uniform, die mir dünnem Spargel um einiges zu weit war, kam ich pünktlich zu Dienstbeginn in die Halle, stellte mich erwartungsvoll vor den Desk des Concierge, und es passierte – nichts! Der Mann ließ mich einfach da stehen. Bestimmt fünfzehn Minuten harrte ich reglos aus, hatte nicht die blasseste Ahnung, was ich zu tun hatte, und mein neuer Vorgesetzter – denn das war der Concierge – sprach mich nicht einmal an. Bis sich schließlich einer der anderen Hoteldiener meiner erbarmte, zu mir kam und mir zuraunte: »He, du musst da drüben stehen an der Wand, wo die anderen sind!«

Etwas verwirrt folgte ich dem Kollegen und stellte mich brav in die Reihe. Der Concierge würdigte mich weiterhin keines Blickes. Mein erster Eindruck war tatsächlich der: Felix Krull hatte offensichtlich denselben Typen von Concierge gehabt wie ich. Aber so waren die Concierges früher – streng bis hin zur Arroganz, die unumschränkten Herrscher in der Halle.

Da war ich nun, ein neunzehnjähriger Junge, der nichts von der Welt gesehen hatte, mit einem Mal in einem Kosmos gelandet, der ihm vollkommen fremd war.

Was gab es hier für wunderschöne Dinge! Dinge, die ich in meinem Leben noch nie gesehen hatte: weiche Sessel mit dicken Polstern und exquisiten Bezügen! Im Kinderheim und auch später im Jugendheim hatten wir immer auf Holzstühlen gesessen. Im Speisesaal des Hotels gab es gepolsterte Stühle, akkurat gefaltete Stoffservietten und mit feinstem Porzellan, silbernem Besteck und glitzernden Kristallgläsern gedeckte Tische. Und auf den Fußböden lagen Teppiche! Dick und weich, die Füße versanken darin fast bis zu den Knöcheln. Und einen Aufzug! Und dann die schönen Salons! Sie waren so herrlich eingerichtet, wie in einem Schloss – so stellte ich mir das jedenfalls vor. Und samstags gab es häufig Bälle, zu denen die Damen mit kostbarem Schmuck und in Abendkleidern erschienen, während die Herren, wie es sich damals gehörte, Frack trugen.

Ich wusste vor Staunen manchmal kaum, wo ich zuerst hinsehen sollte. Überall diese gut gekleideten, schön anzusehenden Menschen, die Wohlstand und Kultiviertheit ausstrahlten. Dass ich hier, in einem solchen Palast, arbeiten durfte!

Städte bestanden für mich bislang hauptsächlich aus Trümmerhaufen, Baulücken und rasch zusammengezimmerten Behelfsunterkünften. Ein neues und intaktes Gebäude wie der Mannheimer Hof wirkte da fast wie eine Fata Morgana. Doch das schöne Bild war echt, wovon ich mich täglich überzeugen konnte. Das Hotel war vielleicht fünf oder sechs Jahre alt, ein zweckmäßiger Bau ohne Säulen oder sonstigen Zierrat, aber dafür mit einem entzückenden Innenhof mit Blumenbeeten und einem kleinen Rasenstück. Hier konnte man im Sommer sitzen und gepflegt Kaffee trinken. Alles war sehr hell und freundlich, weil durch den Innenhof und die großen Fenster viel Licht in die Halle fiel.

Für jemanden, der in einer schönen Wohnung aufgewachsen ist, wären Einrichtung und Ambiente wahrscheinlich gar nichts Besonderes gewesen. Aber für mich war es der Himmel auf Erden. Ich freute mich jeden Tag aufs Neue, solch ein Haus betreten zu dürfen, denn ich bin ein Augenmensch und liebe es, schöne Dinge um mich zu haben. Es muss nicht viel sein, aber es muss etwas Schönes sein.

Die Einrichtung war dem Geschmack der fünfziger Jahre entsprechend sehr traditionell und gediegen. Die Zimmer waren mit Stilmöbeln, schweren Vorhängen und Spannteppichen ausgestattet, zusätzlich lag in jedem Zimmer ein echter Orientteppich. Heute würde man das gar nicht mehr machen, aus Sicherheitsgründen: Der Gast könnte ja über den Teppich stolpern.

Und alles war so ordentlich und sauber! Dass die Einrichtung recht pflegeintensiv war, musste damals niemanden bekümmern. Es gab ja genügend Hauspersonal, das zu der Zeit praktisch nichts kostete. Heute wäre der Unterhalt eines solchen Interieurs kaum mehr zu bezahlen.

In dieser angenehmen Umgebung durfte ich nun arbeiten, sechs Tage die Woche, zehn Stunden am Tag, einen Tag hatte ich frei. Es gab zwar lächerlich wenig Geld, aber dafür schon damals vorbildliche Sozialleistungen: Die Uniform wurde gestellt, auch die Reinigung zahlte das Hotel, und es gab sogar eine Kantine, in der man jeden Tag ein warmes Essen bekam, was damals noch keineswegs die Regel war in größeren Betrieben.

Mein erster Arbeitstag in der Halle verlief allerdings ganz anders, als ich das bisher kannte. Ich war es gewohnt, dass man zur Arbeit ging, und dann wurde richtig angepackt. Da gab es keine Ruhepausen. Und immer musste alles flott gehen, »flott, flott«!

Im Hotel aber ist es so, dass man dasteht, höchst aufmerksam natürlich, und gewissermaßen auf Arbeit wartet. Denn auch wenn es manchmal wirkt, als würde es in einer Hotelhalle zugehen wie in einem Ameisenhaufen – Hoteldienst ist zum Teil Wachdienst. Es gilt, bereit zu sein, falls ein Gast etwas benötigt. Man ist ständig in Habachtstellung, auch wenn manchmal lange Zeit wenig oder gar nichts passiert, gerade spät abends.

Kaum hatte ich mich also in die Reihe der Hoteldiener an der Wand eingegliedert, fragte ich leise nach links und rechts: »Und wer sagt mir jetzt, was ich machen muss?« Da antwortete mir ein Kollege, ein kleiner, stämmiger Bursche, der ungefähr in meinem Alter war, in breitestem Mannemerisch: »Du bleibst jetzt hier stehen, das ist auch ein Teil deiner Arbeit! Und wenn ein Gast kommt, dann rennst du los, nimmst ihm den Koffer ab, hältst ihm die Tür auf und siehst zu, dass er direkt zum Empfangstresen geht.«

Also stand ich da und wartete, zusammen mit meinen drei Kollegen. Und dann kam der erste Gast zur Tür herein.

Sofort spurtete ich los, um dem Herrn den Koffer abzunehmen, genau wie es mir mein Kollege gesagt hatte. Erst als ich die grimmigen Gesichter der anderen Hoteldiener sah, dämmerte mir, dass ich etwas falsch gemacht hatte – nur was?

»Jetzt sagt mir doch mal, wie läuft das hier genau ab?«, fragte ich schließlich in die Runde. Ich wollte ja mit niemandem Streit haben.

»Dafür gibt es eine feste Regel«, antwortete mir mein dicklicher Kollege, »es geht hier immer streng der Reihe nach! Jeder soll doch mal drankommen, verstehst du?«

Jetzt erst begriff ich: Es ging natürlich um Trinkgeld. Mit meinem Vorpreschen hatte ich mich also gleich richtig beliebt gemacht.

Dazu muss man sagen, dass das Trinkgeld ein ganz wesentlicher Bestandteil unseres Gehalts als Hoteldiener war. Ich ging damals, Ende der fünfziger Jahre, mit gerade einmal zweihundert Mark nach Hause. Davon konnte man keine großen Sprünge machen. Leben konnten wir tatsächlich nur von den Trinkgeldern, das eigentliche Gehalt ging für die Grundausgaben drauf.

Was die Trinkgelder anbelangt, so machten wir Hoteldiener damals in der Regel einen recht guten Schnitt, wahrscheinlich einen besseren als die jungen Kollegen heute. Man darf nicht vergessen: Es war die Aufbruchzeit nach dem Krieg. Der Dollar war im Vergleich zur Mark unglaublich viel wert – wenn man als Kofferträger einen Dollar Trinkgeld bekam, dann waren das stolze vier Mark! Davon sind wir heute weit entfernt, und auch bei unseren ausländischen Gästen sitzt das Geld nicht mehr so locker wie früher.

Der Großteil der Gäste waren damals Amerikaner, die Besatzungsmacht. Sie konnten es sich leisten zu reisen und in teuren Hotels abzusteigen. Für Amerikaner war Deutschland geradezu spottbillig: Ein Zimmer im Mannheimer Hof kostete sechzig oder siebzig Mark, umgerechnet also um die fünfzehn, zwanzig Dollar. Ein Dollar Trinkgeld war bei amerikanischen Gästen deshalb schnell verdient, wenn man als Hoteldiener seine Arbeit gut machte. Und die damalige Generation der Amerikaner war immer großzügig. Heute ist auch das anders geworden, und trotzdem gehören Amerikaner nach wie vor zu meinen liebsten Gästen.

Nicht zuletzt dank der Gäste fiel mir die Eingewöhnung in die Welt eines Luxushotels erstaunlich leicht. Vor allem die Amerikaner waren immer ausgesprochen hilfsbereit, das ist mir bis heute in Erinnerung geblieben. Sie merkten sofort, wenn ich unsicher war, weil ich etwas nicht wusste, und nahmen mir das nicht weiter übel. Auch wenn ich etwas gefragt wurde, das ich nicht verstand – ich sprach damals noch kein Wort Englisch, geschweige denn Französisch oder Italienisch –, halfen sie mir in den meisten Fällen ganz unkompliziert über die Klippen hinweg.

So war es eigentlich nur der erste Tag in der neuen Welt, der für mich ein wenig fremd und gewöhnungsbedürftig war. Am nächsten Morgen war das Fremdheitsgefühl bereits weitgehend verflogen, und ich stellte mich sehr schnell auf die neue, luxuriöse Umgebung ein. Ich schaute mir einfach von den anderen ab, wie sie sich verhielten und wie sie mit all den Dingen, die mir so neu waren, umgingen.

Eine große Hilfe war dabei die Freundlichkeit der Gäste. Niemand behandelte mich herablassend, weil ich nur der Kofferträger war. Ich wurde akzeptiert in dem, was ich tat – eine Erfahrung, die mich überraschte und beglückte. Dass Gäste hochnäsig oder gar unfreundlich sind, kommt in guten Hotels nur ganz selten vor. Menschen, die sich hier einquartieren, wissen sich in der Regel zu benehmen, auch im Umgang mit den Angestellten.

Nur einmal machte ich die unangenehme Erfahrung, dass ein Gast mich spüren ließ, welch niedrigen Rang ich für ihn bekleidete. Er kam spät abends an, hatte zwei schwere Koffer und zwei große Umhängetaschen dabei sowie zwei braune Boxer, die mich mit hängenden Lefzen und rot umränderten Augen unentwegt misstrauisch beobachteten.

Stück um Stück lud ich mir das Gepäck auf und war schließlich so schwer bepackt, dass ich unter der Last beinahe zusammengebrochen wäre. Doch als wäre das nicht genug, hängte mir dieser Mensch, er war ungefähr Mitte vierzig, auch noch seinen Fotoapparat über den Arm. Mühsam und leicht schwankend lief ich los, gefolgt von dem Gast und den beiden hechelnden Hunden, der Fotoapparat baumelte an meinem Arm hin und her.

Und da passierte es: In einem kleinen Moment der Unachtsamkeit schlug der Fotoapparat leicht gegen die Wand des Flurs. Im nächsten Moment kam die schneidende Stimme des Gastes hinter mir: »Wenn Sie so weitermachen, hetze ich die Hunde auf Sie!« Er drohte mir tatsächlich mit seinen beiden Boxern! Heute würde mich das nicht einschüchtern, doch damals fuhr mir ein Heidenschreck in die Glieder.

»Entschuldigen Sie vielmals, mein Herr, es tut mir schrecklich leid!«, wiederholte ich mehrfach und gab mir die größte Mühe, Gepäck und Fotoapparat ohne weitere Zwischenfälle heil auf das Zimmer zu bringen. Trinkgeld gab es selbstredend keinen Pfennig. Dabei war die Reaktion dieses Mannes eigentlich unerhört, und ich habe so etwas auch nie wieder erlebt.

Glücklicherweise sind solche Begegnungen äußerst selten, zumindest meiner Erfahrung nach. Denn als kleiner Hoteldiener hätte ich es wohl kaum gewagt, mich bei dem strengen Concierge über die schlechte Behandlung durch einen Gast zu beschweren. Zumal er mir wohl kaum Glauben geschenkt hätte.

Überhaupt erhielten wir Hoteldiener denkbar wenig Unterstützung und Anleitung in dem, was wir taten. Dabei ist das eine der ureigensten Aufgaben des Concierge, wenn er seine Arbeit richtig macht. Es geht ja darum, die Gäste gebührend zu empfangen, sie mit dem Haus vertraut zu machen, sie zu begleiten und ihnen behilflich zu sein.

Nichts davon erfuhr ich von dem Concierge im Mannheimer Hof. Also sperrte ich Augen und Ohren auf und versuchte, möglichst rasch und möglichst viel durch Zuhören und Zuschauen zu lernen.

Und ich hatte viel Neues zu lernen, angefangen bei den einfachsten Dingen: Wie führe ich einen Gast auf sein Zimmer? Wie öffne ich ihm die Türe? Wie spreche ich mit ihm – spreche ich überhaupt mit ihm, oder wünsche ich ihm lediglich einen schönen Aufenthalt und gehe wieder? Erkläre ich ihm das Bad, wo der Lichtschalter ist und wie das Telefon funktioniert? Fernseher gab es damals noch nicht, aber heute sollte man dem Gast auch zeigen, wo er die Fernbedienung findet, denn die liegt oft etwas versteckt in einem Kasten am Bett. Frage ich ihn, ob er schon einmal Gast im Haus war, ob er weiß, wo er den Frühstückssaal findet, wann es Frühstück gibt, und ob er die Öffnungszeiten des Restaurants kennt?

Ich musste auch lernen, dass man den Gast fragte, ob er noch Wünsche habe, ob man noch etwas für ihn tun könne, und dass er sich, wenn er Hilfe benötigte, an den Concierge wenden könne. Und selbstverständlich hatte ich ihm einen guten Aufenthalt zu wünschen! All das waren Dinge, die ich als Angestellter der Stadtgärtnerei nie gebraucht hatte. Hier waren sie jedoch ein wichtiger Bestandteil meiner Tätigkeit.

Heute werden neue Mitarbeiter grundsätzlich einen Tag lang durch das Haus geführt, damit sie die Räumlichkeiten kennen lernen und alles Notwendige erklärt bekommen. Doch damals herrschten andere Sitten. Das Jahr als Hoteldiener im Mannheimer Hof war eine harte, aber auch eine gute Schule, an die ich vorwiegend gute Erinnerungen habe.

Viele Dinge, die in diesem nagelneuen Hotel selbstverständlich waren, hatte ich noch nie zuvor gesehen. Besonders fasziniert war ich, als ich herausfand, dass jeder Gast auf seinem Zimmer zwei Knöpfe hatte. Je nachdem, welchen er betätigte, läutete es entweder beim Etagenservice oder bei der Hausdame. Dann musste jemand hochgehen und nach den Wünschen des Gastes fragen. Oder dass der Concierge eine Standleitung zur Taxizentrale hatte! Man brauchte nur den Telefonhörer abzuheben und war verbunden.

Ich war hellauf begeistert. Für mich war der Mannheimer Hof das schönste Hotel der Welt, und ich war der glücklichste Ex-Gärtner der Welt.

Sobald ich Dienstschluss hatte, verließ ich dieses Zauberreich und tauchte wieder in meine vertraute Welt ein. Es war jedes Mal ein Unterschied wie Tag und Nacht.

Meine Welt, das war ein winziges möbliertes Zimmer, für das ich monatlich dreißig Mark Miete zahlte, Bettwäsche inbegriffen. Die Vermieterin schien sehr froh, dass es überhaupt jemand genommen hatte – kein Wunder angesichts der Tatsache, dass das eher ein Loch als ein Zimmer war. Es ging auf einen Hinterhof hinaus, ich schaute nur auf Mauern. Ein Bett, ein windschiefer Schrank und ein Holzstuhl standen darin. Das war alles.

Heute würde niemand mehr so wohnen wollen, aber ich war damals ganz zufrieden. Das Zimmer war ruhig, für mich, der ich bis heute ein schlechter Schläfer bin, war das geradezu überlebensnotwendig. Und ich hatte nur acht Minuten Fußweg zum Hotel. Alles andere war mir ziemlich egal. Ich war ja nicht verwöhnt, und ich wusste, dass ich am nächsten Tag wieder in die wunderbare, schöne Welt meines Hotels zurückkehren würde.

Eigenartigerweise habe ich aber nie Neid empfunden. Obwohl ich tagtäglich ein anderes Leben vor Augen geführt bekam, hatte ich nicht das Gefühl, dass mir etwas fehlte. Ich hatte einfach nicht das Bedürfnis nach mehr, ich kannte es ja kaum anders: Die Zimmer im Kinderheim waren ebenfalls kein Luxus gewesen, wenn auch längst nicht so schlimm wie mein Mannheimer Loch. Und mein Bett war gut, das war für mich das Wichtigste.

Meine Freizeit war vor allem durch Kinobesuche ausgefüllt. Auf eine weiterführende Schule zu gehen, was ich eigentlich gerne getan hätte, war wegen des Schichtdienstes – mal hatte ich Frühdienst, mal Spätdienst, mal Nachtdienst – einfach nicht möglich. In meinem Zimmer konnte ich mich nicht aufhalten, ich benutzte es nur zum Schlafen und zum Zeitunglesen. Also ging ich ins Kino. Auch da war ich in einer herrlichen Umgebung, fast wie im Hotel: Es gab gepolsterte Sitze, alles war sauber und gepflegt. Es war eine Traumwelt, aber es war einfach schön.

Für Kinobesuche gab ich viel Geld aus, sehr viel Geld sogar. Aber es war es wert, denn das Angebot war einfach großartig. Wenn ich frei hatte, konnte es sein, dass ich vier Mal am Tag ins Kino ging! Ich habe quasi im Kino gewohnt. Es gab so viele gute Filme, die man einfach sehen musste – »Der König und ich« zum Beispiel, mit Yul Brunner und Deborah Kerr. Oder der 1954 mit acht Oscars ausgezeichnete Kriegsfilm »Verdammt in alle Ewigkeit« von Fred Zinnemann. Oder die Filme von Billy Wilder! Ganz zu schweigen von all den phantastischen Hitchcock-Filmen, die ich geradezu verschlang.

Einer meiner Lieblingsfilme, der Thriller »Flüsternde Schatten« mit Anne Baxter, wäre mir damals allerdings fast zum Verhängnis geworden.

Im Mannheimer Hof stiegen auch immer wieder bekannte Persönlichkeiten ab – Politiker, Künstler, Schauspieler. Für mich war das ungeheuer faszinierend: Plötzlich sah ich Stars wie die Sopranistin Erika Köth, damals neben Anneliese Rothenberger *die* deutsche Opernsängerin, Rudolf Schock wohnte bei uns und Literaturgrößen wie Friedrich Dürrenmatt.

Als Hoteldiener erfuhr ich zwar vorab nicht, wer sich

als Gast angemeldet hatte. Aber wenn solche Berühmtheiten die Halle betraten, erkannte ich sie meist am Gesicht, weil ich jeden Tag die Zeitung las und mich immer besonders für Kultur und Musik interessierte. Wenn dann ein Star ankam und ich seine Koffer tragen durfte, war das für mich etwas ganz Besonderes.

Die großen Stars wurden zwar nicht vom Hoteldiener, sondern von einem Empfangsangestellten aufs Zimmer gebracht. Aber als Kofferträger war ich der Nächste, der sie zu sehen bekam und mit dem sie sprachen – schließlich mussten sie mir ja sagen, wo ich das Gepäck hinstellen sollte. Auf diese Weise hatte ich das Privileg, sie aus allernächster Nähe zu sehen und vielleicht sogar ein paar Worte mit ihnen zu wechseln.

Eines Tages saßen zwei großartige Künstlerinnen in der Halle und tranken Tee: die berühmte österreichische Film- und Theaterschauspielerin Adrienne Gessner, Burgschauspielerin und eine Grande Dame alter Schule, und Caterina Valente. Ich stand zufällig ganz in ihrer Nähe und hörte, dass sie sich ausgerechnet über »Flüsternde Schatten« und die hervorragend spielende Anne Baxter unterhielten – den Film, den ich gerade am Tag zuvor gesehen hatte!

In meiner Begeisterung machte ich nun etwas, das man auf keinen Fall tun darf: Ich mischte mich in das Gespräch der beiden Damen ein und sagte ungefragt: »Ja, ›Flüsternde Schatten‹ fand ich auch unglaublich spannend, und Anne Baxter spielt so wunderbar!«

Caterina Valente schaute kurz auf, lächelte und erwiderte freundlich: »Ja, sicherlich.« Aber Adrienne Gessner! Sie sagte kein Wort, musterte mich lediglich mit leicht hochgezogenen Brauen von oben bis unten. Es war, als würde uralter Adel versuchen, mich mit Blicken zu töten. Mir wurde ganz heiß und kalt, so peinlich war mir die Situation. Ich stand da wie ein begossener Pudel, hatte glühende Backen und wusste: Jetzt hast du einen richtigen Fehler gemacht.

Im Nachhinein kann ich nachvollziehen, was mich jungen Menschen ritt: Da saß Caterina Valente, da saß Adrienne Gessner – da saßen meine Stars! Und sie unterhielten sich über einen Film, den auch ich gesehen hatte! Ich wollte meine Begeisterung einfach mit ihnen teilen und hatte mich in meinem Überschwang ungewollt danebenbenommen.

Das nachsichtige Verhalten von Caterina Valente empfand ich damals als sehr wohltuend. Die Strenge von Adrienne Gessner, die bereits eine alte Dame war und in Wien in den besten Kreisen verkehrte, muss man wahrscheinlich einfach verstehen. Natürlich, mein Benehmen war ganz und gar ungehörig. Es ist etwas anderes, wenn sich zwei Gäste heute vor mir als Concierge über ein Thema unterhalten, zu dem auch ich etwas beitragen kann. Ich war jedoch nur ein kleiner Kofferträger, niemand hatte mich nach meiner Meinung gefragt, also hatte ich gefälligst den Mund zu halten.

Aber das macht eben auch einen Menschen aus: Die alte Dame hätte vielleicht erkennen müssen, dass da ein junger, begeisterter Mann vor ihr stand und von einem Genre schwärmte, das auch ihr Genre war. Menschen wie ich waren ja ihr Publikum. Doch sie war noch im Kaiserreich groß geworden, und da machte man so etwas einfach nicht. Es war mir eine Lehre.

Zum Glück hatte dieser Vorfall für mich keine Folgen – die beiden Damen verzichteten großherzig darauf, sich beim Concierge über meinen Fauxpas zu beschweren.

Heute könnte mir das so nicht mehr passieren. Ich gehe nicht mehr ins Kino, denn die neuen Filme sind nicht nach meinem Geschmack. Stattdessen begnüge ich mich damit, die Kritiken zu lesen, damit ich informiert bin und meinen Gästen die passenden Empfehlungen geben kann.

Wenn man als Hoteldiener arbeitet, lernt man vieles. Vor allem aber lernt man bekannte, aber auch weniger bekannte Menschen von Seiten kennen, die man so nicht erwartet hätte.

Eines Tages erhielt ich vom Concierge den Auftrag, zwei Paar Manschettenknöpfe, die in einer der edlen Vitrinen in der Halle ausgestellt waren, auf das Zimmer des damaligen Innenministers Gerhard Schröder zu bringen, der bei uns zu Gast war. Der Minister, der zwei Jahre später Außenminister wurde, war ein beeindruckender Mann. Er war mir in der Halle bereits aufgefallen, weil er für mich so aussah wie der Inbegriff eines englischen Lords. Ein bisschen erinnerte er mich an den damaligen britischen Premierminister Sir Anthony Eden.

Ehrfürchtig nahm ich die beiden dunkelroten, lederbezogenen Schächtelchen, die von einem noblen Geschäft auf den Planken stammten, aus den Händen des Concierges in Empfang und lief die Treppe hinauf zum Zimmer des Ministers. Zwar wusste ich weder, was Manschettenknöpfe waren, noch, wofür man sie brauchte, aber das würde ich schon noch erfahren.

Ich klopfte und wurde eingelassen. Was für ein Erlebnis – vor mir stand der Minister persönlich und begrüßte mich freundlich! Er bat mich herein, nahm die beiden Schächtelchen in Empfang, öffnete sie und besah sich den Inhalt, während ich reglos neben der Tür stehen blieb.

»Welche soll ich denn nehmen?«, fragte er mich so plötzlich, dass ich zusammenzuckte, und hielt dabei abwechselnd das eine und das andere Modell an seinen Ärmel. Aha, da gehörten die Dinger also hin!

Im ersten Moment war ich von seiner Frage vollkommen überrumpelt, riss mich aber sofort wieder zusammen, um mir nichts anmerken zu lassen, und sah mir die Schmuckstücke genauer an. »Diese hier würde ich nehmen!«, erwiderte ich schließlich und deutete auf ein Paar sehr dezenter klassischer Goldknöpfe. Die anderen hatten leichte farbige Streifen, die mir nicht gefielen.

»Gut, dann nehme ich die.« Damit war der Handel beschlossene Sache. Ich erhielt das Schächtelchen mit den abgelehnten Knöpfen zurück und war entlassen.

Vor der Tür musste ich erst einmal tief durchatmen. Der deutsche Innenminister hatte mich, den Kofferträger, gefragt, welche Manschettenknöpfe er kaufen sollte, und hatte meinen Ratschlag auch noch angenommen! Er akzeptierte meine Meinung, als käme sie von seinesgleichen, und sprach mit mir ohne jegliche Allüren! Ich war zutiefst beeindruckt. Das war ein richtiger Herr, ein nobler Gast. Und er würde in Zukunft hin und wieder Manschettenknöpfe tragen, die ich, Jürgen Carl, für ihn ausgesucht hatte.

Andere Prominente waren allerdings weniger vornehm. Eine berühmte Schauspielerin beispielsweise kam mit ihrer heute ebenfalls sehr bekannten Tochter und einem Kofferraum voller Gepäck an. Es füllte zwei riesige Gepäckwagen. Zusätzlich hatten sie noch einen Kleidersack dabei, der so schwer war, dass sich der Haken, an dem man ihn aufhängen konnte, aufgebogen hatte. Ich musste ihn erst einmal mit der Hand wieder zurechtbiegen, was mir immerhin ein anerkennendes »Sind Sie aber stark!« der Mutter einbrachte, mehr allerdings auch nicht. Ich war schrecklich enttäuscht, denn ich bekam für die beiden Fuhren kein Trinkgeld, nicht einmal fünfzig Pfennige, was eigentlich das Minimum war, das man fast immer bekam.

Ausgerechnet von dieser Frau und ihrer Tochter hätte ich nicht erwartet, dass sie so knauserig wären. Es waren ja keine armen Leute, sie waren gut im Geschäft und besaßen eine riesige Villa, wie ich aus der Zeitung wusste. Solche Dinge vergisst man nicht.

Ebenso wenig vergesse ich meine ersten Englischversuche. Jedes Mal, wenn ich amerikanische Gäste auf ihre Zimmer geleitete und es im Zimmer ein bisschen warm war, fragten sie mich auf Englisch nach etwas, das wie »R-Kondischn« klang. Ich konnte mir beim besten Willen nicht vorstellen, was das sein sollte, stand jedes Mal etwas hilflos da und konnte nur die Achseln zucken. Ich konnte ja kein Wort Englisch. Meistens lachten die Gäste dann, klopften mir auch schon mal beschwichtigend auf den Rücken und drückten mir mein Trinkgeld in die Hand.

Ich rätselte und rätselte: Was meinten die mit diesem

seltsamen Wort? Und warum fragte jeder danach? Bis ich es herausbekam: Sie meinten Aircondition! Ich konnte mir zwar immer noch nichts darunter vorstellen – wer hatte in Deutschland in den fünfziger Jahren schon eine Klimaanlage –, aber immerhin wusste ich jetzt, was ich zu tun hatte, wenn wieder ein Amerikaner fragte: »Don't you have aircondition?« Darauf musste ich dann »no« antworten und sofort hinterherschieben: »But you can open the window.« Das hatte ich mir so beigebracht. Denn in Amerika kann man ja in vielen Hotels wegen der Aircondition die Fenster nicht öffnen. Dort ist es im Sommer dann oft eiskalt und im Winter heiß – eine verkehrte Welt.

Erst im Frankfurter Hof erfuhr ich, was eine Klimaanlage ist und wie sie funktioniert. Im Jahr 1961 war dort der Anbau eröffnet worden, und alle neuen Zimmer waren klimatisiert. Damit war der Steigenberger Frankfurter Hof das erste Hotel in Deutschland, das Aircondition hatte.

Um immer auf der Höhe der Zeit oder ihr gar voraus zu sein, wird hier im Hotel ständig irgendetwas renoviert, ausgebessert, ausgetauscht oder gestrichen, damit die Gäste Zimmer vorfinden, die ihren Erwartungen an ein Grandhotel entsprechen. Die Zimmer sind sehr unterschiedlich, aber ich kann sagen, dass ich jedes kenne, denn als Hoteldiener kam ich auch im Frankfurter Hof überall hin. »Geht mit dem Gast hoch, wenn die Zeit dafür ist!«, predige ich deshalb neuen Mitarbeitern grundsätzlich. »So lernt ihr die Zimmer am schnellsten und besten kennen. Ihr müsst wissen, wo der Lichtschalter für das Badezimmer ist und wie der Fernseher funktioniert, denn ihr müsst es erklären!«

Ich weiß genau, ob ein Zimmer ruhig oder weniger ruhig ist, ich weiß, wie es eingerichtet ist, ich kenne die Besonderheiten – ist noch eine ältere Badewanne mit richtigen Haltegriffen darin oder eine ganz moderne mit wunderschönen, aber glatten Armaturen, an denen man sich mit nassen Händen nicht richtig festhalten kann? –, und ich weiß, wie weit es vom Zimmer zum nächsten Aufzug ist. So kann ich bei Gästen, die ich kenne und von denen ich weiß, dass sie kommen, schon vorab dafür sorgen, dass sie ein Zimmer erhalten, das zu ihnen und zu ihren Bedürfnissen passt.

Welchem Gast welches Zimmer besonders gefällt, ist natürlich Geschmackssache. Es gibt bei uns viele schöne Zimmer, derzeit 321 an der Zahl, und ich könnte gar nicht sagen, welches ich am liebsten mag. Wir haben traditionell eingerichtete Zimmer, aber auch eine ganze Reihe, die in einem schönen klassisch-modernen Stil ausgestattet sind, mit angenehmen, warmen Farben. Manche Gäste, denen wir extra etwas Gutes tun wollen und denen wir ein ganz modernes Zimmer geben, möchten dann aber doch lieber eines der älteren, traditioneller eingerichteten, weil sie es gemütlicher finden und es so gewohnt sind.

Die Hauptsache bei allem ist immer, dass der Gast sich wohl fühlt. Hotelzimmer, egal wie luxuriös sie sind, müssen grundsätzlich sehr praktisch eingerichtet sein, sie werden viel stärker strapaziert als private Wohnzimmer. Und trotzdem ist es wichtig, dass der Bewohner auf Zeit das Gefühl bekommt, daheim zu sein, wenn er schon nicht wirklich bei sich zu Hause sein kann.

Und wenn ein Gast ausdrücklich ein ruhiges Zimmer wünscht, dann gebe ich meinen Kollegen am Empfang schon mal ein Zeichen. Denn es gibt keine wirkliche Ruhe in einem Hotel, selbst wenn ein Zimmer als »ruhig« gilt. In solch einem großen Gebäude ist rund um die Uhr Leben. Aufzüge fahren, Ventilatoren und Lüftungen rauschen, und es gibt Gäste, die sich nachts auf dem Flur laut unterhalten, bevor sie zu Bett gehen. Wenn man dann ein Zimmer ohne Zwischentüre zum Flur hat, kann das schon einmal ein bisschen stören.

An diesen Lärmpegel im Inneren eines Hotels muss man sich erst gewöhnen. Ich selbst schlafe deshalb äußerst ungern in Hotels, denn ich brauche mehrere Tage, bis ich mich an die fremde Umgebung gewöhnt habe. Obwohl ich selbst absolut ruhig wohne, stören mich sogar manchmal morgens die Vögel draußen vor dem Fenster meiner Wohnung, die mich mit ihrem lauten Gezwitscher wecken – vor allem im Frühjahr, wenn Balzzeit ist. Deshalb kann ich Gäste so gut verstehen, denen ein ruhiges Zimmer wichtig ist, und tue mein Möglichstes, um ihnen diesen Wunsch zu erfüllen.

Die für mich wichtigste Maxime, die ich auch immer wieder an meine jungen Mitarbeiter weitergebe, lautet deshalb: Man muss immer wissen, was ein Gast will, und man muss ihm diesen Wunsch nach Möglichkeit erfüllen, auch wenn das im einen oder anderen Fall etwas mehr Energie und Einsatz erfordert. Die Zufriedenheit, die man empfindet, wenn alles so eingetroffen ist, wie es der Gast wünschte, wiegt jede Anstrengung auf. Er soll gut schlafen und am nächsten Morgen ausgeruht aufwachen, denn er ist in der Regel nicht zu seinem Vergnügen bei uns, sondern hat einen harten Arbeitstag vor sich.

II. MENSCHEN IM HOTEL

MONTAG

Wenn der Wind entsprechend steht, kann ich das hohe Pfeifen der Düsen hören, schon am frühen Morgen. Ein Flugzeug nach dem anderen fliegt den Frankfurter Flughafen an. Eine neue Arbeitswoche beginnt. In den Maschinen sitzen viele Menschen, die aus beruflichen Gründen in die Stadt am Main kommen. Manche kommen nur für einen Tag und fliegen am Abend oder am nächsten Morgen wieder weiter. Andere bleiben mehrere Tage, die ganze Woche oder noch länger.

In gewisser Weise sind viele, die am Montagmorgen am Airport eintreffen, heimatlos. Das Hotel, in dem sie absteigen, muss ihnen für die Zeit ihres Aufenthalts das Zuhause ersetzen, so gut es eben geht.

Diese Männer und Frauen haben meist verantwortungsvolle Berufe, in denen sie weit reichende Entscheidungen treffen müssen. Wenn sie nach Frankfurt fliegen, dann tun sie das in der Regel, weil eine wichtige Besprechung ansteht, eine entscheidende Sitzung stattfindet, ein Geschäft zu platzen droht, Weichen für die Zukunft gestellt oder Personalentscheidungen getroffen werden müssen. Kaum jemand kommt nur in die Stadt, um das Kulturangebot oder die Shoppingmöglichkeiten zu genießen – bedauerlicherweise, denn Frankfurt hat auch in dieser Hinsicht mehr zu bieten, als viele glauben und vielleicht wissen.

In den Maschinen, die aus aller Herren Länder kommen, sitzen unsere Gäste, und es ist unsere Aufgabe, ihnen für die Zeit ihres Aufenthalts eine Heimat zu schaffen, damit sie die Aufgaben, derentwegen sie gekommen sind, mit voller Kraft und Energie angehen können. Dafür sind wir, dafür bin ich da. Und wenn es mir gelungen ist, für einen Gast die perfekte Dienstleistung zu erbringen, dann bedeutet das Zufriedenheit und Glück nicht nur für ihn, sondern auch für mich, den Dienstleister. Man bekommt Anerkennung und Dank. Das ist für mich das Besondere am Hotelberuf. Für den, der bereit ist, sich auf Service einzustellen, ist die Arbeit im Hotel ein schöner, ein interessanter Beruf, der nie langweilig wird, denn man hat es jeden Tag mit den verschiedensten Nationalitäten, Menschen und Charakteren zu tun.

Das Publikum in einem Hotel, gerade in einem Grandhotel, ist bunt gemischt. Wer im Hotel arbeitet, muss deshalb Verständnis haben für andere Kulturen, für einen anderen Lebensstil, für andere Traditionen. Fremdenfeindlichkeit oder Ausländerhass haben hier keinen Platz.

Ein gutes Beispiel für Menschen, denen man als Hotelangestellter besondere Feinfühligkeit entgegenbringen sollte, sind arabische Gäste, eine zahlungskräftige und deshalb für das Hotel sehr wichtige Klientel, die jedoch manchmal nicht ganz einfach ist. Man muss sich in sie hineindenken.

Da kann es vorkommen, dass eine Tochter mich bittet, für ihre Mutter einen Termin beim Friseur zu arrangieren. Es muss aber unbedingt eine Friseurin sein. Ich kümmere mich darum, organisiere alles, und die tief verschleierte Dame wird mit dem Taxi zum Salon gefahren. Kurze Zeit später geht mein Telefon: Die Friseurin ist in heller Aufregung. Die Kundin will nicht bleiben, weil sich im Raum ein Mann befindet!

Erst jetzt stellt sich heraus, dass überhaupt kein männliches Wesen im selben Raum sein darf! Wir suchen fieberhaft nach einer Möglichkeit, den Wunsch der Dame zu erfüllen. Schließlich wird sie im Ruheraum des Salons untergebracht, den sie ganz für sich allein hat und in dem sie sich, völlig abgeschirmt von männlichen Blicken, in Ruhe verschönern lassen kann.

Auf uns Europäer mag so etwas vielleicht etwas eigenartig wirken, aber als Dienstleister muss man solche Sonderwünsche sehr ernst nehmen. Es handelt sich hier um einen anderen Kulturkreis mitsamt einer anderen Religion, die wir zu respektieren haben. So ist es auch notwendig, die Ost-West-Ausrichtung des Hotels genau zu kennen, denn arabische Gäste fragen danach, damit sie sich beim Gebet gen Mekka ausrichten können. Ein gutes Hotel stellt bei Bedarf sogar Gebetsteppiche und einen Kompass zur Verfügung.

Mit das Wichtigste für Menschen aus dem arabischen Kulturkreis aber sind ihre Familie und ihre Kinder. Arabische Kinder, das habe ich über viele Jahre beobachtet, sind ganz reizend und meist bildhübsch, aber sie benehmen sich für unsere Begriffe wirklich schlecht. Sie sind laut, sie turnen mit ihren Straßenschuhen auf Stühlen und Sofas herum und toben ungehindert in der Hotelhalle und in der Lobby umher. Es kann durchaus sein, dass der Vater dann lachend dabeisteht, auch wenn die anderen Gäste schon etwas irritiert schauen.

Hierzulande würden in einer solchen Situation die Eltern ihr Kind wahrscheinlich irgendwann zur Ordnung rufen. Und ein japanisches Kind würde von vornherein ein anderes Verhalten an den Tag legen – japanische Kinder sind die besterzogenen Kinder, die es gibt. Auch mir, der ich Kinder sehr gerne habe, liegt es in solchen Momenten auf der Zunge, die Kleinen ein wenig zu ermahnen, damit sie die anderen Gäste nicht stören.

Bei arabischen Gästen muss man mit so etwas jedoch sehr vorsichtig sein, darf sich nicht von unserer Kultur und unseren Erziehungsgrundsätzen beeinflussen lassen. Arabische Kinder dürfen einfach alles, denn ihre Kinder sind für Araber das A und O. Eine Zurechtweisung der Kleinen durch Fremde würden die Eltern als glatte Frechheit empfinden.

Auch bei ihrer Zimmerwahl sind arabische Gäste höchst kompliziert. Es dauert oft sehr lange, bis sie sich entscheiden. Sie lassen sich erst mehrere Zimmer zeigen, und dann beginnen sie zu handeln, um den günstigsten Preis zu bekommen. Auch das ist Teil ihrer Kultur. Wer auf einem orientalischen Basar nicht handelt, gilt nichts. Und wer glaubt, dass arabische Gäste mit Geld nur so um sich werfen, der täuscht sich. Das passiert vielleicht an der Côte d'Azur, aber nicht in einer Geschäftsstadt wie Frankfurt.

Eine Eigenschaft, für die arabische Gäste meiner Erfahrung nach kein Verständnis haben, ist die gute deutsche Tugend der Pünktlichkeit. Termine spielen im arabischen Kulturraum eine untergeordnete Rolle, das muss man einfach wissen, wenn man es mit arabischen Geschäftspartnern zu tun hat. Wenn man um zehn Uhr verabredet ist, heißt das noch lange nicht, dass man sich wirklich um zehn Uhr trifft. Unpünktlichkeit bedeutet aber keineswegs Unhöflichkeit oder Respektlosigkeit dem Geschäftspartner gegenüber, sondern sie gehört geradezu zum guten Ton.

Die russischen Gäste, die bei uns absteigen, sind ausgesprochen höflich, herzlich und menschlich, ich mag sie als Gäste besonders gerne. Doch auch bei ihnen ist Pünktlichkeit etwas, das man vergeblich sucht. Wenn wir deutsche Gäste haben, die zu mir kommen, weil sie mit einem Herrn oder einer Dame aus Russland verabredet sind und schon eine Viertelstunde in der Lobby warten, dann gebe ich ihnen den Rat: »Haben Sie Geduld, trinken Sie noch einen Kaffee, und warten Sie. Russen sind grundsätzlich zu spät, das ist einfach so.«

Das andere Zeitverständnis bei russischen Partnern ist jedoch nicht als mangelnde Wertschätzung zu verstehen. Geschäftsbeziehungen beruhen bei ihnen, ähnlich wie bei Arabern, auf Vertrauen und dem Aufbau einer persönlichen Beziehung. Deutsche Pünktlichkeit ist da kein wesentlicher Faktor.

Um zehn wird es in der Halle richtig lebhaft, man könnte fast die Uhr danach stellen. Die ersten Gäste am Montag sind meistens die Amerikaner, deren Flüge über Nacht gehen und die am Morgen in Frankfurt landen. Plötzlich wird es voll am Empfangstresen, und auch am Desk des Concierge. Da kann es schon einmal passieren, dass zehn Leute anstehen.

Geduldiges Anstehen ist allerdings nicht jedermanns Sache, wenn man einmal von den Engländern absieht, deren Kultur des Schlangestehens geradezu sprichwörtlich ist. Angehörige anderer Nationalitäten haben darin weniger Übung. Das sollte man als Hotelangestellter rasch erkennen und entsprechend reagieren.

Wenn ein neuer Gast zur Tür hereinkommt, spüre ich sofort, ob er gestresst ist, auch wenn ich ihn noch nie gesehen habe. Man sieht es ihm meist schon am Gesicht an. Vielleicht hat er einen wichtigen Termin, vielleicht hatte sein Flugzeug Verspätung, womöglich kam das Gepäck nicht mit, vielleicht war der Zug laut und überfüllt, oder er hatte einen unfreundlichen Taxifahrer, was in Frankfurt wie in jeder anderen Stadt durchaus vorkommen kann. All diese Dinge muss man bedenken, sie passieren täglich.

Jetzt ist er gehetzt, und am Empfang warten schon zehn andere vor ihm, die nicht alle auf einmal bedient werden können. Das Wichtigste in diesem Moment: Der Gast muss das Gefühl haben, dass ich ihn verstehe. Der Druck, der auf diesen Menschen lastet, ist enorm. Die Reise nach Frankfurt ist für sie keine Erholung. Sie müssen die geforderten Zahlen bringen, sie haben eine Menge schwieriger Aufgaben zu bewältigen, häufig geht es um sehr viel Geld.

In solch einer Situation muss ich als Concierge Einfühlungsvermögen haben. Ich muss vor allem den Menschen sehen mit seinen Empfindungen und dem Druck, dem er ausgesetzt ist. Ich muss sehr liebevoll und ruhig auf ihn eingehen und ihm zeigen, dass ich ihn und sein Problem verstehe, auch wenn er vielleicht hektisch ist, den Koffer ungeduldig hinwirft oder etwas lauter wird, weil ihm alles nicht schnell genug geht. Wenn er spürt, dass ich mich ihm völlig zuwende, dann wird er garantiert ruhiger werden. Ein Gast wird nach meiner Erfahrung nur dann richtig wütend, wenn er das Gefühl hat, dass den anderen sein Anliegen überhaupt nicht interessiert. Als Concierge muss ich ihm deshalb unbedingt das Gefühl geben, dass es für mich oberste Priorität hat, seine Wünsche zu erfüllen und bei Beschwerden Abhilfe zu schaffen.

Doch wir haben in der Regel Gäste, die zu 99 Prozent eine gute Erziehung genossen haben, mit Druck umgehen können und die Welt kennen. Sie verstehen, wenn etwas nicht ganz reibungslos verläuft, was im Frankfurter Hof genau so vorkommen kann wie in jedem anderen Hotel oder Wirtschaftsunternehmen. Denn ein Hotel *ist* ein Wirtschaftsunternehmen, ein Grandhotel wie der Frankfurter Hof ganz besonders. Hier arbeiten Hunderte von Menschen, um die Gäste zufriedenzustellen. Alle machen ihre Sache so gut, wie sie können, aber jeder macht auch einmal Fehler. Das ist menschlich.

Unsere Gäste kennen das, viele leiten selbst ein Unternehmen. Ein Banker weiß, wie es an einem Bankschalter zugeht, wenn dort zehn Kunden Schlange stehen; der Leiter eines Warenhauses weiß, was passiert, wenn es einen Massenandrang gibt; und auch dem Geschäftsführer einer großen Supermarktkette ist durchaus bekannt, dass man als Kunde an den Kassen seiner Geschäfte manchmal Schlange stehen und sich in Geduld üben muss.

In dieser Hinsicht besonders angenehme Gäste – neben den in der Regel überaus geduldigen Engländern – sind Afrikaner. Sie haben alle Zeit der Welt. In den vielen Jahren, die ich im Hotel arbeite, habe ich noch nie einen hektischen oder unzufriedenen afrikanischen Gast erlebt. Selbst dann, wenn etwas wirklich nicht in Ordnung war, gab es von afrikanischen Gästen kein böses Wort.

Vor Jahren hatten wir einen Stammgast aus Nigeria, einen sehr sympathischen Mann, der in seinem Land eine bedeutende Persönlichkeit war. Eines Tages wurde er versehentlich in ein älteres, kleines und verwohntes Zimmer ohne Klimaanlage eingebucht, das normalerweise gar nicht hätte vergeben werden dürfen, weil es zur Renovierung anstand. Manch anderer Gast hätte Zeter und Mordio geschrien, aber nicht so der Herr aus Nigeria. Er kam herunter in die Halle, lachte und sagte auf Englisch zu dem damaligen Empfangschef: »Auch wenn Sie wissen, dass ich aus dem Busch komme, würde ich mich trotzdem über ein schönes Zimmer freuen, wie ich es hier normalerweise gewöhnt bin!« Kein böses Wort, kein böser Blick. Manch einer könnte davon lernen.

Was Lockerheit und Leichtigkeit im Umgang angeht, gibt es eigentlich nur eine Klientel, die es mit Afrikanern aufnehmen kann: meine Freunde, die Franzosen. Sie haben eine Lebensart, die ich bei vielen Gästen aus anderen Ländern, und auch bei deutschen Gästen, manchmal ein wenig vermisse.

Ich zumindest habe noch nie einen unfreundlichen Franzosen erlebt. Mit französischer Nonchalance geht man über Pannen hinweg, besonders, wenn sie sich im technischen Bereich abspielen.

Vor der Einführung des computergestützten Zimmervergabe-Systems mussten belegte Zimmer auf einer Liste am Empfang manuell per Zettel gekennzeichnet werden. Da konnte es durchaus einmal vorkommen, dass versehentlich ein Zimmer als frei gekennzeichnet war, das eigentlich schon durch einen anderen Gast belegt war.

An einem Tag passierte das gleich zwei Mal, und zwar bei einem Franzosen und bei einem Deutschen. Der Franzose hatte einen Mann auf dem Zimmer, der Deutsche eine Dame.

An den unterschiedlichen Reaktionen konnte man wunderbar die Charaktereigenschaften studieren, die den beiden Völkern immer wieder zugeschrieben werden. Der Franzose kam in die Halle herunter und beklagte sich lachend: »Dass Sie für mein Wohlergehen sorgen möchten und eine zweite Person bei mir einquartieren, finde ich ja sehr umsichtig. Aber eine Frau wäre mir doch um einiges lieber gewesen!« Dagegen der Deutsche kurz darauf in strengem Tonfall und ohne eine Spur von Humor: »Bin ich hier in einem Puff, oder was ist da los?«

Um das bunte Bild zu vervollständigen, hätte an dieser Stelle nur noch ein japanischer Gast gefehlt, denn Japaner sind eine Klientel, die mit einer geradezu unerschütterlichen Geduld und Höflichkeit ausgestattet sind. Sie gehören – neben Kindern und den Buchmessegästen – für mich deshalb zu den besonders angenehmen Gästen. Ein Japaner hätte sich vermutlich mehrmals verbeugt, um mir schließlich in wohlgesetzten Worten zu erklären, dass sein Zimmer bereits von einem anderen Gast bezogen worden sei und er deshalb um eine Überprüfung bitte, da es sich hier offenbar um einen Irrtum handelte.

Zu Japanern bekomme ich eigentlich immer Zugang. Japaner schätzen es, wenn man sich Zeit für sie nimmt, sie erwarten das sogar. Das ist auch der Grund, weshalb es in japanischen Hotels so viele Angestellte gibt.

Wenn ich mit einem Japaner spreche, kann die Schlange vor meinem Desk noch so lang sein, es kann rechts und links jemand stehen und ungeduldig von einem Fuß auf den anderen treten – ich muss in aller Ruhe seine Fragen beantworten und darf nicht nervös werden, egal was passiert. Japaner erwarten das schlicht und einfach, Eile würden sie als grobe Unhöflichkeit empfinden. Das sind Dinge, die man als Hotelangestellter lernen muss. Nur wer sich in die kulturellen Eigenheiten der Gäste hineinzudenken vermag, kann hier erfolgreich arbeiten und ist mit seiner Arbeit am Ende auch zufrieden.

Und wenn es das Unglück will und ein hektischer deutscher Gast hinter einem japanischen Gast wartet, dann sehe ich das schon aus den Augenwinkeln. Ich schaue ihn kurz an und zwinkere ihm zu, damit er weiß, dass ich die Situation erkannt habe. Die meisten Gäste nehmen dann auch tatsächlich Rücksicht und üben sich in Geduld. Wenn ich allerdings merke, dass es jemand wirklich brandeilig hat, unterbreche ich kurz und sorge dafür, dass sich ein Kollege dieses Gastes annimmt.

Das Besondere an japanischen Gästen ist die Tatsache, dass sie Deutschland, vor allem deutsche Literatur, über alles lieben. Das Erste, was japanische Besucher in der Regel deshalb in Frankfurt sehen wollen, ist das Goethehaus, das vom Hotel nur einen Katzensprung entfernt ist. Und obgleich Japaner so wenig Urlaub haben, reisen sie, wenn sie schon einmal in Deutschland sind, unglaublich weit, um in einer Woche möglichst viel vom Land zu sehen. Sie sind sehr wissbegierig und ehrgeizig, und man merkt: Sie sind zivilisiert, sie entstammen einer Jahrtausende alten Kultur. Und auch wenn es ein Ritual ist und vielleicht nicht immer von Herzen kommt – ihre Höflichkeit, bis hin zu den Verbeugungen, macht auf mich immer einen besonderen Eindruck.

Doch auch gegenüber Gästen, bei denen Rücksichtnahme und Höflichkeit eine eher nachgeordnete Rolle spielen – und solche Menschen gibt es überall, egal, aus welchem Kulturkreis sie stammen –, gilt für mich als oberster Grundsatz: Jeder Mitmensch hat seine eigene Geschichte, wir sollten ihn nehmen, wie er ist. Es gehört deshalb zu den wichtigsten Eigenschaften eines guten Hotelangestellten, dass er über die Eigenarten anderer Nationalitäten, die uns vielleicht fremd erscheinen oder gar aufstoßen mögen, erhaben ist. Wir alle müssen tolerant sein gegenüber Menschen jedweder Couleur, und das gilt nicht nur für Hotelangestellte. Toleranz macht das Leben für alle einfacher und fröhlicher. Wir sollten sie üben, wo möglich, Tag für Tag. Um dies zu lernen, ist ein Hotel ein besonders guter Ort.

Schwierige Gäste sind an sich ja nichts Ungewöhnliches, es gibt sie überall, auch im Grandhotel. Was aber macht ein Hotel wie den Steigenberger Frankfurter Hof überhaupt zu einem Grandhotel? Ist es seine Größe? Seine luxuriöse Ausstattung? Die Prominenz seiner Gäste?

Für mich gibt es darauf nur eine Antwort: Es ist weniger seine schiere Größe und die Pracht der Einrichtung. Es sind die im eigentlichen Sinn des Wortes großen Menschen, die in ihm wohnen. In Österreich beispielsweise gibt es viele kleine Hotels, die nicht einmal sonderlich berühmt sind. Aber trotzdem, oder gerade deshalb, steigen hier bedeutende Menschen ab. Aus diesem Grund sind auch solche kleinen Hotels echte Grandhotels.

Ein Hotel wird nur dann zum Grandhotel, wenn die Atmosphäre stimmt. Im Grandhotel hat man Zeit für den Gast, es gibt hier keine Massenabfertigung. Man hat Stammgäste, die seit vielen Jahren kommen und die man ganz persönlich anspricht. Man kennt ihre Vorlieben und Abneigungen und stellt sich auf sie ein. Ein Grandhotel ist auf sympathische Weise altmodisch, es hat Tradition, ist stolz darauf und bewahrt und pflegt sie.

Viele unserer Gäste sagen, unser Haus habe eine besondere Atmosphäre, obwohl es ein sehr altes Haus ist mit all den negativen Begleiterscheinungen, die ein historisches Gebäude für das Funktionieren eines Hotels mit sich bringt. Und dennoch – oder vielleicht genau aus diesem Grund, ist es etwas Besonderes, es strahlt Geschichte aus. Es hat ein Gesicht wie das eines alten, erfahrenen Menschen, der viel gesehen und erlebt hat: Man kann die Spuren seines bewegten Lebens in ihm erkennen. Andere, neuere Hotels mögen besonders luxuriös und modern eingerichtet sein und nach einem imaginären sechsten Stern greifen.

Zu mir kommen immer wieder Gäste, die über solche Häuser sagen, die ganze Pracht sei überwältigend, aber sie lasse sie irgendwie kalt, es sei kein Leben in ihnen. Ich weiß nicht, warum das so ist. Ich weiß nur: Ein Hotel wurde und wird zum Grandhotel durch die Menschen, die darin wohnten.

Ich hatte das Glück, vielen dieser großen Menschen –

und damit meine ich Menschen, die gesellschaftlich besonders anerkannt sind, die Besonderes leisten oder besondere Fertigkeiten haben, wie Wirtschaftslenker, Politiker, Unternehmer, Verleger, Künstler, Literaten, Musiker oder Sportler – zu begegnen und sie ein wenig kennen zu lernen. Und häufig haben mich gerade diese Menschen mit ihrem Verhalten sehr überrascht, im positiven Sinne.

Was mich aber am meisten überraschte und erstaunte: Die wirklich Großen sind die bescheidensten Menschen.

Der verstorbene Bertelsmann-Patriarch Reinhard Mohn beispielsweise ist mir in dieser Hinsicht unauslöschlich in Erinnerung geblieben. Er war vor Jahren Gast im Haus, als er außerhalb der Buchbranche noch kaum jemandem bekannt war. Nach dem Krieg gab es im Frankfurter Hof einige ältere Zimmer, die noch nicht renoviert und umgebaut worden waren und die man an besonders preisbewusste Gäste vermietete.

Und es passierte, was eigentlich nicht hätte passieren dürfen: Reinhard Mohn bekam versehentlich eines dieser einfacheren Zimmer zugewiesen. Als ich erkannte, wer da die Halle betrat, und herausfand, wo er untergebracht worden war, fuhr mir ein ziemlicher Schreck in die Glieder.

Sofort rief ich ihn an und entschuldigte mich im Namen der Direktion tausendmal für das Versehen des Reservierungspersonals.

»Wieso? Es ist doch alles in Ordnung, Herr Carl!«, erwiderte er. Dabei war es für heutige Verhältnisse wirklich ein hässliches Zimmer, das bestimmt nicht dem entsprach, was er sonst gewohnt war.

»Dürfen wir Ihnen nicht ein anderes Zimmer anbieten?«, insistierte ich.

»Nein, nein, machen Sie sich keine Umstände! Es ist alles bestens, ich bin zufrieden!«, war seine Antwort. Und er blieb dort bis zum Ende seines Aufenthalts wohnen. Manch anderer hätte reklamiert und sich womöglich bei der Hotelleitung beschwert. Aber nicht Reinhard Mohn.

Ebenfalls vor vielen Jahren kam ein sehr bekannter Siemens-Chef mit seinem Fahrer zu uns. Damals gab es auf den Etagen noch die so genannten Chauffeurszimmer, kleine Butzen ohne Bad, zweckmäßig, aber eher einfach eingerichtet. In ihnen wurde das Personal untergebracht, mit dem manche hochstehenden und wohlhabenden Gäste damals noch anzureisen pflegten.

Dem Empfangspersonal war bei der Zimmerbestellung nicht gesagt worden, wer der Fahrer und wer der Siemens-Chef war, und es kam, wie es kommen musste: Die beiden Herrschaften wurden einfach eingebucht. Dabei bekam der Fahrer das schöne Zimmer, und sein Chef bekam das Fahrerzimmer.

Als ich den Fehler bemerkte, sprach ich den Herrn an, entschuldigte mich und bot ihm an, die Zimmer zu tauschen. Er bedankte sich höflich und entgegnete zu meiner Verblüffung: »Herr Carl, mein Fahrer hat mich jetzt stundenlang gefahren. *Er* hat geschwitzt, *er* musste arbeiten. *Er* muss sich frisch machen, muss ein Bad nehmen und sich erholen können. Ich saß ja nur hinten im Wagen und habe Akten gelesen. Lassen Sie ihn mal schön in dem Zimmer, und ich bleibe in dem Fahrerzimmer.«

Das Verhalten dieser beiden Männer hat mich zutiefst beeindruckt. Bis heute sage ich jedem jungen Mitarbeiter, der sich diese Geschichten anhört: »Siehst du: *Das* ist nobel! *Das* ist Grandhotel!«

Mit allergrößter Hochachtung denke ich auch an Alfred Herrhausen zurück, den legendären Vorstandssprecher der Deutschen Bank, der so grausam ermordet wurde.

Ich kannte ihn von früher, als er noch nicht Chef der Deutschen Bank war und in Düsseldorf wohnte. Er war häufig bei uns zu Gast, wenn er in Frankfurt zu tun hatte. Damals machte ich häufig Nachtdienst und wusste, was für ihn das Nonplusultra war: die *Frankfurter Allgemeine Zeitung* vom nächsten Tag. Die Deutschlandausgabe wird ja abends schon gedruckt. Wenn ich wusste, dass Herrhausen sich angesagt hatte, besorgte ich die Zeitung, übergab sie ihm, wenn er spät abends ins Hotel kam, und wünschte ihm eine gute Nacht. Da war er glücklich.

Dann wurde er Chef der Deutschen Bank, zog nach Bad Homburg und wohnte nicht mehr bei uns. Doch kurz vor seinem Tod im November 1989 war er im Frankfurter Hof auf einer Veranstaltung. Als sie zu Ende war, sah ich ihn von Weitem, wie er von seinen Leibwächtern umringt durch die Halle Richtung Ausgang ging. Er schaute kurz zu mir herüber und war schon fast aus der Tür. Da machte er plötzlich kehrt, ließ die verdutzten Bodyguards stehen, kam zu mir an den Desk und sagte: »Herr Carl, es ist schön, Sie hier zu sehen. Ich habe mich bei Ihnen immer sehr wohl gefühlt!« Dann gab er mir die Hand, drehte sich um und ging.

Zwei Wochen später hörte ich von dem Attentat, und es lief mir kalt den Rücken hinunter. Dass so ein nobler, intelligenter Mann so früh und so nutzlos sterben musste, ohne sein Lebenswerk vollenden zu können, ist wirklich tragisch! Meiner Meinung nach war er ein ausnehmend kluger Kopf, der seiner Zeit weit voraus war, Jahrzehnte womöglich.

Was mich aber am meisten an Alfred Herrhausens Handschlag beeindruckte, war die Tatsache, dass er sich nach so vielen Jahren noch an mich erinnerte und sogar meinen Namen wusste – wir trugen damals noch keine Namensschilder! Dabei hatte ich gar nichts Außergewöhnliches für ihn getan. Ich hatte mir einfach gemerkt, was er besonders schätzte.

Für einen Menschen wie Alfred Herrhausen spielte es keine Rolle, welcher Gesellschaftsschicht ein anderer Mensch angehörte, welchen Beruf er hatte, welche Position er bekleidete oder welche politische Überzeugung er vertrat – er war offen für alles. Auch wenn er sich mit mir unterhielt, gab es keinen Unterschied zwischen ihm und mir, obgleich wir uns in zwei verschiedenen Welten bewegten. Dass ich einen solch außergewöhnlichen Mann persönlich erleben durfte, macht mich sehr froh.

Diese erstaunliche und beglückende Erfahrung mache ich in meinem Beruf immer wieder: Je höher die Menschen gesellschaftlich oder beruflich stehen, desto weniger eingebildet sind sie in der Regel. Die Schwierigen sind eigentlich immer nur die, die noch auf dem Weg nach oben sind. Ob es allerdings tatsächlich der Weg an die Spitze ist, möchte ich manchmal bezweifeln, wenn ich mir ihr Benehmen vor Augen führe.

Besonders auffällig ist das bei Künstlern: Wenn sie noch nicht ganz bekannt oder berühmt sind oder ihr Stern vielleicht allmählich wieder verglüht, sind sie oft sehr empfindlich und anspruchsvoll, man kann ihnen kaum etwas recht machen. Die wahrhaft Großen dagegen wie Edda Moser, Plácido Domingo oder José Carreras – um nur einige wenige Sängerinnen und Sänger als Beispiele zu nennen – sind in der Regel ganz unkompliziert.

Das Gleiche gilt für Gäste aus dem Adel. *Noblesse oblige* – diese Aussage trifft meiner Erfahrung nach tatsächlich fast immer zu. Ich habe hier im Haus noch nie einen Adligen erlebt, der hochnäsig oder arrogant gewesen wäre. Und bei uns gehen viele Adlige ein und aus.

Es liegt sicherlich an der Erziehung, aber ich glaube, es liegt auch daran, dass der Adel im vergangenen Jahrhundert viel verloren hat. Vielleicht hat ihm das ein besonderes Gefühl dafür vermittelt, dass alles vergänglich ist. Viele besaßen nach den beiden Weltkriegen nichts mehr außer ihrem guten Namen und einer guten Kinderstube. So etwas prägt den Charakter.

Auffallend ist, dass jüngere Gäste in dieser Hinsicht häufig leider ganz anders sind, härter und unnachgiebiger, es ist manchmal geradezu erschreckend. Vor nicht allzu langer Zeit beispielsweise kam eine junge Dame, sie war vielleicht Mitte zwanzig, zum Empfang, um einzuchecken. Ich hörte, wie sie laut und deutlich forderte: »Aber ich möchte eines der ganz neu renovierten Zimmer. Wenn Sie damit Probleme haben, gehe ich in ein anderes Hotel!«

Dazu muss man wissen: Die frisch renovierten Zimmer sind die teuersten. Die junge Frau hatte aber nur eines der billigsten bestellt.

Wie soll man als Hotel auf solch eine dreiste Forderung reagieren? Natürlich will man keinen Gast verprellen, der

Konkurrenzkampf ist hart. Aber darf man sich deshalb erpressen lassen? Wir fanden schließlich einen diplomatischen Weg, der es uns erlaubte, unser Gesicht zu wahren und die junge Frau – besser gesagt, die Firma, die ihr den Aufenthalt zahlte – nicht als Kunden zu verlieren.

Aber es sind nicht nur junge Frauen, die auffällig unnachgiebig und extrem selbstbewusst auftreten. Auch junge Männer können sehr hart sein, sie werden ja geradezu dazu erzogen. In meinem Bekanntenkreis gab es einen jungen Mann, der innerhalb kürzester Zeit eine Riesenkarriere machte und Chef einer großen Firma wurde. Er berichtete mir, dass er bei Verhandlungen immer sorgfältig darauf achtet, dass niemand einen höheren Stuhl hat als er selbst, damit er mit seinen Gesprächspartnern buchstäblich auf Augenhöhe verhandelt. Es gibt Seminare, wo man so etwas lernt, erzählte er mir.

Ich beobachte allerdings, dass das Leben die Menschen im Lauf der Jahre lehrt und sie zum Nachdenken bringt. Das macht mir Hoffnung. Denn man kann nicht ständig nur den eigenen Vorteil im Auge haben und dafür andere Menschen treten. Das, was man tut, kommt irgendwann zu einem zurück. Ich weiß das aus der Erfahrung meines Lebens.

Es gibt einen schönen Spruch aus dem Alten Testament, der genau dies ausdrückt: »Lass dein Brot über das Wasser fahren, so wirst du es finden nach langer Zeit.« Er stammt aus dem 11. Kapitel des Predigers Salomo und besagt, dass man sein Leben nicht an kurzfristigen Erfolgen ausrichten, sondern stets bereit sein soll, Gutes zu tun und das, was man hat, mit anderen zu teilen, auch wenn man dafür keinen unmittelbaren Lohn zu erwarten hat. Wenn man versucht, nach diesem Grundsatz zu leben, wird dieses Handeln irgendwann belohnt werden. Egal, woran man glaubt – es gibt eine höhere Gerechtigkeit, davon bin ich überzeugt.

Manchmal habe ich Gäste, langjährige Stammgäste, die reizendsten Menschen, die plötzlich ins Hotel kommen und wie verwandelt sind. Sie sind mürrisch, unzugänglich, wirken angespannt und reagieren nicht einmal auf mein freundliches »Guten Abend«.

Ein paarmal habe ich es erlebt, dass ich dann ein paar Monate später die Todesanzeige in der Zeitung las und erfuhr, dass der Gast, als er bei uns im Hotel war, schon wusste, dass er unheilbar an Krebs oder einer anderen tödlichen Krankheit litt.

Die Romanschriftstellerin Sandra Paretti beispielsweise war bei ihrem letzten Aufenthalt Anfang der neunziger Jahre vollkommen verändert. Sie war sonst eine offene, freundliche Frau, die sich immer sehr für das Hotel und alles, was damit zu tun hatte, interessierte. Beim letzten Mal war sie jedoch zu meiner Verwunderung sehr unnahbar und mit nichts zufrieden. Kurz danach wurde ihr Freitod gemeldet, den sie mit Hilfe einer Sterbehilfeorganisation in der Schweiz herbeigeführt und bewusst in die Öffentlichkeit getragen hatte, um ein Zeichen zu setzen. Sie war unheilbar krebskrank gewesen.

Ich kann aus eigener Erfahrung nachvollziehen, was es für einen Menschen bedeutet, wenn er die Diagnose Krebs bekommt. Man müsste schon einen sehr starken Charakter haben, um trotzdem noch fröhlich und unbeschwert durchs Leben zu gehen. Und natürlich ist es für einen Gast, bei dem diese Krankheit diagnostiziert wurde, schwierig, wenn ihm im Hotel plötzlich quicklebendige, fröhliche Menschen begegnen, die keine Schmerzen und scheinbar keine Sorgen haben.

Doch obgleich ich meist sofort spüre, wenn bei einem Gast etwas nicht in Ordnung ist, würde ich ihn niemals ungefragt darauf ansprechen. Es würde bedeuten, ihm zu nahe zu treten. Man kann nur ganz still und zurückhaltend werden, was mir allerdings gerade bei langjährigen Kunden, die mir ans Herz gewachsen sind, nicht leichtfällt.

Ein Mal, vor vielen Jahren, habe ich es erlebt, dass sich ein Gast bewusst von mir verabschiedet hat. Es war ein sehr viel älterer Herr, mit dem ich mich gut verstand. Er kam oft, war immer sehr freundlich und auch sehr generös. Eines Tages, er hatte schon seinen Koffer in der Hand und wartete auf ein Taxi, kam er zu mir, gab mir einen außergewöhnlich großzügigen Obolus und sagte gut gelaunt, ja geradezu fröhlich: »Auf Wiedersehen, lieber Herr Carl, ich danke Ihnen für alles. Wir werden uns wahrscheinlich nicht mehr wiedersehen.«

Im ersten Moment dachte ich einfach, er würde umziehen und könnte deshalb nicht mehr kommen. Kurz darauf las ich seine Todesanzeige in der Zeitung. Er muss also gewusst haben, dass ihm nicht mehr viel Zeit blieb, und schien trotzdem guter Dinge und mit sich im Reinen.

Wirklich schlimm ist es allerdings, wenn Menschen bewusst ins Hotel gehen, um ihrem Leben dort ein Ende zu setzen. Es kommt zum Glück nicht häufig vor, aber wenn es passiert, geht es uns allen sehr nahe. Direktion und Sicherheitspersonal versuchen in einem solchen Fall, die Angelegenheit so diskret wie möglich zu handhaben. In der Regel erfahren wir Angestellten keine Details. Wir wollen es auch gar nicht wissen, der Suizid an sich ist schon bedrückend genug.

Besonders erschütterte mich vor etlichen Jahren der Freitod eines älteren Herrn, den ich gut kannte, weil er jahrelang immer zur Pelzmesse kam, als es sie noch gab. Er hatte sich vorher nicht das Geringste anmerken lassen. Unweigerlich stellte ich mir hinterher die Frage: Was hätte ich tun können, um die Tat zu verhindern, hätte ich etwas bemerken müssen? Ich werde nie eine Antwort darauf erhalten.

Natürlich leidet nicht jeder Gast, der mürrisch ist, an einer schweren Krankheit oder plant womöglich seinen Freitod. Manchmal genügt schon erheblicher Druck, dass Menschen entgegen ihrer sonstigen Natur übellaunig reagieren.

Hin und wieder kommt es vor, dass ich Gespräche von Gästen unfreiwillig mithöre, weil sie direkt vor meinem Desk stattfinden. Während einer Automesse beispielsweise bekam ich hautnah eine Auseinandersetzung zwischen dem Vertriebsleiter einer großen deutschen Automarke und seinem amerikanischen Chef mit. Der Deutsche, sonst ein ganz reizender Gast, stand da wie ein geprügelter Hund und musste sich von seinem Vorgesetzten die heftigsten Vorwürfe anhören. Ihm wurde dermaßen der Kopf gewaschen, dass mir ganz anders wurde, und alles, weil seine Zahlen nicht stimmten. Es war deutlich zu spüren: Da gab einer den Druck an den anderen weiter. Dass der Gast anschließend keine besonders gute Laune versprühte, wunderte mich dann nicht mehr.

Es gibt aber auch Gäste, die trotz allen wirtschaftlichen Drucks und trotz aller Hektik nie missmutig und unzufrieden wirken, und deshalb gehören sie zu meinen absoluten Lieblingsgästen. Es sind die Menschen, die während der Buchmesse im Herbst das Hotel bevölkern und daraus ein großes, geschäftiges, kreatives Bienenhaus machen: Verleger, Autoren, Lektoren und Verlagsagenten. Das sind phantastische, weltoffene und kultivierte Leute, sie tragen einen Geist in unser Haus, der ihm guttut. Ganz Frankfurt ist an diesen Tagen wie verändert. Die Buchmesse ist *das* Highlight des Jahres, und für mich, der ich Bücher und Buchmenschen über alles liebe und bewundere, ganz besonders.

Ich kann mich nicht daran erinnern, jemals ein unangenehmes Erlebnis mit einem Gast zur Zeit der Buchmesse gehabt zu haben, mit einer Ausnahme: Eine Mitarbeiterin eines großen amerikanischen Verlages wollte während der Buchmesse unbedingt im Frankfurter Hof absteigen, doch unser Empfangschef musste ihr klarmachen, dass er beim besten Willen kein Zimmer mehr für sie frei hatte. Darüber echauffierte sich die Dame dermaßen, dass sie ihm mitten in der Halle eine schallende Ohrfeige verpasste! So etwas hatten weder er noch ich bis dahin je erlebt. Mein Kollege blieb trotzdem professionell höflich, ließ sich seine Entrüstung nicht anmerken und komplimentierte die Dame freundlich, aber bestimmt aus der Halle heraus. Sie hat nie wieder bei uns gewohnt.

Das gibt es einfach: Menschen, die nur Schwierigkeiten machen, und es gibt sie nicht nur im Hotel. Solchen Leuten kann man es einfach nicht recht machen. Eigentlich tun sie mir leid, und ich frage mich dann, was sie dazu bringt, in solchem Unfrieden mit sich und ihrer Umgebung zu leben. Vielleicht mögen sie sich selbst nicht leiden und lassen ihre Unzufriedenheit an anderen aus. Helfen kann man ihnen jedenfalls nicht, diese Versuche habe ich längst aufgegeben.

Dass ein Gast einmal wirklich über die Stränge schlägt und randaliert, kommt aber nur sehr selten vor, und meistens ist dann Alkohol im Spiel. Für solche Situationen haben wir einen Sicherheitsbeauftragten, den wir rufen, wenn wir selbst mit der Situation nicht mehr fertig werden. Aber ich brauche ihn fast nie, ich bin ja nicht alleine, sondern habe auch noch ein paar starke junge Männer um mich.

Doch natürlich gibt es Gäste, die ihren Frust und ihre schlechte Laune an uns Hotelangestellten auslassen. Das habe ich sogar als Concierge erlebt, was insofern erstaunlich ist, als der Concierge einen gewissen Status innehat, ihm bringt auch der echauffierteste Gast in der Regel Respekt entgegen. Den Ärger bekommen häufig die anderen ab. Wer also den Concierge direkt angeht, der muss sich schon sehr über etwas geärgert haben.

Genau dieser Fall trat eines Tages ein.

Ein Hoteldiener hatte das Ticket, mit dem die Koffer in der Gepäckaufbewahrung gekennzeichnet werden, verwechselt und einem abreisenden Gast versehentlich den Koffer eines anderen Gastes ins Taxi gestellt. Nun kam der Gast, dem dieser Koffer gehörte, hatte es eilig, weil er zu einer wichtigen Sitzung musste, und wollte seinen Koffer holen. Aber der Koffer war weg und so schnell auch nicht wieder auffindbar.

Es gab eine ungeheure Aufregung, die ich im Nachhinein gut verstehen kann, denn in diesem Koffer waren alle Papiere, die der Gast für seine Sitzung brauchte! Es war fürchterlich. »Machen Sie was, machen Sie doch was!«, schrie er mich an. Er war so wütend und aufgeregt, dass ich befürchtete, er würde gleich mit einem Herzinfarkt mitten in der Halle zusammenbrechen.

Ich stand hinter meinem Desk und versuchte, den tobenden Mann nach allen Regeln der Kunst zu beruhigen, doch es gelang mir einfach nicht. »Sie müssen mir Zeit geben!«, bat ich ihn immer wieder. »Wir brauchen Zeit, um herauszufinden, welchem Gast wir versehentlich Ihr Gepäck mitgegeben haben!«

Plötzlich wurde mein Gegenüber, dessen Gesicht bisher vor Wut puterrot gewesen war, kreideweiß. Er nahm den schweren Aschenbecher aus Kristallglas, der damals noch auf dem Conciergedesk stand, hob ihn hoch und warf ihn mit voller Wucht nach mir. Zum Glück war ich so geistesgegenwärtig, mich zur Seite wegzuducken, bevor der Aschenbecher krachend gegen die Wand flog. Ohne ein weiteres Wort zu sagen, drehte der Mann sich anschließend um und ging weg.

Als er abends von seiner Sitzung ins Hotel zurückkam und an meinem Desk vorbeimusste, um seinen Schlüssel zu holen, sah ich seinem Gesicht an, dass ihm der Vorfall furchtbar peinlich war. Er hätte mich mit dem Aschenbecher ernsthaft verletzen können, das war uns beiden klar.

Jetzt hatte ich genau zwei Möglichkeiten: Ich konnte ihn spüren lassen, dass er trotz des Fehlers, den mein Mitarbeiter zweifellos begangen hatte, vollkommen überzogen reagiert hatte und dass er sich eigentlich bei mir hätte entschuldigen müssen. Oder ich half ihm aus seiner Verlegenheit, so dass er mir wieder in die Augen schauen konnte. Für mich war es keine Frage, wie ich mich entscheiden würde.

Rasch kam ich hinter meinem Tresen hervor und ging ihm entgegen. »Ich muss mich bei Ihnen entschuldigen für diesen schrecklichen Vorfall«, erklärte ich ihm, »wir recherchieren fieberhaft, aber wir haben Ihren Koffer leider immer noch nicht gefunden. Sie müssen mir vergeben. Wir tun, was wir können, und ich weiß, dass wir einen großen Fehler gemacht haben. Als Concierge bin ich dafür verantwortlich. Es war unsere Schuld. Verzeihen Sie mir?«

Damit war alles wieder gut. Er kam noch jahrelang, und wir wurden die besten Freunde. Über den Vorfall mit dem Aschenbecher haben wie nie mehr gesprochen, mit keinem Wort.

Der Koffer tauchte schließlich wieder auf, aber da war es längst zu spät, die Sitzung war gelaufen. Es muss wirklich schlimm gewesen sein. Deshalb habe ich bis heute größtes Verständnis für die Reaktion des Herrn. Und ich bin froh, dass er meine Entschuldigung annahm und ich ihn dadurch aus der auch für ihn peinlichen Lage befreien konnte.

Vielleicht mag der eine oder andere über diese Geschichte lächeln. Es klingt ja auch tatsächlich ein wenig widersprüchlich: Warum sollte *ich* mich für ein Unrecht entschuldigen, das mir ein anderer angetan hat? Im Gegenteil: Müsste ich in einem solchen Fall nicht darauf bestehen, dass der andere sich entschuldigt, damit er lernt, dass es auch für mich Grenzen gibt?

Ich sehe das ein bisschen anders. Ich mag es nicht, wenn man auf einer Schwäche seines Gegenübers noch herumtrampelt. Ein Mensch, der einen anderen durch eine Unachtsamkeit, ein Fehlverhalten oder eine Nachlässigkeit in Verlegenheit gebracht hat, weiß in der Regel selbst, dass er etwas falsch gemacht hat. Das auch noch auszunutzen und es ihn spüren zu lassen ist für mich kein Weg.

Auch im Alltag mag ich es nicht, wenn ich sehe, dass Stärkere Schwächere schlecht behandeln oder die Schwäche des anderen ausnutzen. Das gehört sich einfach nicht, es macht das Zusammenleben unersprießlich und verursacht Ängste. Und wer Angst hat, macht wieder Fehler.

Schwächen anderer Leute machen mich im Gegenteil ganz demütig. Lieber nehme ich deshalb einem Menschen, der mir Unrecht getan oder mich geärgert hat, den Wind aus den Segeln und überrasche ihn, indem ich auf ihn zugehe, ihm die Hand reiche und ein paar nette Worte sage.

Dabei bin ich keineswegs ein Heiliger und will es zudem gar nicht sein. Ich tue das auch aus einem ganz egoistischen Grund: *Ich selbst* fühle mich hinterher besser, Groll und der Ärger verfliegen im Nu. Wer das einmal bewusst ausprobiert hat, wird mir recht geben.

Ich glaube nicht an Astrologie und Horoskope. Aber trotzdem muss ich durch meine vielen Begegnungen mit den unterschiedlichsten Menschen immer wieder feststellen, dass offensichtlich nicht nur aktuelle oder unmittelbar bevorstehende Ereignisse sich auf das Gemüt schlagen können und Menschen dazu bringen, Dinge zu tun, die sie sich unter anderen Umständen nicht erlauben würden. Ich habe manchmal den Eindruck, dass es tatsächlich einen Zusammenhang zwischen dem Geburtsdatum und dem Charakter gibt. Im Hotel, wo ich mit so vielen Menschen zusammen bin und zu tun habe, fällt mir das besonders auf.

Ich selbst bin Anfang Oktober geboren und damit Waage. Im Lauf der Jahre habe ich festgestellt, dass ich neuen Mitarbeitern direkt auf den Kopf zusagen konnte, wenn sie ebenfalls Waage waren. Sie waren genau so auf Ordnung bedacht wie ich, sahen gewisse Dinge genau so wie ich – und es stimmte immer.

Es gibt zwar keine echten Beweise dafür, dass die Sterne Einfluss auf unseren Charakter und auf unser Verhalten haben, aber es gibt auch keine Gegenbeweise. Und dass der Mond großen Einfluss hat, merkt man nicht nur an Ebbe und Flut, sondern auch an den Gästen im Hotel. Wenn wir »närrische« Gäste haben, dann sage ich oft: »Heute muss Vollmond sein.« Und es bestätigt sich immer.

Bei Vollmond sind die Gäste nervöser, reizbarer; sie regen sich schon über Kleinigkeiten auf. Kurz vor Vollmond warne ich meine Kollegen deshalb manchmal sogar vor, damit sie sich auf das zu erwartende Verhalten der Gäste einstellen können. Auch ich richte mich danach. Wenn es dann tatsächlich kleine Schwierigkeiten gibt, sage ich mir im Stillen: Nimm es nicht so ernst, heute ist Vollmond. Morgen ist ein neuer Tag, und es wird alles wieder sein wie immer.

III. IHR HABT DIE UHREN – WIR HABEN DIE ZEIT

DIENSTAG

Die Woche ist noch jung. Der heutige Tag wird meinen Kollegen und mir einiges an Aufregung und Hektik bringen, denn ich habe mir gestern kurz vor Dienstschluss noch die Reservierungslisten angesehen: Wir werden heute über den Tag verteilt zwischen sieben Uhr morgens und elf Uhr in der Nacht ungefähr zweihundert An- und Abreisen haben. Das bedeutet, dass es immer wieder zu Engpässen kommen wird. Die Halle wird voller Gepäck stehen, es werden Menschen mit noch mehr Gepäck ankommen, vor dem Empfangstresen und dem Conciergedesk werden sich unweigerlich Schlangen bilden.

Wir werden kaum eine ruhige Minute haben, und es wird uns unter dem kräftigen Wollstoff unserer Uniformen ziemlich warm werden. Die Kofferträger werden nach spätestens einer Stunde nassgeschwitzt sein, weil sie ununterbrochen zum Teil zentnerschwere Koffer aus Autos ausladen, die Treppen hinaufschleppen und auf Gepäckwagen wuchten müssen. Von allen Seiten werden Wünsche an uns herangetragen werden, und vor allem: Alles muss schnell gehen, so schnell wie möglich.

An einem solchen Tag sorge ich vor, durch eine ganz einfache Maßnahme: Ich stehe eine halbe Stunde früher auf als gewöhnlich und erledige alles, was ich zu Hause zu tun habe, in aller Ruhe. Ich putze meine Wohnung, lasse frische Luft herein, lese die Zeitung, beantworte Post und gehe einkaufen. Und dann laufe ich bei schönem Wetter zu Fuß in die Stadt zum Hotel. Dafür brauche ich etwas mehr als eine Stunde. Aber wenn ich ankomme und meinen Dienst antrete, bin ich gelassen, gestärkt und bereit für alles, was da kommen mag.

Den gleichen Rat gebe ich auch meinen Mitarbeitern und Kollegen, wenn sie vor lauter Stress nicht mehr wissen, wo ihnen der Kopf steht und was sie zuerst tun sollen, womöglich in Hektik verfallen und dadurch leichter Fehler machen.

Auch bei mir muss alles immer schnell gehen. Vielleicht liegt es daran, dass es die Gäste hier im Hotel meistens eilig haben. Da werden wir Angestellten gleichsam mitgezogen. Und das einzige Gegenmittel ist, dass auch ich schnell bin und schnell arbeite.

»Entschuldigung, darf ich Sie rasch um meinen Koffer bitten?«, ertönt eine kräftige Männerstimme in der Halle. Ich blicke von dem Stadtplan auf, der vor mir liegt, und sehe einen Herrn mittleren Alters, Brille mit goldfarbenem Metallgestell, Schnauzbart, fein gestreiftes Hemd, grauer Anzug und dunkelblaue Krawatte mit kleinen gelben Punkten. Über die Köpfe der vor ihm wartenden fünf Damen und Herren hinweg ruft er mir zu: »Ich habe es schecklich eilig, mein Zug geht in einer Viertelstunde!«

Die typische Situation, ich kenne sie seit mehr als vierzig Jahren. Menschen haben es immer eilig, besonders

Menschen im Hotel. Jetzt hilft es nichts: Hier ist Schnelligkeit gefragt, der Mann kann nicht warten, das spüre ich deutlich.

Ich sehe mich in der Halle um. Sie ist voller Menschen, doch von meinen jungen Mitarbeitern ist weit und breit keiner zu sehen – alle sind beschäftigt. Einer bringt einen Wagen mit Gepäck in den fünften Stock, der zweite hilft dem Wagenmeister beim Ausladen, der dritte holt gerade etwas für eine kranke Kundin aus der Apotheke ab. Es hilft nichts, da muss ich wohl selbst ran.

»Pardon, meine Dame, erlauben Sie, dass ich dem Herrn hinter Ihnen kurz behilflich bin?«, bitte ich die gutaussehende blonde Geschäftsfrau, der ich eben im Stadtplan einzeichnen wollte, wie sie zu Fuß zur Alten Oper kommt. »Er scheint es sehr eilig zu haben!«

Glücklicherweise hat sie Verständnis, und so lasse ich die Dame mit dem Stadtplan alleine und eile an den anderen wartenden Gästen vorbei zu dem Herrn hinüber, der bereits ungeduldig nach links und rechts schaut. Die Hektik steht ihm ins Gesicht geschrieben, sogar seine Wangen sind leicht gerötet.

»Es ist ein schwarzer Rimowa-Koffer«, erklärt er mir wenig hilfreich und reicht mir den Abschnitt mit der Nummer. Ich nehme ihm den Zettel aus der Hand und flitze in die Gepäckkammer.

Wo hat der Kleine heute früh nur den Koffer hingetan!? Berge von Gepäck türmen sich vor mir auf, auf mindestens zehn passt die Beschreibung des Herrn. Endlich, hier ist sie, die Nummer 1458.

Beherzt zerre ich den schweren Koffer aus dem Regal, ziehe ihn rasch hinter mir her nach draußen, winke dem

Herrn, mir zu folgen, und trage ihm sein Gepäck die Treppe hinunter. Zum Glück sind der Wagenmeister und ich ein eingespieltes Team: Mein Kollege spürt instinktiv, wenn Eile angesagt ist, und winkt sofort ein Taxi herbei. Gast und Koffer verschwinden im Wagen, wir schlagen Tür und Kofferraumdeckel zu, ich rufe dem Taxifahrer durchs offene Fenster »Zum Bahnhof, bitte!« zu, und weg sind sie. Wenn alles gut geht, müsste er seinen Zug noch bekommen.

Es gibt tatsächlich nichts Schlimmeres, als wenn ein Gast es eilig hat, und die Angestellten im Hotel lassen sich Zeit. Da wird er nur noch hektischer. Deshalb gebe ich der Hektik der Gäste nach und lasse sie gewähren. Das klingt anstrengend, aber ich habe immer meinen Spaß. Dieses Herumwuseln ist mein Sport, mehr brauche ich nicht, um fit und beweglich zu bleiben. Und ich wage zu behaupten, dass ich es in Sachen Kofferschleppen immer noch mit meinen jungen Kollegen aufnehmen kann, wenn es sein muss. Andere zahlen teure Fitnessstudios, ich bekomme mein Sportprogramm im Hotel umsonst.

Natürlich könnte man sich manchmal fragen, warum die Leute sich ihre Zeit nicht besser einteilen, denn an Hektik und Stress hat ja eigentlich niemand Freude. Manche sind ganz bestimmt selbst schuld, wenn ihnen die Zeit davonläuft, etwa, weil sie zu lange geschlafen haben und erst im letzten Moment aufgestanden sind. Häufig kommen dann zu Spitzenzeiten dreißig oder vierzig Leute auf einmal in den Frühstückssaal gerannt und wollen noch ganz schnell essen. In solchen Fällen würde es sicher helfen, eine halbe Stunde früher aufzustehen, um der aufkommenden Hektik entgegenzusteuern. Der Lohn dafür wäre, dass man sein Frühstück in Ruhe genießen und den Tag auf diese Weise frisch und entspannt beginnen könnte. Und trotzdem wird es immer Menschen geben, die mit der Zeitung in der Hand, dem Mobiltelefon am Ohr und mit gehetztem Blick morgens ans Buffet stürzen.

In anderen Berufen würde man vielleicht versuchen, der Hektik des Anderen bewusst etwas entgegenzusetzen oder ihn zu beruhigen. Im Hotel hat das keinen Sinn. Es gibt meist gute Gründe, warum jemand unter Zeitdruck ist – die Sitzung hat vielleicht länger gedauert als gedacht, und der Zug geht in ein paar Minuten. Wenn der Gast es dann noch mit einem gleichgültigen Hotelangestellten zu tun hat, kann das für ihn ganz schrecklich sein. Für mich steht deshalb fest: Wenn mir ein Gast sagt, er habe es eilig, dann interessiert mich das, und es ist in dem Moment meine wichtigste Aufgabe, ihm zu helfen, schnell loszukommen.

An solchen hektischen Tagen muss ich bewusst gegensteuern, muss Wege finden, zur Ruhe zu kommen und meine Kräfte einzuteilen. Trotzdem komme ich nicht umhin, mich manchmal zu fragen, ob wir in unserer erfolgsorientierten und stets auf Optimierung bedachten westlichen Gesellschaft eigentlich den richtigen Weg gehen. Besonders deutlich wird mir das, wenn ich es wieder einmal mit Menschen aus anderen Kulturkreisen zu tun habe, die hierzu eine ganz andere Einstellung haben und, wie mir scheint, damit glücklich und zufrieden sind.

Bei afrikanischen Gästen beispielsweise spielt Zeit meiner Erfahrung nach nur eine untergeordnete Rolle. Wie gesagt – noch nie habe ich einen Afrikaner oder eine

Afrikanerin erlebt, die ungeduldig geworden wären, weil sie zu lange auf ihr Gepäck warten mussten oder weil vor dem Empfangstresen eine Schlange war.

Auch im Kreis meiner Mitarbeiter gibt es einen jungen Mann aus Afrika. Er gehört dem stolzen Stamm der Massai an, kommt aus Kenia und arbeitet im Hotel als Page. Anfangs mussten wir uns aneinander gewöhnen: er, der hochgewachsene, gut aussehende, stolze Mann, der gemessenen Schritts würdig die Halle durchquerte, sich durch nichts aus der Ruhe bringen ließ und immer ein breites Lächeln auf den Lippen hatte. Und ich, sein eher klein gewachsener und quirliger Vorgesetzter, dem alles nicht schnell genug gehen konnte.

Eines Tages musste ich ihn richtiggehend antreiben, weil ich wusste, dass wir es sonst nicht schaffen würden. »Ole«, sagte ich leicht scherzhaft zu ihm, »es ist sehr schön, wie du läufst, wirklich wunderbar! Ich weiß, dass ein Massai niemals rennt, wenn es nicht notwendig ist, weil das gegen seine Würde ist. Aber heute musst du deine Würde Würde sein lassen. Wir haben wahnsinnig viele Ankünfte, wir sind nur zu zweit, und die Leute warten auf ihre Koffer. Es hilft nichts, du musst heute deinen Olympiarekord aufstellen!« Er verstand mich sofort, lachte schallend und schlug sofort eine andere Gangart ein.

Irgendwann später, als der Ansturm der Gäste vorüber war, alle ihre Zimmer bezogen hatten und das Gepäck verstaut war, kam mein Massai-Kollege zu mir an den Desk und sagte: »Herr Carl, ich weiß, dass Sie hier in Europa einen eigenen Rhythmus haben. Aber da, wo ich herkomme, sehen wir das ein bisschen anders: Ihr habt die Uhren, aber wir haben die Zeit.«

Dieser Satz hat mich sehr nachdenklich gemacht, denn es steckt viel Weisheit in ihm. Wir leben nach der Uhr, lassen uns von ihr treiben und uns ihren Rhythmus aufzwingen. Wir glauben, nur dann besonders effektiv zu sein. Wir stellen Pläne auf, was wir an welchem Tag erledigen müssen. Wir führen Listen, haken ab, schreiben neue Listen. Wir planen den Monat, planen das Jahr, planen unser ganzes Leben. Dadurch sind wir vielleicht wirtschaftlich erfolgreicher als andere. Aber sind wir deshalb auch glücklicher, haben wir deshalb mehr Zeit – für uns, für andere? Wenn ich mir meine gehetzten Gäste ansehe, bin ich mir da manches Mal nicht so sicher.

Allein – es hilft nichts, unsere Welt ist, wie sie ist, und damit müssen wir uns arrangieren. Dennoch tut es gut, hin und wieder innezuhalten, tief durchzuatmen und sich zu fragen: Was mache ich hier eigentlich, wie mache ich es, und wofür mache ich es? Bringt es mich oder die Menschen um mich herum weiter? Hilft es oder schadet es?

Man schärft auf diese Weise den Blick für das Wesentliche und entgeht vielleicht auch der Gefahr, sich selbst zu wichtig zu nehmen.

Alles Herumwuseln in der Halle würde jedoch nichts nützen, wenn es nicht die Kollegen hinter den Kulissen gäbe, die für das Wohl der Kunden und für den reibungslosen Ablauf des Hotelbetriebs sorgen. Die vielen Angestellten, die in den verschiedensten Bereichen des Hotels arbeiten, sind Teile eines komplexen Räderwerks, das zu jeder Tages- und Nachtzeit einwandfrei funktionieren muss.

Im Steigenberger Frankfurter Hof arbeiten ständig ungefähr dreihundert Menschen daran, dass die Gäste sich rundum wohlfühlen und es ihnen an nichts mangelt. Das ist harte Arbeit. Es gibt Schichtdienst wie im Krankenhaus – mit Frühdienst, Spätdienst und Nachtdienst –, es gibt Feiertagsarbeit, und wegen des hohen Arbeitsanfalls ist das Privatleben stark eingeschränkt. Bis vor nicht allzu langer Zeit galt für Hotelangestellte noch die Sechstagewoche bei einem Zehnstundentag, als andere Branchen bereits den Achtstundentag und die Fünftagewoche hatten.

Trotz solcher Widrigkeiten im Berufsbild finden sich glücklicherweise immer wieder junge Leute, die sich entschließen, die Hotellaufbahn einzuschlagen. Und sie machen in der Regel einen sehr guten Job und haben viel Spaß bei ihrer Arbeit, trotz der hohen Belastungen.

Tatsächlich sind viele Berufe in der Hotelbranche – auch im Grandhotel – harte Arbeit, um nicht zu sagen richtige Maloche. Zimmermädchen haben feste Vorgaben, wie viel Zeit sie pro Zimmer aufwenden dürfen. Mehr als zwanzig oder dreißig Minuten kann sich ein Mädchen nicht mit einem Zimmer beschäftigen. Wenn man aber weiß, wie häufig abreisende Gäste die Räume in einem geradezu bedenklichen Zustand hinterlassen, dann weiß man auch, dass das Zimmermädchen, das dieses Zimmer für den nächsten Gast fertig machen muss, körperliche Schwerarbeit vor sich hat, wenn es sein Pensum in der vorgegebenen Zeit erledigen will.

Im ganzen Raum verstreute Handtücher und Schmutz auf den Polstern sind da noch die geringeren Probleme. Als Hoteldiener habe ich seinerzeit die unglaublichsten Zustände zu Gesicht bekommen, wenn ich die Koffer von den Zimmern holte. Kaugummis klebten unter Couchtischen, neben Telefonen und auf Teppichen, abgegessene Teller und Essensreste lagen auf den schönen, frisch mit teurem Stoff bezogenen Sesseln, und Zigarettenglut hatte Brandlöcher im gerade neu verlegten Teppichboden hinterlassen, und bis heute hat sich daran nicht viel geändert.

Doch auch das gehört zum Hotel. Es ist ein Ort, an dem viele unterschiedliche Menschen für eine begrenzte Zeit wohnen. So kann es passieren, dass ein mit viel Geld und viel gutem Geschmack runderneuertes Zimmer bereits nach wenigen Monaten aussieht, als hätte es schon viele Jahre auf dem Buckel. Das ist natürlich eine Katastrophe, denn es bedeutet, dass hier, schneller als ursprünglich geplant, wieder renoviert werden muss. Auch ein Haus wie der Frankfurter Hof muss auf die Kosten achten – es ist einfach nicht möglich, rasch einen neuen Teppich zu verlegen, wenn man dort plötzlich ein Brandloch oder einen Rotweinfleck entdeckt. Die Zimmermädchen müssen sich dann eben etwas einfallen lassen, wie sie den Schaden so gut wie möglich beheben.

In ein Hotel, gerade in ein altehrwürdiges, historisches Gebäude wie den Frankfurter Hof, muss man ständig investieren, sonst verkommt solch ein Haus irgendwann. Die Renovierungen sind nie abgeschlossen. Der Modernisierungsbedarf erstreckt sich dabei von ganz grundsätzlichen Dingen wie dem Austausch von verrosteten Wasserleitungen, der Umrüstung der Heizungsanlage oder der Erneuerung der Elektroleitungen bis hin zur Wartung verschiedenster Einrichtungsgegenstände. Dazu gehören die schicken neuen, riesigen Flachbildschirme, die heute in jedem Hotel, das auf sich hält, Standard sind. Die Leute kennen diese Apparate, sie haben sie in den meisten Fällen selbst bei sich zu Hause und empfinden den guten alten Röhrenfernseher optisch und funktional als antiquiert. Mag sein, dass das so ist, mir wäre es egal, Hauptsache, das Bild ist gut. Aber die Gäste sind es nun einmal gewohnt und erwarten solche Geräte selbstverständlich auch in einem gut geführten Hotel der Spitzenklasse. Solche Erwartungen wird keine Hoteldirektion ignorieren.

Einen weiteren großen Kostenblock stellt die moderne Technik dar. Ein Hotel ist ein hochtechnisiertes Gebilde, ein Außenstehender bemerkt das in der Regel jedoch nur, wenn etwas *nicht* funktioniert. Und je ausgefeilter und komplizierter die Technik, desto anfälliger ist sie für Fehlfunktionen. Telefonanlagen sind das beste Beispiel.

Als ich anfing, im Hotel zu arbeiten, bestand das Höchstmaß an raffinierter Technik auf dem Zimmer aus zwei Klingelknöpfen, mit denen man entweder nach der Hausdame oder dem Zimmerkellner läuten konnte. Außerdem gab es pro Zimmer immerhin bereits einen Telefonapparat, mit dem man jedoch noch nicht direkt wählen konnte, sondern bei dem man sich über die Telefonzentrale manuell mit dem gewünschten Gesprächspartner verbinden lassen musste.

Um rasch eine schriftliche Nachricht zu versenden, gab es lange Zeit nur Telegramme oder Fernschreiber, was extrem arbeitsaufwendig war, da der Text im Fall der Fernschreiber erst auf Lochstreifen geschrieben und dann gesendet werden musste. Zwei Kolleginnen in der Telefonzentrale waren den ganzen Tag über nur damit beschäftigt, Telexe zu schreiben – bis dann endlich Ende der achtziger Jahre das Telefax aufkam und eine ungeheure Arbeitserleichterung bescherte. Heute, in Zeiten von E-Mail und Scannern, wirkt allerdings auch ein Faxgerät hoffnungslos antiquiert.

Inzwischen ist es Standard, dass auf jedem Zimmer mindestens ein Direktwahltelefon steht, es gibt kabelloses Internet und häufig auch ein Faxgerät. Ein Hotelangestellter, der Kontakt zu Gästen hat, muss sich deshalb gut mit Technik auskennen. Jeder Fernsehapparat geht anders an, nicht jeder Laptop funktioniert an jedem Internetanschluss, und nicht jeder Amerikaner ist in der Lage, mit einem deutschen Tastentelefon die Nachrichten auf seinem privaten Anrufbeantworter zu Hause abzuhören oder eine Freephone-Nummer in Amerika anzurufen. Dann läutet mein Telefon am Conciergedesk, und ich muss Hilfe schicken oder selbst schauen, wie ich helfen kann.

Ein Hotel, das hier nicht mithalten kann oder will, wird vom Markt und von den Kunden früher oder später gnadenlos abgestraft. Einem der renommiertesten deutschen Grandhotels ist vor nicht allzu langer Zeit genau das passiert, es verlor seine Klassifizierung als Fünf-Sterne Haus. Jetzt wird es mit großem Aufwand saniert, und es bleibt nur zu hoffen, dass die Kunden anschließend gerne zurückkehren werden. Manche werden sich allerdings erfahrungsgemäß ein anderes Haus suchen, denn sie schätzen gerade an einem Grandhotel eine gewisse Patina. Sie verleiht einem Haus seinen Charakter, auch wenn die Grenze zu dem, was eines Luxushotels nicht mehr würdig ist, sehr schnell überschritten ist.

Im Frankfurter Hof habe ich das hautnah miterlebt: Vor

vielen Jahren wurde die Eingangshalle renoviert, ein riesiges Vorhaben, das große Beeinträchtigungen für Gäste und Hotelangestellte mit sich brachte. Dreck, Staub, Lärm und Enge – es war eine große Baustelle bei laufendem Betrieb. Doch es musste einfach sein: Die alten Samtsessel waren verschlissen und abgewetzt, Wände waren an vielen Stellen beschädigt von den Koffern, die im Lauf der Jahre dagegengerumpelt waren, der einst blankpolierte Marmorboden war stumpf geworden, und auch die Aufzüge hatten ihre besten Tage hinter sich.

Als das Entrée schließlich im neuen Glanz erstrahlte, ernteten wir viel Lob. Und doch gab es erstaunlich viele Menschen, die der alten Halle nachtrauerten, weil sie für sie Charakter und eine besondere, unwiederbringliche Würde ausgestrahlt hatte.

Renovieren und Sanieren kostet Geld, viel Geld. Und in allen Bereichen im Hotel ist die Wirtschaftskrise spürbar. Deshalb muss auch im Grandhotel gespart werden, wo es geht, selbst wenn das nach außen kaum erkennbar ist.

Als ich Concierge wurde, stand mir eine wesentlich größere Anzahl von Hoteldienern zur Verfügung als heute, und sehr häufig geschieht es, dass auch ich mit anpacke und Koffer schleppe, damit die Gäste nicht zu lange warten müssen. Selbst ein Fünfsternehaus kann sich heutzutage keine Heerscharen von dienstbaren Geistern mehr leisten, es muss wirtschaftlich arbeiten, es muss die geforderten Zahlen und die geforderte durchschnittliche Zimmerbelegung bringen, sonst hat es schnell ein großes Problem.

Hinzu kommt, dass die Kunden den Luxus eines Fünfsternehauses zwar erwarten und fordern, aber immer häufiger nicht mehr in vollem Umfang dafür bezahlen wollen. Auch die Firmen haben knappere Budgets, denen ein Hotel, will es die Kunden nicht verlieren, Rechnung tragen muss.

Manche Häuser kommen dadurch buchstäblich unter die Räder. Ein ausgezeichnetes Berliner Luxushotel musste unlängst schließen, weil die Gäste den Preis für den hohen Standard, zu dem sich das Haus und die Gruppe, zu dem es gehörte, verpflichtet hatten, nicht mehr bezahlen wollten, die Gruppe jedoch von ihrem Standard nicht abrückte. Hunderte von Hotelmitarbeitern verloren ihre Stellen, nicht mitgezählt all diejenigen, die mittelbar für das Hotel arbeiteten.

In Zeiten veränderter wirtschaftlicher Rahmenbedingungen kommen auch Hotels auf immer neue Ideen, wo sie sparen können, ohne dass Qualität und Service darunter leiden. Was in Amerika schon seit den zwanziger Jahren des vorigen Jahrhunderts gang und gäbe ist, setzt sich mit einiger Verzögerung inzwischen auch hierzulande durch: das Outsourcing von Personal.

Ganze Bereiche wie beispielsweise die Reinigung oder der Service im Salonbereich, für die ein Hotel früher eigene Angestellte beschäftigte, werden inzwischen von Fremdfirmen abgedeckt. Auch die Verantwortung für die Mitarbeiter geht auf andere Unternehmen über, der Auftraggeber bleibt flexibler in seiner Personalpolitik. Das spart bares Geld, doch die Medaille hat eine Kehrseite: Es wird für das Unternehmen zwar nicht schwieriger, feste Qualitätsstandards zu fordern, aber wohl, deren Einhaltung zu gewährleisten.

Diejenigen, die das Glück haben, weiterhin als Angestellte im Haus zu arbeiten, sind strikt gehalten, mit allem, was sie umgibt und was ihnen für ihre Arbeit zur Verfügung gestellt wird, sorgsam umzugehen. Die Zeiten des Überflusses, in denen es egal war, ob ein teurer Kugelschreiber, der eigentlich dem Hotel gehörte, wie selbstverständlich einem Gast als Geschenk mitgegeben wurde, sind passé. Heute muss jeder Mitarbeiter, vom kleinen Kofferträger bis zum obersten Manager, so denken und handeln, als sei er selbst Unternehmer und für den wirtschaftlichen Erfolg des Hotels mit verantwortlich. Letzten Endes hängt die Sicherheit seines Arbeitsplatzes davon ab.

Ein Hotelbetrieb verschlingt unglaublich viel Geld, gerade auch die scheinbar kleinen Dinge – seien es Putzmittel, Stifte, Schreibblöcke, Wasserflaschen oder auch die Menge der Petersilie, die in der Küche an die Gerichte gegeben wird – tragen dazu bei. In der Summe findet sich durch einen bewussteren Umgang damit überall Einsparungspotenzial. Die jungen Kollegen müssen das heute gründlicher und schneller lernen als meine Kollegen und ich in den üppigen fünfziger oder sechziger Jahren des vergangenen Jahrhunderts, als es im Wirtschaftswunder-Deutschland noch kaum Konkurrenz gab, dafür aber finanzkräftige und zahlungsfreudige Gäste im Überfluss.

Natürlich ist es nicht einfach, in einem Luxushotel, in dem alles nur vom Feinsten ist und wo überwiegend wohlhabende Menschen ein und aus gehen, ans Sparen zu denken. Ständig verschwinden Dinge, entweder weil sie kaputt gehen oder weil sie das Haus auf anderem Wege verlassen.

Schwund gibt es in einem Hotel immer und wird es

auch in Zukunft immer geben. Was früher allerdings gang und gäbe war, heute jedoch glücklicherweise stark nachgelassen hat, ist das Verschwinden von Zimmereinrichtung. Das fing bei vergleichsweise scheinbaren Kleinigkeiten wie Stiften, Waschlappen oder Aschenbechern an, machte aber auch vor teuren Gegenständen nicht Halt.

Es gab schon Fälle, wo das Zimmermädchen meldete, dass in einem Zimmer nach dem Auszug des Gastes kein einziges Handtuch mehr zu finden sei! Wenn man sich vor Augen führt, dass den Bewohnern eines Doppelzimmers in einem Haus wie dem Frankfurter Hof immer mindestens acht Handtücher verschiedener Größen sowie zwei dicke Frotteebademäntel zur Verfügung stehen, ist das eine durchaus beachtliche Leistung und kein Kavaliersdelikt mehr.

In einem Fall, wo wieder einmal alle Handtücher fehlten, war der Gast noch im Haus. Der Empfangsdirektor, den das Zimmermädchen sofort informiert hatte, fing den betreffenden Herrn noch in der Halle ab, bat ihn, ihm in einen separaten Raum zu folgen, und forderte ihn dort in aller Höflichkeit auf, seinen Koffer zu öffnen. Und prompt kamen unsere schönen großen Badetücher zum Vorschein. Der Herr wurde natürlich hochrot, wusste vor Scham kaum, was er sagen sollte, und brachte schließlich eine gestotterte Entschuldigung über die Lippen. Da man als Hotelier einen Kunden nicht gleich bei der Polizei anzeigt, erwiderte der Empfangsdirektor nur: »Wir möchten Sie bitten, das in Zukunft zu unterlassen«, und ließ ihn gehen. Wenn dieser Herr später wieder als Gast zu uns kam, ließ er sich nie mehr auch nur das Geringste zu Schulden kommen.

Offenbar liegt es in seiner Natur als Jäger und Sammler, dass der Mensch gerne mitnimmt, was er nur kann. Unsere dicken, schweren Kugelschreiber mit dem Hotelaufdruck, die wir den Kunden am Empfang zur Verfügung stellen, damit sie das Meldeformular ausfüllen oder ihre Abrechnung unterschreiben können, sind von dieser Sammelleidenschaft besonders betroffen. Es ist erstaunlich, wie oft Gäste diese guten Stifte nehmen, unterschreiben und sie nach Gebrauch wie selbstverständlich einstecken! Das mag häufig aus Versehen geschehen, und wir bieten den Herrschaften dann einen anderen, dünneren Stift mit Hotelaufdruck an, den sie behalten dürfen. Wenn ein Gast einen unserer dicken Kugelschreiber aber unbedingt mitnehmen möchte, so kann er ihn für zehn Euro käuflich erwerben. Interessanterweise winken dann die meisten ab.

Insgesamt ist der Diebstahl im Hotel jedoch extrem zurückgegangen, vielleicht auch, weil sich die Kundenstruktur im Lauf der Jahre gewandelt hat. Früher gab es viele Privatreisende, die häufig nur ein Mal im Frankfurter Hotel abstiegen und dann eher einmal etwas mitgehen ließen. Heute haben wir als Geschäftshotel zum Glück viele Gäste, die regelmäßig wiederkommen. Und vielleicht macht sich der eine oder andere, dessen Aufenthalt von seiner Firma bezahlt wird, doch erst einmal ein paar Gedanken, bevor er einen Hotelbademantel einpackt.

Dennoch gibt es solche Vorkommnisse, auch reichlich absurde wie der Fall des Zimmers, aus dem plötzlich der Fernseher verschwunden war! Als das Mädchen aufschloss, um das Zimmer für den nächsten Gast herzurichten, bemerkte es sofort die gähnende Leere in der Regalwand, in der das Gerät eigentlich stehen sollte. Sie schlug Alarm, und wir konnten den Gast, der das Zimmer als Letzter bewohnt hatte, gerade noch aufhalten. Er hatte einen großen, schweren Karton bei sich, in den er tatsächlich fein säuberlich das Fernsehgerät verpackt hatte, und wollte ihn gerade zusammen mit seinem Koffer in ein Taxi verladen lassen.

Dass Gäste große Kisten aus dem Hotel abtransportieren lassen, ist an und für sich nichts Ungewöhnliches. Sehr oft werde ich angerufen und gebeten, einen Karton aufs Zimmer schicken zu lassen, weil jemand zu viel eingekauft hat und die Sachen nicht mehr im Koffer unterbringt.

Im Fall des Fernsehers war das Hotel großzügig und diskret, es wollte den Kunden nicht bloßstellen und dauerhaft verprellen. Er wurde höflich gebeten, das schwere Gerät wieder nach oben auf das Zimmer zu bugsieren. Geholfen hat ihm in diesem speziellen Fall allerdings niemand, nicht für alles Trinkgeld der Welt. Es wird ihm hoffentlich eine Lehre gewesen sein.

Doch so fassungslos mich solche Vorfälle immer wieder machen – ich versuche jedes Mal, auch den Menschen zu verstehen, der sich nicht korrekt verhalten hat. Manchmal versuche ich sogar, mir zu sagen, dass die Mitnahme von Dingen aus dem Hotel zwar nicht zu tolerieren ist, aber gleichzeitig eine gewisse Wertschätzung und Anerkennung für den guten Geschmack des Hauses ausdrückt. Wenn den Menschen die Dinge auf ihren Zimmern nicht gefallen würden, würden sie sie vermutlich auch nicht einpacken. Doch ganz leicht fällt mir diese Sichtweise nicht, das gebe ich ehrlich zu.

Natürlich wäre die Welt eine bessere, wenn alle sich an gewisse Spielregeln halten würden. Und das Gebot »Du sollst nicht stehlen« gehört zweifellos zu einer, gegen die das Gros der Menschen kaum Einwände erheben dürfte. Doch es wird wahrscheinlich auch immer welche geben, die anderen etwas neiden und versuchen, es sich unrechtmäßig anzueignen. Wir werden deshalb trotzdem immer auf die Integrität unserer gut erzogenen Gäste vertrauen, die wissen, was sich gehört. Und das ist glücklicherweise der bei Weitem größte Teil der Menschen, die im Frankfurter Hof absteigen.

Die allermeisten meiner Gäste schätze ich ungemein, und ich freue mich über jeden, der zur Tür hereinkommt und den ich begrüßen darf. Welcher Beruf bietet schon eine solche Vielfalt an Kontakten zu den unterschiedlichsten Menschen der unterschiedlichsten Nationalitäten und Kulturen?

Das betrifft aber nicht nur die Gäste, sondern auch meine Kollegen. Ich wüsste nicht, welche Branche in Bezug auf die Internationalität ihrer Mitarbeiter vergleichbar wäre mit der Hotellerie.

Wer im Hotel arbeitet, übt sich in Toleranz, und zwar jeden Tag. Schon bevor die Welt so offen wurde, wie sie heute ist, gab es im Hotelgeschäft Ausländer jeder Couleur. In den fünfziger und sechziger Jahren beispielsweise, als in Deutschland Wirtschaftsaufschwung und Vollbeschäftigung herrschten und ein großer Bedarf an Arbeitskräften, auch an ungelernten, bestand, kamen die so genannten Gastarbeiter ins Land. Viele stammten aus der Türkei, aus Jugoslawien oder aus Süditalien. Sie waren sich für keine Tätigkeit zu schade, egal wie einfach sie war. Auch im Hotelgewerbe fanden viele ein Auskommen.

So hatten wir beispielsweise türkische Kollegen und Kolleginnen, die aus der anatolischen Provinz stammten und der deutschen Sprache nicht mächtig waren. Wir standen nun vor der Aufgabe, diese neuen Kollegen aufzunehmen, anzuleiten und einzubeziehen. Vor allem aber hieß es für uns, sie zu verstehen. Wir mussten uns, wenn es Missverständnisse oder gar Ärger gab, weil etwas nicht gleich so klappte, wie es sollte, in sie hineinversetzen und uns ihre Lebenssituation vor Augen führen: Diese Menschen waren ja entwurzelt! Sie kamen aus ihrer Heimat in ein Land, das ihnen in allem wildfremd war – eine fremde Kultur, eine fremde Sprache, fremdes Essen, fremde Sitten. Und häufig wurde ihnen Unverständnis und Feindseligkeit entgegengebracht.

Für mich war das eine der ersten Lektionen, die ich als kleiner Hoteldiener lernte. Ich kannte ja keine Ausländer, im Kinderheim waren nur deutsche Kinder gewesen, und auch während der Gärtnerlehre hatte ich es ausschließlich mit Deutschen zu tun gehabt.

So war es für mich eine ganz neue und sehr wertvolle Erfahrung, als ich im Mannheimer Hof erstmals auf Kollegen und Gäste traf, die aus anderen Ländern und anderen Kulturkreisen stammten, ja, die womöglich noch anders aussahen, als ich es gewohnt war!

Als ich eines Tages den ersten Japaner meines Lebens erblickte, bekam ich vor Staunen und Neugierde schier den Mund nicht mehr zu. Und ganz verblüfft stellte ich fest: Das waren ja Menschen wie du und ich! Sie hatten die gleichen Bedürfnisse wie wir, auch wenn sie sich in manchem unterschieden.

Kein Buch, kein Lehrer hätte mir das besser vermitteln können als die zwischenmenschlichen Begegnungen in der Hotelhalle. Es war eine hervorragende Schule für Menschlichkeit und Offenheit. Da gab es unter den Kollegen Asylanten, die vom Schicksal schwer geschlagen waren: Sie hatten ihr Land verlassen müssen, um zu überleben. Sie mussten einfachste Arbeiten annehmen, um ihre Familien zu ernähren, und wollten eigentlich nichts lieber, als wieder nach Hause zurückzukehren und dort in Frieden zu leben.

Und so wie Ausländerfeindlichkeit keinen Platz im Hotel hat, so hat auch der Antisemitismus hier keine Chance, im Gegenteil: Von den jüdischen Gästen kann man lernen, was echte Weltläufigkeit ist. Jüdische Gäste sind meist die aufmerksamsten und kulturell interessiertesten. Und wenn man als Hotelangestellter zu Weihnachten etwas geschenkt bekommt, dann in der Regel nicht von Christen, sondern von Juden! Auch wenn es ein christliches Fest ist, haben Juden das Weihnachtsfest immer akzeptiert, oft sogar selbst mit gefeiert. Häufig kommt in mir bei solchen Gelegenheiten ein vielleicht frommer Wunsch auf: Wäre es umgekehrt nicht auch eine schöne Geste, wenn wir Christen zum Beispiel das Chanukka-Fest stärker in unser Bewusstsein heben, vielleicht sogar mitfeiern würden?

Toleranz ist also zweifellos eine der wichtigsten Eigenschaften, die ein Hotelangestellter haben oder auf jeden Fall lernen muss. Ohne Toleranz könnte er auf Dauer in seinem Arbeitsumfeld nicht glücklich werden, er müsste sich viel zu häufig mit den Eigenarten und dem Anderssein von Kollegen und Gästen auseinandersetzen.

Inzwischen ist es später Nachmittag an diesem Dienstag, keiner von uns hatte bislang auch nur eine Minute Zeit, etwas zu essen, zu trinken oder einfach mal kurz zu verschnaufen. Solche Tage gibt es immer wieder, ich bin daran gewöhnt, und auch meine jungen Kollegen tun ohne Murren mit, obgleich ich weiß, dass beispielsweise der kleine Kofferträger aus Sri Lanka, der erst vor wenigen Wochen hier angefangen hat, sich sehr schwertut mit den zentnerschweren Gepäckstücken, die er tagtäglich umherwuchten muss.

Es ist ein wenig Ruhe eingekehrt in der Halle – doch es ist nur die Ruhe vor dem nächsten Ansturm neuer Gäste am frühen Abend. Konzentriert gehe ich den Stapel Fax-Nachrichten und ausgedruckter E-Mails durch, den mir meine Kollegin von der Telefonzentrale hingelegt hat, und sortiere sie, um sie dem jeweiligen Empfänger aufs Zimmer bringen zu lassen.

Ein leises Räuspern lässt mich aufsehen. Der freundliche japanische Gast, der vor einer Stunde eingetroffen ist und offenbar einen langen Flug direkt von Tokio hinter sich hatte, steht vor mir und verbeugt sich höflich. Er ist zum ersten Mal hier.

»Sumimasen, Carl-san. Air-conditioner ga tsukaenainodesuga, donikashitemoraemasuka?«, erklärt er mir und sieht mich erwartungsvoll durch seine randlose Brille an. Außer »Carl-san«, dem japanischen Ausdruck für »Herr Carl«, und »Aircondition« habe ich rein gar nichts verstanden, denn ich spreche kein Japanisch.

Japaner sind mit die höflichsten Gäste, die ich kenne. Wenn ein Japaner einen Nicht-Japaner auf Japanisch anspricht, kann das deshalb nur zwei Gründe haben: Entweder geht er davon aus, dass der andere diese komplizierte Sprache beherrscht, oder er kann selbst nichts außer Japanisch. Da ist guter Rat teuer.

Nun könnte ich einen Kollegen oder eine Kollegin rufen, die japanisch sprechen, und sie darum bitten, mir das Anliegen des Gastes zu übersetzen. Das kann jedoch eine Weile dauern, denn unser Haus ist groß. Oder ich versuche einfach zu verstehen, was der Herr wünscht. Einen kleinen Anhaltspunkt hat er mir bereits gegeben: Etwas scheint mit der Klimaanlage in seinem Zimmer nicht in Ordnung zu sein.

Ich beschließe, ihn nicht weiter warten zu lassen, sondern ihm möglichst schnell zu helfen. Also rufe ich einen Haustechniker an und gebe ihm den Auftrag, die Klimaanlage im Zimmer des Japaners zu überprüfen. Mit Händen, Füßen und ein paar Worten Englisch erkläre ich dem Gast anschließend, dass jemand kommen und sich um die Aircondition kümmern werde. Er scheint zu verstehen, was ich ihm sagen möchte, lächelt mich dankbar an, verbeugt sich erneut und verschwindet im Aufzug.

Ausländische Gäste äußern ihre Wünsche häufig in einer ganz anderen Art und Weise, als wir das gewohnt sind. Selbst wenn sie Fremdsprachen sprechen und ausdrücken können, was sie möchten, ist es manchmal nicht einfach zu verstehen, worum sie bitten. Wenn ich als Hotelangestellter meine Arbeit gut machen will, benötige ich deshalb eine zweite Eigenschaft, die fast genau so wichtig ist wie Toleranz: Ich muss gut zuhören können, denn ich muss nachvollziehen können, was der Gast möchte, im direkten wie im übertragenen Sinne.

Manchmal ist es erstaunlich, dass auch Menschen mit guten Sprachkenntnissen große Schwierigkeiten haben, ihr Gegenüber zu verstehen, weil sie den Sinn, den Inhalt dessen, was der andere äußert, nicht begreifen. Egal wie gut ein Hotelangestellter Fremdsprachen spricht – das Verständnis für die Bedürfnisse eines Gastes ist etwas, das man nicht auf der Sprachenschule lernt.

Ein gutes Beispiel dafür ist der junge Mann, der vor längerer Zeit im Hotel ein Praktikum absolvierte. Er hatte eine hervorragende Ausbildung auf einer Schule in Genf genossen, war Dolmetscher für Französisch, Englisch und Italienisch, und begriff – nichts! Er stand vor den Gästen, die auf ihn einredeten und versuchten, ihm ihr Anliegen verständlich zu machen, und schaute sie nur verständnislos mit großen Augen an. Ihm fehlte einfach die Phantasie für das Anliegen seines Gegenübers. Selbst seine perfekten Sprachkenntnisse halfen ihm hier keinen Schritt weiter.

Ich muss als Hotelangestellter lernen, die Bedürfnisse meines Gastes zu erahnen, auch wenn ich seine Sprache nicht oder nur rudimentär spreche. Ich muss mich in ihn hineinversetzen, sein Anliegen nachempfinden. Manche Gäste reden buchstäblich um den heißen Brei herum, wenn es um etwas Delikateres geht, manchmal sind sie einfach nur zurückhaltend und trauen sich nicht, ihren Wunsch klar und deutlich zu äußern. Das gilt nicht nur für ausländische Gäste: Selbst zwei Menschen, die Deutsch miteinander sprechen, können aneinander vorbeireden. Dann ist es meine Aufgabe, gewissermaßen als

Übersetzer zu dienen und ihr Anliegen zu erraten. Die hohe Kunst der Kommunikation – im Hotel ist sie das A und O.

Manchmal muss man einen Gast nur anschauen und seine müden Augen sehen, und man kann manches verstehen. Wahrscheinlich hatte er einen langen Nachtflug, ist todmüde und hätte nichts lieber, als dass sein Zimmer bereits fertig wäre und er sich noch zwei Stunden hinlegen könnte, bevor er seinen ersten Termin hat. Wenn seine Laune dann nicht die beste ist, weil das Haus ausgebucht ist und wir ihm deshalb seinen Wunsch nicht erfüllen können, kann ich das nachvollziehen, auch wenn ich kein Wort Arabisch, Japanisch oder Chinesisch spreche.

Manchmal hilft es ihm schon, wenn ich ihm anbiete, im Frühstücksraum eine schöne Tasse Tee zu trinken und eine Kleinigkeit zu essen. Auch unkonventionellere Lösungen sind in einem solchen Fall durchaus möglich: Warum sollte ich ihm nicht vorschlagen, in unserem mit allen Annehmlichkeiten ausgestatteten Saunabereich eine heiße Dusche zu nehmen und sich auf einer der bequemen Ruheliegen ein wenig auszuruhen? Mit Sicherheit wird er sich dann gleich viel besser fühlen, und seine Laune wird sich deutlich aufhellen.

Nachdem der Japaner im Aufzug verschwunden und der Haustechniker wegen der Klimaanlage informiert ist und auch sonst niemand vor meinem Desk steht, der eine Auskunft oder Hilfe benötigt, lasse ich meinen Blick durch die ausnahmsweise menschenleere Halle schweifen.

Die vielen an- und abreisenden Gäste haben deutliche Spuren hinterlassen: Hier klebt ein Kaugummi auf dem Marmorfußboden, in der großen gläsernen Blumenvase auf dem Empire-Tisch schwimmt unübersehbar ein zusammengeknülltes Stück Papier, schmutzige Schuhsohlen haben Abdrücke auf dem roten Teppich der Eingangsstufen hinterlassen, und der Papierkorb hinter dem Conciergetresen quillt fast über. Ein Zustand, den ich keine fünf Minuten länger dulden kann. Was soll denn der nächste Gast denken, der zur Eingangstür hereinkommt?

»Komm, sei so gut und hilf mir, hier ein bisschen Ordnung zu machen!«, fordere ich den kleinen Pagen aus Sri Lanka auf und drücke ihm den vollen Papierkorb in die Hand. »Der muss ausgeleert werden, und jemand vom Reinigungspersonal soll den roten Läufer staubsaugen!«

Der kleine Page verdreht kurz die Augen, doch dann nimmt er den Papierkorb und trägt ihn weg. Mit einem Papiertuch versuche ich, das Kaugummi vom Boden zu kratzen, bevor womöglich jemand hineintritt. Ich werde nie begreifen, warum die Leute dieses Zeug nicht wenigstens in den Mülleimer spucken können. Aber einem Amerikaner das Kaugummikauen abzugewöhnen wäre vermutlich ähnlich schwierig, wie einem Drogensüchtigen seinen Stoff vorzuenthalten.

Ich weiß, dass ich meinen jungen Kollegen oft gehörig auf die Nerven gehe. Denn ich bin streng mit ihnen, und ich bestehe darauf, dass sie ihre Arbeit nicht nur vorschriftsgemäß erledigen, sondern lernen, selbst zu sehen, wenn es etwas zu tun gibt. Vor allem aber ist wichtig, dass sie das, was sie machen, gut machen. Ich möchte, dass sie etwas lernen. Ich möchte ihnen so viel wie möglich beibringen, damit sie später ihre Aufgaben gut erfüllen und dabei trotz aller körperlichen Belastungen Spaß an ihrer Arbeit haben. Dabei sind mir stets meine eigenen Anfänge im Gedächtnis, unter einem Concierge, für den ich Luft war und der mich einfach mir selbst überließ. Ich musste selbst zusehen, wie und wo ich mir das Rüstzeug für meinen Beruf zusammenklaubte. Diese Erfahrung möchte ich meinen jungen Kollegen ersparen, in ihrem eigenen Interesse und im Interesse des Hotels.

Aber die Jungen wissen auch: Wenn sie ihre Arbeit tun, und vor allem, wenn sie sie richtig tun, bin ich der beste Kollege, den sie nur haben können. Dann bekommen sie von mir Zuspruch, Lob und Anerkennung.

Die meisten merken rasch, dass ich sie nicht aus Bosheit zu guter Leistung antreibe, sondern weil ich sie gern habe und ihnen etwas Gutes mit auf den Weg geben möchte. Sie sollen das gleiche Glück bei ihrer Arbeit empfinden, das ich empfinde.

Sehr viele von denen, die in den vielen Jahren bei mir als Page angefangen haben, kamen später zu mir und sagten: »Herr Carl, ich habe Sie am Anfang gehasst wie die Pest, und am Ende habe ich Sie geliebt!« Nun, es ist wohl besser so, als wenn es umgekehrt wäre.

Wenn ich spüre, dass mich meine ehemaligen Mitarbeiter mögen, trotz der strengen Fuchtel, unter der sie bei mir standen, dann bin ich glücklich und weiß, dass ich nicht alles falsch gemacht haben kann.

Doch auch ich lerne von den Jungen, vor allem von denjenigen, die engagiert in ihren Beruf hineingehen. Das Internet ist dafür ein gutes Beispiel: Die Jüngeren sind damit groß geworden, ich dagegen habe nicht einmal einen Anschluss zu Hause, obwohl ich mich durchaus dafür interessiere und begeistert bin, wie die weltweite Vernetzung uns die Arbeit erleichtern kann. Es fehlt mir jedoch schlicht die Übung im Umgang mit den modernen Kommunikationsmitteln.

Wenn ich etwas nicht verstehe oder eine Information aus dem Internet brauche, die ich mir selber nicht besorgen kann, bitte ich einfach einen der Jüngeren, mir zu zeigen, was ich tun muss. Und wenn ich es das nächste Mal dann alleine kann, bin ich durchaus stolz auf mich.

Ein Satz ist mir dabei im Lauf der Jahre zu einer Art Leitspruch geworden im Umgang mit jüngeren Menschen, die ihr Berufsleben noch vor sich haben. Er stammt aus »Der König und ich«, einem meiner Lieblingsfilme mit der unvergleichlichen Deborah Kerr, die als Lehrerin und Erzieherin an den Hof des Königs von Siam kommt: »Was uns das alte Sprichwort sagt, gilt überall auf Erden – nur wer von seinen Schülern lernt, der wird ein rechter Lehrer werden!« In dieser Aussage steckt so viel Wahrheit! Ich lerne jeden Tag von meinen jungen Mitarbeitern, und ich hoffe, dass auch ich ihnen ein guter Lehrer bin.

Briefe hebe ich eigentlich nie auf, denn wenn ich sie einmal gelesen habe, sind sie in meinem Herzen gespeichert. Doch einen Brief werde ich wahrscheinlich bis an mein Lebensende aufbewahren, da er mich im Innersten berührt hat. Ich erhielt ihn vor nicht allzu langer Zeit zum Geburtstag, von einem Mann, der vor vielen Jahren als fünfzehnjähriger Page bei mir anfing und heute als -erfolgreicher Geschäftsmann mit beiden Füßen im Leben steht. Er schrieb mir in einer ganz außergewöhnlich schönen Handschrift:

Sie haben mir die Grundregeln für Erfolg mit auf den Weg gegeben, Sie haben mir gezeigt, wie man mit durchgedrücktem Kreuz vorwärtsgeht. Mit Dank und Respekt verneige ich mich vor Ihnen für das, was ich von Ihnen lernen durfte.

Als ich diese Zeilen las, war ich, das gebe ich ohne Scham zu, zu Tränen gerührt.

Nicht wenige der Pagen, die bei mir gelernt haben, haben nach ihrer Grundausbildung in meiner Portierloge später Karriere im Hotelgewerbe gemacht. Einer lernte anschließend Koch und ist heute selbst Direktor eines Steigenberger-Hotels. Wenn ich ihn treffe, muss ich jedes Mal daran denken, wie sehr ich ihn manchmal herumgescheucht habe. »Los, den Koffer hier!« – »Schnell, bring das der Dame auf Zimmer 215!« – »Lauf rasch und hol die reservierten Opernkarten ab!«

Er hat mich am Anfang sicherlich manchmal zum Teufel gewünscht, aber heute verstehen wir uns blendend.

Es gab aber auch junge Leute, die den Stress und die Hektik nicht aushielten und aufgaben. Eine Geschichte aus den siebziger Jahren geht mir noch heute zu Herzen. Glücklicherweise nahm sie einen guten Ausgang – allerdings erst sehr viel später.

Eines Tages bekamen wir einen ungefähr sechzehnjährigen Jungen als Pagen zugeteilt, der ein halbes Jahr in der Halle arbeiten sollte. Er war ein netter Kerl, fleißig, liebenswürdig, flink und umsichtig. Doch irgendetwas stimmte nicht mit ihm, ich spürte es vom ersten Moment an.

Nach ein paar Tagen nahm ich ihn in der Pause beiseite

und fragte ihn ganz direkt: »Sag mal, Junge, wieso bist du eigentlich bei uns?«

Er sah mich etwas verwundert an und erwiderte: »Warum fragen Sie mich das?«

»Mir ist aufgefallen, dass du manchmal traurig und abwesend wirkst, obwohl du deine Arbeit sehr gut machst. Bedrückt dich vielleicht etwas, möchtest du mit jemandem darüber reden?«

Er druckste ein wenig herum, antwortete jedoch nichts. Ich versuchte es weiter: »Sag mal, du hast doch noch einen Vater und eine Mutter?«

»Ja, natürlich!«

»Lebst du noch bei deinen Eltern?«, bohrte ich weiter. Ich ahnte, da war etwas, das herauswollte.

»Ich lebe bei meiner Mutter«, antwortete er zögernd.

»Und darf ich dich fragen, wo dein Vater ist?«

»Keine Ahnung, der hat meine Mutter verlassen!« Er stockte kurz, und plötzlich brach alles aus ihm heraus: »Herr Carl, als mein Vater meine Mutter verlassen hat, war ich auf dem Gymnasium und wollte eigentlich Abitur machen – aber ich konnte plötzlich nicht mehr lernen, ich war total blockiert! Niemand konnte etwas dagegen machen. Ich schrieb nur Sechsen, es hatte alles plötzlich keinen Sinn mehr. Und dann bekam ich die Möglichkeit, hier im Hotel ein Praktikum zu machen und vielleicht als Lehrling übernommen zu werden. Ich habe zugesagt. Was sollte ich denn sonst tun!?«

Ich war zutiefst erschüttert. Da war ein junger, begabter Mensch, der sein ganzes Leben vor sich hatte, der vielleicht Abitur gemacht und studiert hätte – und dann veränderte eine persönliche Tragödie plötzlich alles. Sein

Schicksal berührte mich so, dass ich mich unweigerlich ein wenig verantwortlich für ihn fühlte und besonders darauf achtete, dass er gut behandelt wurde, viel lernte und einen guten Eindruck von der Arbeit in einem Hotel bekam.

Tatsächlich stellte er sich so geschickt an, dass er wenig später eine Lehrstelle im Frankfurter Hof angeboten bekam – als Koch. Der Junge freute sich, und ich mich mit ihm, wenngleich sich tief in meinem Inneren Bedenken meldeten. Ich wusste, wie es in einer Restaurantküche zugeht. Dort muss alles schnell gehen, für Höflichkeitsfloskeln ist zwischen dampfenden Töpfen, klappernden Tellern und ungeduldigen Kellnern keine Zeit. Sensible Naturen, und dazu gehörte der Junge zweifellos, haben es da nicht leicht.

Als er sich von mir verabschiedete, um seine neue Stelle in der Küche anzutreten, wünschte ich ihm deshalb ganz besonders viel Glück.

»Du musst wissen, dass es in der Küche manchmal ziemlich rau zugeht«, gab ich ihm noch mit auf den Weg, »und du wirst dich bestimmt irgendwann einmal schrecklich ärgern. Aber versprich mir bitte eines: Wenn so etwas passiert, wirf nicht gleich alles hin und renn weg, sondern komm erst zu mir, damit wir darüber reden können!«

Er nickte, versprach es und gab mir zum Abschied die Hand.

Anschließend hatte ich zwei Wochen Urlaub. Kaum war ich wieder im Hotel, war mein erster Gedanke, wie es in der Zwischenzeit wohl dem Jungen in der Küche ergangen war.

Auf meine Frage zuckte der Küchenchef nur die Achseln und antwortete lapidar: »Ach, der Junge? Der hat es bei uns nicht lange ausgehalten. Er ist von einem Tag auf den anderen einfach weggeblieben. Wir wissen nicht, wo er jetzt ist.«

Es war also tatsächlich so gekommen, wie ich befürchtet hatte. Fort war er, ohne eine Nachricht zu hinterlassen, obwohl er es mir versprochen hatte. Und in dem Moment, als er vielleicht meine Hilfe gebraucht hätte, war ich nicht da gewesen!

Ich machte mir entsetzliche Vorwürfe. Aber es half alles nichts. Er blieb verschwunden, und wir hörten nie wieder etwas von ihm.

Viele, viele Jahre später machte ich einen Rundgang durch die Stadt, wie ich es immer wieder tue. Ich schaue, was sich verändert hat, welches Geschäft vielleicht mittlerweile zugemacht hat, welche neuen Läden es gibt oder wo gerade wieder ein Restaurant eröffnet wurde. Eine Großstadt verändert sich ständig. Und als Concierge muss ich über alles informiert sein, damit ich meinen Gästen die richtigen Empfehlungen geben kann.

Plötzlich – ich ging gerade an einer Baustelle vis-à-vis des Doms vorbei – hörte ich hinter mir eine Männerstimme laut rufen: »Herr Carl! Herr Carl!!«

Ich drehte mich um, um zu sehen, wer da nach mir rief. Es war ein Mann mit Schutzhelm und in Arbeitskleidung. Er stand auf einem Baugerüst und winkte mir zu.

»Ja?«, fragte ich etwas verwundert zurück.

»Herr Carl, erkennen Sie mich nicht mehr? Ich war doch vor Jahren Page bei Ihnen und wollte dann Koch lernen!«

Da erkannte ich ihn. Er sah größer aus, als ich ihn in

Erinnerung hatte, und vor allem: Er lachte und schien glücklich. Es war der Junge, der so plötzlich verschwunden war.

»Ich habe mir Sorgen um dich gemacht. Warum bist du weggelaufen?« Ich musste die Hände zu einem Trichter formen, um gegen den Baustellenlärm anzukommen.

»Weil ich es einfach nicht mehr ausgehalten habe!«, rief er zurück. »Ich habe dann auf dem Bau angefangen!«

Und dann sagte er einen Satz, der mich tief berührte: »Sie mussten sich keine Sorgen um mich machen. Ich habe mich gefangen! Ich habe geheiratet, und es ist alles in Ordnung mit mir, Herr Carl.«

Unendliche Erleichterung und zugleich eine große Traurigkeit machten sich in mir breit. Was tun Eltern ihren Kindern manchmal an! Warum war es nötig gewesen, dass dieser intelligente, wache junge Mann durch solch tiefe Täler hatte gehen müssen, bis er endlich so etwas wie Glück und Zufriedenheit fand? Keinem Außenstehenden steht es zu, den Schuldigen zu benennen, wenn eine Familie zerbricht. Meist sind es viele Faktoren, die zu solchen Tragödien führen. Mangelnde Zuwendung durch die Eltern, verursacht durch berufliche Doppelbelastungen, ist sicherlich einer davon.

Umso mehr freute es mich, dass er nun sagen konnte: »Es ist alles in Ordnung!« Und ich sah ihm an: Es stimmte.

Erleichtert winkte ich ihm zu, er winkte zurück, und ich setzte gut gelaunt meinen Rundgang fort, um zu sehen, was es Neues gab in der Stadt.

»Herr Carl, haben Sie noch etwas für mich zu tun, oder kann ich jetzt in die Pause gehen?«

Ich schrecke aus meinen Gedanken hoch, die mich so weit in die Vergangenheit zurückgeführt haben. Vor mir steht der kleine Page und schaut mich erwartungsvoll an. Er sieht ein bisschen müde aus. Kein Wunder bei dem Gewicht, das er heute schon gehoben hat.

»Natürlich! Geh schon und ruh dich ein bisschen aus. Bald geht es hier sowieso wieder rund, und dann musst du fit sein!«

Er ist wirklich tapfer, denke ich. Er lässt sich nicht anmerken, wie anstrengend die Arbeit für ihn ist. Im Gegenteil: Sie scheint seinen eher schmächtigen Körper zu stählen wie ein Fitnessstudio. Wo er vor zwei Wochen noch unter einem 25-Kilo-Koffer ächzte und schwankte, hebt er heute locker zwei davon.

Nachdenklich gehe ich hinter meinen Tresen zurück und mache auch dort ein wenig Ordnung. Wie so häufig frage ich mich, ob ich die Jungen vielleicht zu hart anpacke, ihnen zu viel abverlange? Ich selbst möchte immer alles richtig, gut, perfekt machen. Nachsicht mit mir habe ich normalerweise keine. Doch anderen, vielleicht Schwächeren gegenüber drücke ich schon mal ein Auge zu. Alles andere wäre lieblos. Denn ich halte es für falsch, andere ausschließlich mit den eigenen Maßstäben zu messen, ihre Stärken und Schwächen mit denen anderer zu vergleichen. Jeder Mensch ist ein eigenständiges Wesen, jeder ist unterschiedlich, manche sind stärker, manche sind weniger stark, haben aber dafür ihre eigenen Qualitäten. Und es zeigt die Stärke eines Menschen, wenn er die Schwächen der anderen mit trägt.

Natürlich kann man diese Einstellung im Alltag des Hotelbetriebs nicht konsequent leben, wir würden sonst mit unserer Leistung irgendwo im Mittelfeld landen, und das kann sich auf Dauer kein Unternehmen leisten. So sehe ich es als meine Aufgabe, diejenigen, denen ich vorgesetzt bin und die mir anvertraut sind, so auszubilden, dass sie das Beste aus sich herausholen. Dennoch muss man es akzeptieren, dass hin und wieder ein schwächerer Mitarbeiter darunter ist, der die Erwartungen nicht hundertprozentig erfüllt. Auch ihn muss man fördern und mittragen können, damit es keinen Unfrieden gibt.

Im Lauf der Jahrzehnte habe ich viele Pagen und Hoteldiener kommen und gehen sehen, und häufig denke ich, dass mich wahrscheinlich kaum mehr etwas überraschen kann. Als eines Tages ein hochgewachsener, glutäugiger, dunkelhäutiger Junge aus Mauritius seinen Dienst in der Halle antrat, dachte ich das auch. Er war achtzehn oder neunzehn, das erste Mal weit weg von zu Hause und eine solch stattliche Erscheinung, dass er sich vor Angeboten der Damenwelt kaum retten konnte, wie ich bald amüsiert feststellte. Doch bei aller Bewunderung, die ihm und seiner Erscheinung von allen Seiten entgegengebracht wurde, blieb er immer korrekt und tat seine Arbeit wie alle anderen.

Zum Jahreswechsel hatten wir gemeinsam Nachtdienst.

Es war recht ruhig in der Halle, mein mauritischer Page war nirgends zu sehen, wahrscheinlich war er irgendwo im Haus unterwegs, und die große Silvestergala im Ballsaal war in vollem Gange. Gleich würde es Mitternacht schlagen, und ein neues Jahr würde anbrechen.

Plötzlich war mir, als hörte ich von irgendwo her ein unterdrücktes Schluchzen, konnte aber weit und breit niemanden entdecken. Doch da war es wieder – ganz nah, etwas lauter sogar. Ich spitzte die Ohren und versuchte herauszufinden, aus welcher Richtung die Geräusche kamen. Da, wieder – ein Schniefen, und gleich darauf ein markerschütterndes Schluchzen!

Ich suchte die Halle ab, und schließlich fand ich ihn: Im hintersten Winkel des Gepäckraums kauerte der Ladykiller aus Mauritius zwischen den Koffern und weinte herzzerreißend.

Sanft berührte ich ihn an der Schulter und rüttelte ihn leicht. »Was ist denn passiert, warum weinst du? Ist jemand gestorben?«

»Nein!«, kam es kaum verständlich zurück. Er wischte sich mit dem Handrücken die Tränen aus dem dunklen Gesicht, schniefte vernehmlich, hob den Kopf und versuchte, mich einigermaßen gefasst anzusehen. »Aber es ist das erste Mal, dass ich Silvester nicht zu Hause bin bei meiner Mutter!« Und wieder brach er in Tränen aus.

Ich war einigermaßen ratlos. Da saß dieser Zwei-Meter-Hüne wie ein Häuflein Elend auf dem kalten Fußboden und weinte bitterlich vor Heimweh.

»Ich weiß, wie du dich fühlst, ich kenne das selbst«, versuchte ich ihn zu beruhigen, »aber das geht vorbei, glaub mir! Als ich aus der Lehre kam und im Hotel anfing, war ich auch oft allein, und es ist mir manchmal ganz schön schwergefallen. Das ist einfach so, wenn man erwachsen wird!«

Doch was ich auch sagte, es machte alles nur noch schlimmer, ich konnte ihn einfach nicht beruhigen. So, wie die Dinge lagen, würde mir mein junger Kollege heute Abend wohl kaum von großem Nutzen sein.

»Bleib hier beim Gepäck sitzen und wein dich aus«, sagte ich schließlich und klopfte ihm beruhigend auf den Rücken. »Zum Glück ist heute Abend nicht viel los. Wenn ich dich brauche, rufe ich dich. Dann musst du dir halt das Gesicht abwischen und einmal durch die Haare fahren, bevor du rauskommst.«

Irgendwann wurde das Schluchzen im Gepäckraum weniger, und als ich bei Dienstschluss lang nach Mitternacht nach dem Jungen sah, war dieses große Kind vor lauter Erschöpfung neben den Koffern eingeschlafen.

IV. DER JUNGE MIT DER KOHLENSCHAUFEL

MITTWOCH

Heute erwarten wir besondere Gäste: Eine Gruppe von zwanzig amerikanischen Veteranen, die 1945 die Landung in der Normandie mitgemacht haben, hat sich angesagt. Sie werden in Frankfurt ankommen, bei uns übernachten und anschließend auf alten Spuren Deutschland bereisen.

GIs. Erinnerungen an meine Kindheit werden wach.

Ich sitze zusammengekauert in einer Ecke eines winzigen Zimmers in einem Dorf in der Nähe von Kulmbach, zusammen mit sechs meiner acht Geschwister, zitternd vor Angst und Kälte. Es ist April, es ist kalt, es ist immer noch Krieg in Deutschland, und die Tante hat nicht eingeheizt, um Brennholz zu sparen. »Die Amerikaner kommen!«, hieß es, »bleibt im Zimmer und rührt euch nicht von der Stelle!« Gerade sechs Jahre war ich damals alt.

Draußen auf der Holzstiege poltern Schritte. Etwas fällt krachend um. Die Schritte kommen näher.

»Werden wir jetzt alle erschossen?«, frage ich mit klappernden Zähnen meine große Schwester, die schon sechzehn ist, und versuche dabei, nicht zu weinen.

»Schscht«, macht sie bloß und drückt mir den Kopf sanft auf die Knie. »Sieh nicht hin, Jürgen!« Ihre braunen Zöpfe zittern. Sie hat auch Angst.

Jemand drückt von außen die Türklinke herunter, sie quietscht ein wenig. Obwohl Rosemarie es verboten hat, spicke ich vorsichtig zwischen meinen Knien hindurch. Zwei Schnürstiefel, genau vor mir, und graugrüne Hosenbeine. Meine Zähne klappern immer heftiger, ich kann nichts dagegen tun. Bestimmt schießt der Amerikaner gleich! Stattdessen ertönt eine laute, tiefe und freundliche Stimme, eine dunkelbraune Hand schiebt sich in mein Gesichtsfeld. Etwas Silbriges glänzt zwischen den Fingern. »Hey, boy, d'you want some chocolate?«

Ungläubig schaue ich auf und blicke in ein fast schwarzes, lachendes Gesicht mit strahlend weißen Zähnen. Vor Staunen vergesse ich fast meine Angst. Ein richtiger Neger! Er hält ein Gewehr in der Rechten, aber der Lauf zeigt auf den Holzfußboden.

»Here, take it!« Die Hand wedelt vor meinem Gesicht herum. Mit zitternden Fingern greife ich nach dem silbernen Gegenstand und rieche daran. Eine leise Erinnerung steigt in mir hoch. Schokolade! Einmal, es ist schon lange her, hatte uns der Vater zu Weihnachten Schokolade geschenkt. Etwas so Gutes hatte ich bis dahin noch nie gegessen, und danach auch nie wieder.

Die Hand wuschelt mir einmal durchs Haar, dann macht sich der Soldat daran, sorgfältig den alten Schrank und die klapprige Kommode im Zimmer zu durchsuchen, in der die Tante, meine Geschwister und ich unsere wenigen Habseligkeiten aufbewahren. Sie suchen versteckte Waffen, sagt uns die Tante später. Und dass der Krieg bald aus sein wird.

Seitdem schmeckt Kriegsende für mich süß, und ich liebe Amerikaner.

Mein Vater war Gendarmeriehauptwachtmeister in Bunzlau in Schlesien, wo er für einen riesigen Distrikt verantwortlich war. Die Familie wohnte in dem winzigen Dorf Lichtenwaldau, das heute Krzyżowa heißt, ungefähr zehn Kilometer nordöstlich von Bunzlau. Dort kamen ich und meine Zwillingsschwester im Oktober 1939 zur Welt.

An meine Mutter habe ich keine Erinnerung. Sie bekam sehr rasch hintereinander zehn Kinder, davon drei Mal Zwillinge. Wir müssen sie viel Kraft gekostet haben. Sie starb kurz nach der Geburt meiner beiden jüngsten Zwillingsbrüder, als ich gerade vier geworden war. Ihre Lunge war voller Löcher von der Tuberkulose.

Da mein Vater ständig in seinem Distrikt unterwegs war und sich kaum um seine sechs Töchter und vier Söhne kümmern konnte, zog eine unverheiratete Nenntante, eine Freundin meiner Mutter, zu uns und führte den kinderreichen Haushalt.

Mein Elternhaus habe ich genau vor Augen, obwohl ich nach der Flucht 1945 nie wieder dort gewesen bin. Es war ein stattliches weißes Gebäude mit einem dreieckigen Giebel. Unter dem Giebel, an der Hauswand, auf die man zulief, wenn man durch das Gartentor ging, hing ein Porträt von Adolf Hitler. Es war riesig groß, jedenfalls in meiner Erinnerung. Auch der Tisch, um den sich die zwölfköpfige Familie zum Essen versammelte, war riesig. Und um das Haus und das Dorf herum war nichts außer weitem Land.

Ich sehe noch den Garten vor mir mit den Apfel-, Birn- und Kirschbäumen, und den Lattenzaun, der den Garten umschloss. Besonders in Erinnerung geblieben ist mir jedoch das kleine hölzerne Toilettenhäuschen, das sich im Garten befand. Im Sommer gab es hier viele Spinnen, vor denen ich mich schrecklich fürchtete. Meine Schwester Hannelore, die Zweitälteste, die ich über alles liebte und die mir ein wenig die Mutter ersetzte, ging deshalb immer mit, wenn ich das Häuschen aufsuchen musste. Ausgerechnet sie sollte die Wirren der Flucht nicht überstehen.

Es hätte eine Kindheitsidylle sein können, wäre mein Vater nicht gewesen, wie er war: über die Maßen streng und korrekt. Ein unordentlich gebundener Schnürsenkel oder eine schlechte Schulnote konnten, so erzählten mir später meine größeren Geschwister, einen fürchterlichen Zornesausbruch und drakonische Strafen nach sich ziehen.

Ein wenig scheint damals von seinem cholerischen Charakter auf mich abgefärbt zu haben. Wenn mir etwas nicht passte, konnte es passieren, dass ich wütend mit der Kohlenschaufel auf meine Mutter losging – im zarten Alter von drei Jahren. Mein Vater stand daneben und lachte über den Mut seines Sprösslings.

Nachts, wenn ich wie so häufig nicht schlafen konnte, stand ich auf und sah zum Fenster hinaus, stundenlang. In der Ferne zuckten Blitze von Flak-Feuer, dumpfes Grollen von Bombeneinschlägen war zu hören, am schwarzen Nachthimmel dröhnten Flugzeugmotoren. Es war Krieg, und die Front rückte näher.

Eines Morgens, es war Winter und noch stockfinster, weckte uns die Tante. Den Vater hatten wir seit Wochen nicht gesehen.

»Aufstehen, Kinder, und zieht euch warm an, wir fahren weg! Die Russen kommen!«

Für die Erwachsenen, die alles zurücklassen mussten und entwurzelt wurden, war die nun folgende Flucht ein Drama. Für uns Kinder war sie vor allem ein großes Abenteuer. Ich freute mich unbändig, dass wir so viel Auto fahren durften! Wir wurden auf die überdachte Ladefläche eines Lkws verladen, und los ging es.

Nachts schliefen wir in Schulturnhallen oder Gemeindesälen. Wir waren zusammen, wir hatten es warm, und es gab genügend zu essen. Für mich war die Welt damit eigentlich ganz in Ordnung. Dass ich mein Elternhaus und unser Dorf nicht wiedersehen würde, lag völlig außerhalb meiner Vorstellungskraft.

Irgendwann vermisste ich meine geliebte Hannelore. Doch als ich nach ihr fragte, bekam ich keine Antwort. Und dann fehlte auch noch Rosemarie, die Älteste. Erst viele Tage später stieß sie wieder zu uns. So lange hatte es gedauert, bis sie den Treck mit dem Fahrrad eingeholt hatte.

Lange Zeit danach, wir waren schon in Bayern, und ich ging dort zur Schule, nahm mich Rosemarie in den Arm und erzählte mir, weshalb Hannelore nie mehr wiederkommen würde. Während einer Rast war sie vom Lastwagen geklettert. Als es weiterging, schaffte sie es nicht schnell genug nach oben, hängte sich hinten an die Ladefläche, fiel herunter und wurde von einem der nachfolgenden Lastwagen überrollt. Man brachte sie in ein Krankenhaus, und Rosemarie blieb bei ihr, aber die Ärzte konnten sie nicht mehr retten. Hannelore starb an ihren schweren inneren Verletzungen.

Auch die beiden Jüngsten fehlten auf unserer Flucht. Sie waren zu klein und wurden in einem Kinderheim in der späteren Ostzone untergebracht. Erst Jahre später sollten wir sie wiedersehen.

Plötzlich wird es lebhaft in der eben noch ruhigen Halle: Die amerikanische Veteranengruppe ist eingetroffen. Alt sind sie geworden, die Helden meiner Kindheit, doch unverkennbar der Typus von Amerikanern, wie ich sie in Erinnerung habe. Wie sich rasch herausstellt, sind es unwahrscheinlich freundliche, herzliche Männer, hoch gebildet, mit feinem Benehmen, keine raubeinigen, grobschlächtigen Ex-Soldaten, wie wir insgeheim befürchtet hatten.

Mit einer Mischung aus Rührung, Bewunderung und Dankbarkeit sehe ich die Männer an: Das waren die Leute, die Amerika groß gemacht haben und denen wir Deutschen auf immer dankbar sein sollten. Und es waren Leute wie sie, die uns Kindern Schokolade schenkten und uns später im Kinderheim mit Lebensmitteln versorgten, weil sie erkannten, dass hier sonst Not geherrscht hätte.

Vor dem amerikanischen Gemeinsinn und ihrer Hilfsbereitschaft habe ich noch heute den allergrößten Respekt. Es war ganz und gar nicht selbstverständlich, dass die amerikanische Bevölkerung nach Kriegsende Millionen von Care-Paketen nach Deutschland schickte, um die größte Not in dem zerstörten Land des ehemaligen Feindes zu lindern.

Bis heute erlebe ich immer wieder die enorme Hilfsbereitschaft der Amerikaner. Selbst im Hotel kann es vorkommen, dass ein Gast Hand anlegt, wenn es im Zimmer etwas zu reparieren gibt, noch bevor ich Gelegenheit hatte, jemanden vom Hausservice nach oben zu schicken.

»I did it, I did it!«, heißt es dann häufig, begleitet von einem breiten Lächeln.

Das gleiche Lächeln lag auf den Gesichtern der in der Nähe von Ansbach stationierten GIs, als kurz nach Kriegsende fünfzig Kinder aus einem nahe gelegenen Kinderheim ihr Headquarter besuchten, um ein märchenhaftes Weihnachtsgeschenk in Empfang zu nehmen: fünfzig nagelneue Rodelschlitten.

Zusammen mit meinen Geschwistern war ich nach der Zwischenstation in dem Dorf bei Kulmbach, in dem wir mit unserer Tante nach der Flucht gestrandet waren, schließlich in ein Kinderheim der Rummelsberger Anstalten in der Nähe von Ansbach gebracht worden. Unsere Tante blieb auf dem Dorf und verdingte sich bei einem Bauern. Sieben halbwüchsige Kinder durch die katastrophale, von Mangel, Kälte und Hunger geprägte Nachkriegszeit zu bringen war ihr einfach nicht möglich. Und mein Vater war in Russland verschollen.

Das Kinderheim war unsere Rettung, und es wurde unser Zuhause, unser Paradies. Dass wir dort aufgenommen wurden, war eine der vielen Fügungen, die es in meinem Leben gegeben hat.

Der Mensch, der mich in den glücklichen Jahren, die nun folgten, vielleicht am stärksten geprägt hat, war Ilse Fischer, die Heimleiterin, von allen Kindern nur »Tante Ilse« genannt. Ich blieb ihr bis zu ihrem Tod eng verbunden, telefonierte regelmäßig mit ihr und schickte ihr zu jedem Geburtstag Blumen. Tante Ilse wurde fast hundert Jahre alt.

Anfangs hatten meine Geschwister und ich schreckliche Angst vor den wildfremden Menschen, bei denen wir nun bleiben sollten. Doch als wir im Heim ankamen, nahm uns zu unserem großen Erstaunen keine streng blickende Kinderschwester mit Haube, Dutt und dicker Brille in Empfang, sondern eine klassisch schöne, schlanke Frau mit halblangem, welligem dunklen Haar. Sie trug eine gut sitzende Bluse und einen knielangen Rock und hieß uns freundlich willkommen. Es war Tante Ilse. Nie werde ich diese erste Begegnung vergessen, so groß war der Eindruck, den ihre Erscheinung auf mich machte. Und schon bald schwand auch unsere Angst, denn wir spürten: Tante Ilse meinte es gut mit uns, so wie sie es mit jedem der ihr anvertrauten fünfzig Kinder gut meinte.

Bevor sie nach dem Krieg das Kinderheim eröffnete, hatte sie in einer Anstalt für geistig behinderte Kinder gearbeitet. Sie erzählte uns erst später und auch nur wenig darüber, und wir konnten höchstens erahnen, wie sehr sich diese außergewöhnliche, tapfere und kluge Frau in den Wirren des Weltkriegs und des Naziregimes für ihre von Euthanasie bedrohten Schützlinge eingesetzt hatte. So viel ist sicher: Die Kinder spürten instinktiv, wie wichtig Tante Ilse für sie war. Das Heim lag zwar irgendwo auf dem Land, doch auch dort gab es immer wieder Fliegeralarm. Sobald die Bomber kamen, packten die Kinder Tante Ilse und warfen sich über sie, damit ihr ja nichts passierte.

Unter der Obhut der Heimleiterin und weiterer fünf »Tanten«, wie wir Kinder die Betreuerinnen nannten, wuchsen wir in den Jahren, die nun folgten, sehr geborgen, in manchem sogar etwas weltfremd auf und wurden vor vielem bewahrt, was andere Kinder kurz nach Kriegsende durchmachen mussten. Unser Spielplatz war der nahe Wald, und die Anhöhe, auf der das Heim erbaut war, gab im Winter einen phantastischen Rodelhang ab.

Wir hatten genügend zu essen, und die Obstbäume rundum brachen im Sommer und Herbst fast zusammen, weil es nicht genügend Arbeitskräfte gab, die sie abernten konnten. Aus dieser Zeit rührt meine große Liebe zu Früchten. Ich brauche nicht viel, um zufrieden zu sein, aber kein Obst zu haben wäre für mich ein wirkliches Unglück.

Wir liebten Tante Ilse auf eine ehrfürchtige, respektvolle Art und Weise. Sie war nicht unbedingt ein mütterlicher Typ, denn sie wusste, dass sie uns nicht zu sehr an sich binden durfte. Die Zeit im Kinderheim war für alle begrenzt, mit vierzehn Jahren wurde man aus dem Paradies geworfen und musste ins Jugendheim. Eine zu enge persönliche Bindung hätte da leicht zu schlimmen Trennungsdramen führen können.

Eine meiner intensivsten Erinnerungen an die Jahre im Kinderheim sind die Weihnachtsfeste. Ich habe nie wieder eine solch festliche Stimmung erlebt und so schöne Adventskränze und Weihnachtsbäume gesehen wie dort, in den kargen Jahren nach dem Krieg. Schon Wochen vor dem Fest durfte kein Kind mehr den großen Saal betreten, in dem Tante Ilse und ihre Mitarbeiterinnen am Weihnachtsschmuck arbeiteten, und wehe, das Lametta hing am Ende nicht so, wie es sein sollte!

Tante Ilse war zudem eine begnadete Erzählerin, nein, eigentlich Schauspielerin. An jedem der vier Adventssonntage las sie uns mit ihrer warmen, melodischen Stimme eine bestimmte Geschichte vor, so ausdrucksstark und geheimnisvoll, dass sie uns in andere Welten abtauchen ließ. Schon Tage vorher fieberten wir dem Sonntag entgegen und konnten die Spannung am Ende kaum mehr ertragen.

An Heiligabend taten die Tanten alles, um uns unsere Armut nicht spüren zu lassen, obwohl das Heim immer in Geldnot war. Für unser Gefühl wurden wir jedes Jahr überreich beschenkt. Tante Ilse ging bei den Bauern in der Nachbarschaft betteln, es kamen Care-Pakete, es gab Schokolade und Orangen, und die Tische waren festlich gedeckt mit Tannenzweigen, Kerzen und selbstgebackenen Plätzchen, die auf der Zunge zergingen. Mir läuft heute noch das Wasser im Mund zusammen, wenn ich daran denke.

Und da waren die Amerikaner. Sie hatten erfahren, dass es in der Nähe ihres Headquarters dieses Kinderheim gab, in dem es an vielem mangelte, und beschenkten uns mit allem, was sie von ihrem Sold kaufen konnten. Jede Woche kamen Kisten mit Wurst an, manchmal war auch Eiscreme dabei. Einmal landete sogar ein Hubschrauber der Army und brachte uns, die wir nur Holzbauklötze kannten, Spielzeug aus Plastik! Wir kamen aus dem Staunen nicht mehr heraus.

Eines Tages luden sie das ganze Kinderheim zur Weihnachtsfeier in ihr Headquarter ein. Wir kamen in eine für uns fremde Welt: Zum ersten Mal in meinem Leben sah ich Frauen mit roten Fingernägeln und rot angemalten Lippen, es lief Jazzmusik, die ich noch nie gehört hatte, zu essen gab es in Hülle und Fülle, und als wäre das alles nicht genug, bekam jedes Kind einen Schlitten geschenkt! Ich konnte es gar nicht fassen. Nicht einmal in meinen kühnsten Träumen hätte ich gedacht, dass ich jemals Besitzer eines eigenen Rodelschlittens sein würde.

Auch die GIs waren glücklich: Sie liebten deutsche Volkslieder und Volkstänze, viele hatten deutsche Vorfahren. Und wir konnten beides, singen und tanzen. Die Lieder, die wir im Kinderheim lernten, haben sich mir so tief eingeprägt, dass ich sie noch heute auswendig kann. Was lag da näher, als uns mit einer Vorführung zu bedanken? So lauschten die Soldaten selig lächelnd unseren Gesängen, sahen unseren Volkstänzen zu und waren hingerissen. Ich bildete mir sogar ein, in manchen Augen Tränen gesehen zu haben.

Trotz des chronischen Geldmangels scheute Tante Ilse keine Mühen, wenn die Kinder, die ihr anvertraut waren, Hilfe benötigten. Für einen besonders schwierigen Jungen engagierte sie sogar einen Psychotherapeuten, in den fünfziger Jahren noch etwas ganz und gar Ungewöhnliches. Die Therapie kostete viel Geld, das sie an anderen Ecken abzwacken musste.

Eines Sommers – ich war zehn, meine Zwillingsschwester und ich kamen von einer Ferienfreizeit auf einem Bauernhof zurück – standen plötzlich zwei kleine Buben in kurzen Hosen und mit strohblonden Stoppelhaaren vor uns. Sie sahen sich sehr ähnlich und kamen mir irgendwie bekannt vor.

Tante Ilse schob die beiden Knirpse leicht zu uns hin. »Das sind Jürgen und Evi«, erklärte sie ihnen.

»Ich bin der Horst!«, erwiderte der eine strahlend und mit Zahnlücke, »ich bin der Alfred!«, echote der andere. Es waren unsere beiden jüngsten Zwillingsbrüder, die wir während der Flucht in der späteren Ostzone hatten zurücklassen müssen! Irgendwie hatte Tante Ilse herausgefunden, wo sie waren, und es war ihr trotz vieler Widerstände gelungen, sie zu uns nach Westdeutschland zu holen. Mir kommen noch heute die Tränen, wenn ich an das Wiedersehen mit den beiden Kleinen zurückdenke.

Die Leistungen einer Frau wie Tante Ilse kann man gar nicht genug würdigen. Und trotz aller Arbeit hielt sie auch noch jeden Morgen und jeden Abend eine Andacht, die so faszinierend und lebendig war, dass ich buchstäblich an ihren Lippen hing. Religion und Glaube spielten eine wichtige Rolle, sie gehörte zu unserem Alltag, wie Essen, Spielen und Lernen.

Die Tatsache, dass ich ein sehr gläubiger und sehr genügsamer Mensch bin, ist zweifellos auf die Zeit im Kinderheim zurückzuführen. Wir waren zwar bitterarm, aber wir spürten es nicht, denn es mangelte uns weder an geistiger noch an körperlicher Nahrung. Dass Tante Ilse manchmal zu den Bauern betteln ging, um ihre fünfzig Kinder satt zu bekommen, wussten wir und dachten uns nichts dabei. Es gab Tage, an denen wir nur trocken Brot bekamen, und andere, an denen das Brot immerhin dünn mit Marmelade bestrichen war. Das wäre vielleicht schlimm gewesen, wenn man alleine gewesen wäre. Doch da waren noch 49 andere Kinder, die das Gleiche aßen. In der Gemeinschaft ertrug sich alles viel besser.

Doch egal, wie wenig wir hatten – Sonntag, der Höhepunkt der Woche, war immer ein Festtag, an dem der Frühstücksaal mit frischen Blumen von den umliegenden Wiesen geschmückt wurde. Sonntags gab es grundsätzlich Kuchen, das ließ sich Tante Ilse nicht nehmen, auch wenn sie all ihre Überredungskünste aufwenden musste, um den sturen fränkischen Bauern dafür Butter, Mehl und Eier abzunötigen. Und einen besseren Kuchen als den, den unsere begnadete Köchin Fräulein Regel buk, habe ich später nie wieder gegessen.

Fräulein Regel war zweifellos ein Naturtalent und hätte es leicht mit einem modernen Sternekoch aufnehmen können. Gemüse und Kräuter kamen aus ihrem eigenen Garten, für den nur der beste Naturdünger gut genug war, und dementsprechend aromatisch war alles, was bei uns auf den Tisch kam. In einer Restaurantküche hätte es Fräulein Regel jedoch kaum länger als einen Tag ausgehalten, denn ihr Perfektionsdrang war enorm. So konnte es schon einmal passieren, dass die dampfenden Schüsseln, die bereits vor fünfzig hungrigen Kindern auf den langen Tischen im Speisesaal standen, nochmals in die Küche zurückwanderten, weil Fräulein Regel fand, dass ein bestimmtes Gewürz fehlte.

Auch wenn die Konfirmation einiger ihrer Schützlinge anstand, ging Tante Ilse betteln, denn die Konfirmation sollte für jeden von uns das bislang wichtigste und schönste Fest im Leben sein. Im Alltag trugen wir die abgelegten Sachen anderer Kinder auf, aber zur heiligen Konfirmation mussten wir nach Tante Ilses Willen eigene, neue Kleider haben. Die Jungen brauchten einen schwarzen Anzug mit weißem Hemd, die Mädchen ein schönes Kleid. Also ging sie wieder von Haus zu Haus und nahm dankbar entgegen, was man ihr anbot.

Es gab allerdings einige wenige Themen, bei denen selbst der energischen Tante Ilse die Worten fehlten.

Solange ich zurückdenken kann, schlafe ich schlecht. Auch im Kinderheim lag ich nachts stundenlang wach, während die Kirchturmglocke unten im Dorf gnadenlos jede Stunde läutete – eins, zwei, drei … Tag für Tag, Jahr für Jahr. So war es kein Wunder, dass ich als Heranwachsender wegen des chronischen Schlafmangels ständig dunkle Ringe unter den Augen hatte.

Eines Tages stellte sich Tante Ilse vor mich und meine pubertierenden Altersgenossen hin, blickte in die Runde, fixierte dann ausgerechnet *mich* und sagte: »Jungs, ihr werdet erwachsen. Ich lege euch ans Herz – verschleudert eure Kraft nicht!«

Ich hatte nicht die geringste Ahnung, wovon sie redete und warum sie dabei ausgerechnet mich ansah. Meine Mitschüler, von denen der eine oder andere schon etwas besser Bescheid wusste, feixten, während ich dastand und mich ratlos umschaute. Auch das war Tante Ilse.

Meine erste große Liebe war, ohne dass ich es mir schon ganz klarmachte, die Heimlehrerin Frau Fritsche – eine wunderschöne, kluge Frau und als Lehrerin ihrer Zeit weit voraus, wie ich heute weiß. Sie war weltoffen und liberal, stammte aus Ostpreußen und hatte zwei mindestens ebenso schöne Schwestern.

Ich war sehr ehrgeizig in der Schule – aber nur, weil ich hoch motiviert war wegen dieser Lehrerin, die ich unendlich bewunderte. Sie war so schön gekleidet, hatte einen schönen Busen, trug Ringe an den Fingern und hatte, man höre und staune, farblos lackierte Fingernägel!

Bei Frau Fritsche gab es keine Ohrfeigen, nicht einmal den kleinsten Klaps. Dabei hatte das Kinderheim nur einen Klassenraum, in dem alle Kinder gleichzeitig unterrichtet wurden, und sie war die einzige Lehrerin. Die Einteilung des Unterrichtsstoffes fand lediglich nach den

Kriterien »kleine«, »mittlere« und »große« Schüler statt. Mit einer Engelsgeduld brachte sie uns alles bei, was wir als Volksschüler wissen mussten. Sie versetzte sich in uns hinein, lobte und motivierte uns, weckte unser Interesse und unseren Ehrgeiz – Unterrichtsmethoden, die für die damalige Zeit höchst ungewöhnlich und fortschrittlich waren.

Die Lehrpläne für die Volksschule waren von den Alliierten vorgegeben und äußerst simpel. Rechnen und Schreiben, ein bisschen Geografie, das war es. Geschichte, deutsche Geschichte vor allem, war verboten. Auch der Rest der Welt wurde weitgehend ausgeklammert. Wir lernten zwar, dass die Kordilleren und die Anden in Chile liegen und dass dort der Kondor fliegt, viel mehr aber auch nicht.

Von dem, was im Dritten Reich passiert war, erfuhren wir während der gesamten Schulzeit nichts. Wir wussten nur, dass da etwas passiert war, irgendetwas Merkwürdiges, Unheimliches, über das niemand sprechen wollte.

Eines Tages rief uns Tante Ilse zusammen. »Kinder, wir werden ab heute für ein halbes Jahr ein weiteres Kind im Heim haben. Sie heißt Hannah und ist Jüdin. Bitte seid besonders lieb zu ihr und passt immer gut auf sie auf, damit ihr nichts passiert!«

Natürlich wollten wir wissen, warum wir besonders auf Hannah aufpassen sollten. Da hörte ich zum ersten Mal in meinem Leben davon, dass im Dritten Reich viel Böses passiert sei und dass es vor allem den Juden gar nicht gut ergangen sei. Mehr erzählte Tante Ilse nicht, und natürlich fehlte uns Kindern die Phantasie, uns auszumalen, was das gewesen sein könnte.

Schulbücher hatten wir keine, auch Zeitungen gab es im Kinderheim nicht. Später, im Jugendheim, hatten wir zwar immer noch keine Bücher, dafür aber Tageszeitungen. Damals begann ich, alles zu lesen, was ich in die Finger bekam. Kultur, Politik, Wirtschaft – solche Themen interessierten mich brennend. Es war die faszinierende Adenauer-Ära. Deutschland begann wieder mitzuspielen auf der Weltbühne, die Kriegsgefangenen kamen heim, die Wirtschaft boomte, und es kehrte so etwas wie Normalität in das Leben der Menschen ein. Und endlich erfuhr ich auch, was in der jüngsten Vergangenheit geschehen war und warum Tante Ilse uns eingeschärft hatte, auf die kleine Hannah besonders achtzugeben.

Im Kinderheim lebten wir jedoch noch in einer behüteten, geborgenen Kinderwelt. Mir war es in meiner Volksschulzeit vor allem wichtig, Frau Fritsche zu gefallen, und ich strengte mich ungeheuer an, um ihr bester Schüler zu werden. Weil ich so fleißig war, durfte ich sogar manchmal die kleinsten Schüler als »Hilfslehrer« in einem Nebenraum unterrichten und damit die Lehrerin entlasten. Auch meine Schulhefte waren immer die schönsten und saubersten. Wenn ein Prüfer der Schulbehörde kam, waren es stets meine Hefte, die sie ihnen vorlegte. Für mich hätte es kein größeres Lob geben können, ich war im siebten Himmel.

Natürlich bemerkte sie meine Schwärmerei und ermahnte mich eines Tages freundlich, nicht nur ihr zuliebe, sondern vor allem für mich selbst zu lernen. Ich versprach es, doch es fruchtete nicht. Ich lernte trotzdem weiterhin nur für sie.

Es war eine schöne Zeit im Kinderheim, mein Vater hätte meinen Geschwistern und mir ein solches Paradies nie bieten können. Es war deshalb gut, dass es so gekommen ist. Unsere Kindertanten waren sehr liebevoll und versuchten, uns Wärme und Geborgenheit zu vermitteln. Sie gaben uns unbeschreiblich viel mit auf den Weg, und aus jedem ihrer Schützlinge ist später etwas geworden.

Und trotzdem bin ich manchmal ein ganz klein wenig neidisch auf Kinder, die das Glück haben, in intakten Familien groß zu werden. In einem Heim mit fünfzig Waisenkindern muss immer eine gewisse Ordnung und Strenge herrschen. Man versuchte als Kind unweigerlich, sich durch Wohlverhalten die besondere Zuwendung der Betreuerinnen zu erarbeiten.

Zwar erwarten auch Eltern von ihrem Kind Wohlverhalten, doch Eltern lieben ihre Kinder, ob sie nun brav sind oder nicht. Diese unbedingte Liebe, diese Liebe, die gegeben wird, ohne dafür etwas zu verlangen, kann ein Waisenkind nicht erwarten, das lässt die besondere Situation einfach nicht zu. Deshalb sind Eltern, die sich wirklich wie Eltern verhalten, ein solcher Glücksfall für Kinder.

Mit vierzehn Jahren flog ich aus dem Paradies: Ich hatte die Volksschule nach der achten Klasse beendet und musste aus dem Kinderheim in ein Jugendheim wechseln, um eine Lehre zu beginnen. Es war keine einfache Zeit. Ich fühlte mich aus dem Nest gestoßen, musste mich mit anderen, zum Teil sehr schwierigen Jugendlichen arrangieren und sollte mich entscheiden, welchen Beruf ich ergreifen wollte. Dabei wäre ich am liebsten noch weiter zur Schule gegangen, denn Lernen machte mir Spaß.

Zur Auswahl standen genau sieben Berufe, nämlich Schreiner, Metzger, Schlosser, Bäcker, Landwirt, Maurer und Gärtner. Ich entschied mich schließlich für das, was mir am wenigsten schlimm erschien, und das war die Gärtnerlehre. Es war zwar nicht mein Traumberuf, aber mir blieb gar keine Wahl. Und manchmal muss man das Leben einfach nehmen, wie es kommt. Letztlich war meine damalige Entscheidung eine glückliche, denn sie hat mich dorthin geführt, wo ich heute stehe: hinter meinen Desk in der Halle des Steigenberger Frankfurter Hof. Damals konnte ich allerdings noch nicht ahnen, was aus mir werden würde.

Also begann ich eine Lehre in der Gärtnerei der Rummelsberger Anstalten, die die verschiedenen Heime mit frischem Obst und Gemüse belieferte, obwohl die Aussicht, Tag für Tag in nasser, kalter Erde zu wühlen, mir nicht wirklich behagte. Doch ich kam gar nicht auf die Idee, den scheinbar vorgezeichneten Weg zu verlassen, eine Alternative gab es für mich nicht. Als Flüchtlingskind hätte ich finanzielle Unterstützung vom Staat bekommen können, um eine weiterführende Schule zu besuchen und vielleicht sogar zu studieren, aber das wusste ich damals nicht.

Jeden Morgen um fünf oder sechs war ich auf den Beinen, erntete Gemüse, stach Spargel, pflückte Erdbeeren und belieferte die Heime. Das frühe Arbeiten hatte den unschätzbaren Vorteil, dass ich damit der Fuchtel meines cholerischen Lehrherrn entkam und mir Freiräume verschaffte. Lehrlingsgeld gab es zu der Zeit nicht, auch Urlaub war ein Fremdwort. Das Höchste war die Zuteilung von Taschengeld durch unseren Heimleiter, die immer zum Monatsende vor allen stattfand und deren Höhe je nach Benehmen des Einzelnen und der Güte der geleisteten Arbeit zwischen gar nichts und fünf Mark schwankte.

Mein morgendliches Schuften zahlte sich aus, ich bekam immer das höchste Taschengeld und häufig sogar noch deutlich darüber hinaus. Es muss wohl mehr als das Übliche gewesen sein, was ich leistete. Mein Lehrherr schien froh über seinen arbeitswilligen Lehrling, jedenfalls ließ er mich nach Belieben schalten und walten.

Eines Abends, ich war sechzehn und im zweiten Lehrjahr, rief mich der Heimleiter zu sich: »Jürgen, du hast Besuch! Dein Vater ist gekommen!«

Ich war gleichzeitig verblüfft und erschrocken. Dass ich einen Vater hatte, war mir fast entfallen, ich hatte praktisch keine Erinnerungen an ihn und wusste nur, dass er in Russland in Kriegsgefangenschaft war. Nun war er hier.

Ein mittelgroßer, magerer Mann mit tiefen Falten im Gesicht kam zur Tür herein und gab mir die Hand. Er musste ungefähr Mitte fünfzig sein, sah aber mindestens zwanzig Jahre älter aus.

Wir wechselten belanglose Sätze, verkrampft und unsicher, nach ungefähr einer Stunde ging er wieder. Er hatte mehr als zehn Jahre Lagerhaft hinter sich und war durch die Rückführung der Kriegsgefangenen aus Russland, die Adenauer verhandelt hatte, nach Hause gekommen, in ein Leben, das ihm fremd geworden war, zu Kindern, die sich kaum an ihn erinnern konnten und denen er nicht fehlte. Eines von vielen zehntausenden ähnlichen Schicksalen nach dem Ende des unseligen Krieges.

Eine richtige Familie wurden wir nie mehr. Mein Vater lebte, gut versorgt durch seine Beamtenpension, in Nürnberg, doch mit seinen neun Kindern wusste er den Rest seines traurigen Lebens wenig anzufangen.

Wer das Glück hat, in einer intakten, liebevollen Familie aufzuwachsen, kann sich so etwas wahrscheinlich nicht vorstellen, sollte aber seinen Eltern auf ewig dankbar sein. Das Gefühl, ein Zuhause zu haben und eine Familie, die einen notfalls auffängt und den Rücken stärkt, wenn etwas einmal nicht so läuft, wie es soll, ist ein Geschenk, das man nicht hoch genug schätzen kann. Meine Geschwister und ich hatten dieses Glück nicht. Wir haben auch nie erlebt, wie es ist, sich einfach etwas zu essen aus dem Kühlschrank nehmen zu können und nicht dafür bezahlen zu müssen. Dass trotzdem aus uns allen etwas geworden ist, haben wir nur dem Kinderheim, Ilse Fischer und den anderen Tanten zu verdanken.

Sehr langsam, Zentimeter für Zentimeter, kroch ich aus dem schützenden Kokon meiner Kindheit heraus. Während der Lehre wohnte ich noch im Jugendheim und war dort mit allem Notwendigen versorgt. Mein monatliches Taschengeld brauchte ich nur, wenn ich mir einen persönlichen Wunsch erfüllen oder ins Kino gehen wollte. Auch während meiner Anstellung in der Stadtgärtnerei Ludwigshafen, die ich im Anschluss an die Gärtnerlehre erhielt, wohnte ich in einer Art Jugendheim, einer evangelischen Einrichtung für junge Leute, die arbeiteten, aber noch nicht volljährig waren. Hier bekam ich Frühstück, Abendessen und ein Bett. Mehr brauchte ich nicht zum Leben – dachte ich.

Im Heim war ich so behütet aufgewachsen, dass ich von der »Welt da draußen« nicht die leiseste Ahnung hatte. Ich konnte zwar nähen und Strümpfe stopfen, aber zu Geld hatte ich keinerlei Verhältnis. Ich wusste nicht, was ein Bankkonto war, was man für eine Mark bekommen konnte und wofür – außer Kino – man überhaupt Geld brauchte. Voller Freude nahm ich also am Monatsende die Lohntüte mit meinem ersten Gehalt der Stadtgärtnerei in Empfang, und bereits am nächsten Tag hatte ich es restlos ausgegeben – für Kleider, Bücher und natürlich Kinokarten.

Jetzt musste ich zusehen, wie ich den kommenden Monat überstand. Schneller als mir lieb war, lernte ich auf diese Weise, dass Geld ein knappes und sehr kostbares Gut ist und dass ich den Beruf, mit dem ich es mir verdienen musste, sehr sorgfältig aussuchen musste, denn er würde mich – so dachte ich jedenfalls – mein Leben lang begleiten.

Dass es die Gärtnerei auf Dauer nicht sein würde, wusste ich schnell und kündigte schon nach einem halben Jahr wieder, obwohl es mir in Ludwigshafen eigentlich gar nicht schlecht ging: Das Gehalt war gut, und ich hatte bereits damals eine Fünftagewoche. Doch in mir sträubte sich alles gegen die Vorstellung, jahrein, jahraus im Garten zu arbeiten, kaum Kontakt zu Menschen und obendrein immer Schmutz an Händen und Kleidung zu haben.

Das Feinschmeckerrestaurant, in dem ich mich ein halbes Jahr lang verdingte, lag mir da schon mehr. Ich half überall mit, wo ich gebraucht wurde. Wenn ich nicht gerade in der Küche Geschirr spülen oder Gemüse schnippeln musste, durfte ich den Herrschaften, die zum Essen kamen, auch schon einmal die Garderobe abnehmen und sie an ihren Tisch führen, manchmal wurde ich sogar zum Servieren eingeteilt. Das Ambiente gefiel mir, die Menschen, die hier zum Essen kamen, waren kultiviert und wussten, wie sie sich in der schönen Umgebung zu benehmen hatten. Das und die Lektüre von *Felix Krull* weckte meine Neugierde und führte mich schließlich nach einem Jahr in den Mannheimer Hof als Hoteldiener. Aber auch dort hielt es mich nicht lange. Mannheim gefiel mir, ich war nicht unzufrieden dort, aber ich war erst einundzwanzig und hatte das Bedürfnis, etwas Neues zu sehen.

Frankfurt kannte ich bis dahin nur aus der Zeitung, aber die Stadt interessierte mich. Hier war ständig etwas los. Regelmäßig fanden bedeutende internationale Messen wie die Pelz- und die Buchmesse statt, große Banken und internationale Institutionen hatten dort ihren Sitz, und es gab ein lebhaftes Kulturleben. Ohne zu ahnen, dass Frankfurt für mich, das Flüchtlingskind, zur Heimatstadt werden sollte, setzte ich mich hin und verfasste ein Bewerbungsschreiben, adressiert an das Hotel »Steigenberger Frankfurter Hof«, die erste Adresse in der Stadt an Main. Und tatsächlich: Ich bekam die Stelle. So packte ich in Mannheim meine wenigen Habseligkeiten in einen Koffer und zog nach Frankfurt.

Die erste Zeit im Frankfurter Hof war hart. Ich war als Hoteldiener eingestellt, musste aber häufig Nachtdienst machen: Schuhe putzen, Staub saugen, Frühstücksbestellungen aufnehmen und Botengänge erledigen.

Der Nachtportier war viel im Haus unterwegs, und

häufig wies er mich an, ihn in der Portiersloge zu vertreten. Mich, den Volksschüler, der nicht einmal Englisch, geschweige denn irgendeine weitere Fremdsprache beherrschte! Ich stand am Desk und musste die Gäste bedienen, dabei hatte ich bis dahin immer nur Koffer getragen. Ich wurde einfach ins kalte Wasser geworfen und musste schwimmen.

In dieser Situation erlebte ich etwas, das ich aus meinem bisherigen Berufsleben nicht kannte: Der Nachtportier war mir zwar vorgesetzt, doch er akzeptierte vorbehaltlos die Art, wie ich meine Arbeit machte, und stellte sich grundsätzlich hinter mich, wenn ein Gast meinte, er müsse sich über irgendetwas beschweren – was glücklicherweise selten vorkam. Er machte mir dadurch Mut und stärkte mein Selbstvertrauen.

Ich beobachtete, hörte zu, schaute ab und lernte in kürzester Zeit mehr, als man heute in einem Jahr auf der Hotelfachschule erfährt. Der Mann, der mir die Chance gab, zu lernen und weiterzukommen, indem er meinen Fähigkeiten schlicht vertraute, ist heute sehr alt und lebt in einem Pflegeheim, wo ich ihn regelmäßig besuche. Ich hoffe, dass ich ihm mit meinen Besuchen ein bisschen von dem zurückgeben kann, was er für mich getan hat.

Eines Tages, ich war noch nicht lange im Haus, betrat eine wunderschöne, exquisit gekleidete blonde Dame die Halle und wurde vom Empfangsschef aufs Zuvorkommendste begrüßt. Angestrengt suchte ich in meinem Gedächtnis, um welche Berühmtheit es sich dabei wohl handeln könnte, doch ich kam einfach nicht darauf.

»Das ist Frau Steigenberger!«, klärte mich ein Kollege schließlich leise auf. »Sie ist die Ehefrau des Besitzers!«

Ich musste mich sehr zusammenreißen, um die Dame nicht allzu unverhohlen anzustarren. Was war das für eine elegante Erscheinung, und wie gut sie zu diesem noblen Hotel passte, ja, wie sie es geradezu verkörperte!

Sie unterhielt sich ein paar Minuten mit dem Empfangschef, sah sich danach kurz in der Halle um und nickte schließlich freundlich zu uns Hoteldienern herüber, bevor sie hinter der Tür des Restaurants verschwand.

Seit dieser ersten Begegnung sind viele Jahre vergangen, doch noch heute geht mir jedes Mal das Herz auf, wenn Frau Steigenberger die Halle betritt.

Die größte Herausforderung während der ersten Monate in Frankfurt war für mich die Verständigung mit ausländischen Gästen. Je mehr Westdeutschland nach dem Krieg politisch und wirtschaftlich wieder auf die Beine kam, umso stärker frequentierten sie die Stadt und den Frankfurter Hof.

Die ersten waren Amerikaner, Engländer und Franzosen. Zu den großen Messen kamen dann auch Menschen aus ganz Westeuropa und aus Übersee. Die weite Welt war bei uns zu Gast – und mittendrin ich, Jürgen Carl, der Junge aus einem Dorf in Schlesien. Es war überwältigend und gleichzeitig eine große Herausforderung. Wie ein Schwamm saugte ich all das Neue auf, das sich mir hier bot. Und Sprachschwierigkeiten waren für mich fast an der Tagesordnung.

Zu meinen Aufgaben als Vertreter des Nachtportiers gehörte es beispielsweise, abends, bevor die Gäste zu Bett gingen, die Bestellungen derjenigen Herrschaften aufzunehmen, die auf dem Zimmer zu frühstücken wünschten.

Heute ginge das auch ohne Fremdsprachenkenntnisse, denn jeder Gast findet abends eine mehrsprachige Liste auf seinem Kopfkissen vor, auf der er seine Wünsche einfach ankreuzt und die er anschließend draußen an die Klinke der Zimmertür hängt. Damals musste ein Hotelangestellter das Gewünschte schriftlich notieren. Und manche Gäste bestellten Dinge, von denen ich, der ich zum Frühstück Haferbrei oder ein Marmeladenbrot gewöhnt war, noch nie etwas gehört hatte: *scrambled eggs*, *bacon* oder *café au lait*? Sorgfältig schrieb ich auf meinen Block: *Kaffee Ole*, in der Annahme, es handelte sich um eine Spezialität des Hauses. Der Etagenkellner klärte mich anschließend über meinen Irrtum auf, nicht ohne mich schallend wegen meiner Unkenntnis auszulachen.

Es war klar: Wenn ich im Hotel weiterkommen wollte, musste ich Fremdsprachen lernen – nur wie, ohne Geld und ohne Zeit?

Ich besorgte mir Bücher und versuchte, mir in meiner knappen Freizeit das Notwendigste anzueignen. Doch am meisten und am schnellsten lernte ich durch Zuhören und indem ich das Wenige, das ich mir aus meinen Büchern zusammenklauben konnte, ausprobierte. Herzhaftes Gelächter war häufig die Quittung, doch ich ließ mich nicht entmutigen.

Eines Abends kamen englische Gäste mit einem braunen Jagdhund, auf den sie sichtlich stolz waren. Ich bewunderte das schöne Tier ausgiebig und fragte höflich in meinem besten Englisch: »The dog – is it a man oder a woman?« Ein zweites Mal ist mir das nicht passiert.

Einmal hätte ich mich sogar fast der Majestätsbeleidigung schuldig gemacht: König Hussein von Jordanien war eines Tages im Hotel abgestiegen und durchschritt mit großer Entourage die Halle. Der amerikanische Gast, dem ich gerade auf Englisch zu erklären versuchte, dass er mit dem Telefon auf seinem Zimmer nicht direkt nach Hause durchwählen könne, fragte mich verwundert: »Who is that?«

Wahrheitsgemäß antwortete ich: »King Hussein!« Der Amerikaner sah mich verständnislos an, anscheinend hatte er den Namen noch nie gehört. »You know, this little king!«, versuchte ich ihm auf die Sprünge zu helfen.

In diesem Moment löste sich ein breitschultriger, bärtiger Riese aus dem Gefolge des Königs, kam mit großen Schritten auf mich zu, blickte mich aus seinen dunklen Augen drohend an und sagte leise: »Our king is a *great* king!« Mir wurde ganz blümerant, doch der Riese ließ es glücklicherweise dabei bewenden.

Trotz solcher Fauxpas fragte mich der Chefportier nach kurzer Zeit, ob ich nicht als Assistent bei ihm arbeiten wolle. Ich ergriff die Chance, die sich mir bot, und meine Zusage wurde für mich der entscheidende Schritt in die Conciergerie.

Die neue Tätigkeit als Portierassistent war noch anstrengender, doch sie machte ungeheuren Spaß, denn ich war gefordert und spürte, dass ich gebraucht wurde und dass ich wichtig war. In der Portiersloge gab es mehr zu tun, als ein einzelner Mensch in seiner normalen Arbeitszeit erledigen konnte, und vieles hätte liegen bleiben müssen, wenn ich nicht mitgeholfen hätte. Das spornte mich dermaßen an, dass es mir auch nichts ausmachte, manchmal zwei Schichten hintereinander zu arbeiten, wenn der Nachtportier plötzlich erkrankt war oder sich kurzfristig etwas am Dienstplan änderte. Häufig fiel ich nach Dienstschluss todmüde auf das Bett in meinem schlichten Zimmer, unfähig, noch etwas zu lesen, zu lernen oder gar ins Kino zu gehen. Doch ich war glücklich. Ich hatte meinen Platz gefunden.

»Herr Carl, ich habe gehört, dass Sie häufig ins Kino gehen. Können Sie mir vielleicht einen Film besonders empfehlen?«

Ich stand da und bekam den Mund fast nicht mehr zu. Frau Steigenberger kam zu mir und fragte *mich*, den kleinen Portierassistenten, welchen Film sie sich ansehen sollte! So etwas hatte ich in meinem kurzen Berufsleben noch nicht erlebt.

Es stimmte, ich ging, genau wie seinerzeit in Mannheim, oft ins Kino, manches Mal sogar mehrmals am Tag. Ich liebte Kinofilme, vor allem die amerikanischen Klassiker, und ähnlich wie in Mannheim wohnte ich auch hier in Frankfurt in einem sehr einfachen Zimmer. Das Haus lag am Eschenheimer Tor, direkt gegenüber dem Appartementhaus, in dem seinerzeit Rosemarie Nitribitt gewohnt hatte und wo sie ermordet worden war. Um diesem Loch zu entfliehen, war ein Kinobesuch das beste Mittel.

Offenbar traf ich mit meinen Vorschlägen Frau Steigenbergers Geschmack ziemlich genau, denn sie kam seitdem immer zu mir, wenn sie ins Kino wollte, und ließ sich eine Empfehlung geben. Auch unseren Gästen empfehle ich bis heute gerne Filme. Und nur ganz selten liege ich mit meiner Einschätzung, welchem Gast welcher Film gefallen könnte, daneben – wie Ende der sechziger

Jahre im Fall einer alten Dame. Ihr empfahl ich in meinem jugendlichen Überschwang ein Werk, das mich begeistert hatte wie selten ein Film zuvor: Roman Polanskis »Tanz der Vampire«. Allein wegen der Ausstattung und der grandiosen Außenaufnahmen, natürlich aber auch wegen der sensationellen Schauspieler musste man ihn unbedingt sehen, fand ich. Er ist ein Kunstwerk – der Meinung bin ich heute noch.

Doch die alte Dame sah das etwas anders. Sie kam aus dem Kino zurück, marschierte geradewegs auf mich zu, funkelte mich in aller Strenge durch ihre Brillengläser an und erklärte mir entrüstet: »Junger Mann, was für einen Film haben Sie mir denn da empfohlen! Das war ja *grauenhaft*!«

Ich war bestürzt und auch ein wenig enttäuscht. Sie hatte nichts verstanden von der Ironie, dem Witz, der Leistung der Schauspieler, und sie hatte nicht einmal erkannt, wie gut der Film handwerklich gemacht war. Seitdem sehe ich mir die Gäste, die mich um eine Empfehlung bitten, noch genauer an, damit ich ihnen nicht mit einem unpassenden Tipp den Abend ruiniere.

Für mich war Kino damals das Tor zur Welt. Die Filme führten mir Dinge vor Augen, die ich noch nie zuvor gesehen hatte, Länder, in die ich vielleicht nie kommen würde, und Menschen, die so ganz anders lebten, als ich das kannte. Ich konnte gar nicht genug davon bekommen und hatte den festen Plan, eines Tages, wenn ich ein wenig Geld gespart hätte, selbst in ein fremdes Land zu reisen und dort in einem Hotel zu übernachten. Wie würde sich das wohl anfühlen? Ich konnte es mir nicht vorstellen, bis ich eines Tages einen Zug bestieg, um nach

Ancona zu fahren. Mein Ziel war die griechische Insel Rhodos, drei Wochen Urlaub hatte ich mir dafür genommen und eine für meine Verhältnisse unvernünftig große Summe ausgegeben. Aber es war meine erste richtige Auslandsreise, mein erster Urlaub seit vielen Jahren, und ich wollte ihn in vollen Zügen genießen.

In Ancona sah ich zum ersten Mal in meinem Leben das Meer. Es roch herrlich, die Sonne schien, es war warm, und als die griechische Fähre, auf der ich mich eingeschifft hatte, von der Mole ablegte, begleitete uns eine Schule von neugierigen Delfinen bis ins offene Meer. Einen schöneren Auftakt konnte es kaum geben, fand ich und konnte mich fast nicht losreißen vom Anblick dieser eleganten Tiere.

Die Tage auf Rhodos vergingen wie im Flug, die Insel mit ihrer schroffen Felslandschaft und ihren historischen Stätten faszinierte mich. Ich bewunderte die Ruinen der Akropolis von Lindos und den mächtigen Palast des Großmeisters des Johanniterordens und badete in der idyllischen, von zwei Felsnasen umschlossenen Bucht bei Lindos, in der der Apostel Paulus der Legende nach vor einem Sturm Schutz gefunden haben soll. Es war so ein lässiges, leichtes Leben, ähnlich sorglos und zwanglos wie in manchen der Filme, die ich gesehen hatte.

Ich hatte im Vorfeld viel gelesen und mich auf diese erste große Reise sorgfältig vorbereitet. Womit ich jedoch nicht gerechnet hätte, und worüber mich kein Buch, kein Kinofilm und keine Wochenschau informiert hatte, war die überwältigende Gastfreundschaft der Griechen.

Ich erfuhr, dass es im Griechischen ein und dasselbe Wort für »Fremder« und »Gast« gibt: *xenos*. Der Fremde ist in Griechenland immer auch ein Gast, und das Gastrecht ist den Griechen seit der Antike heilig.

Gemeinsam mit ein paar anderen jungen Leuten, die ich auf der Insel kennen gelernt hatte, mieteten wir uns ein Auto und fuhren über die Insel. Wir kamen in kleine Dörfer, wo uns wildfremde Menschen mit offenen Armen willkommen hießen, obwohl wir kein Wort Griechisch verstanden, uns zu essen und zu trinken anboten und uns erst wieder gehen ließen, als wir die riesigen Käselaibe, die sie uns als Geschenke aufnötigten, angenommen und im Wagen verstaut hatten. Das war eine Art von Gastfreundschaft, die nichts mit der professionellen Gastfreundschaft in einer Gaststätte oder einem Hotel gemeinsam hatte, sondern die für die Menschen das Selbstverständlichste der Welt war.

Ich vermute, dass die Begeisterung für uns Fremde heute infolge des Massentourismus nicht mehr ganz so heftig ausfallen würde, aber damals, zu Beginn der sechziger Jahre, waren wir als Touristen die reinsten Exoten.

Auch am Strand wurde ich von der Gastfreundschaft der Griechen buchstäblich überrollt. Wildfremde Menschen boten mir belegte Brote, Obst und Getränke an. Offenbar meinten sie, sie müssten mich ordentlich füttern, weil ich so ein dürrer Kasper war. Auch im Hotel bekam ich ungefragt grundsätzlich die größte Portion, so dass die anderen Gäste bald ganz neidisch wurden.

Solch eine großzügige, selbstverständliche Art, Gäste willkommen zu heißen, hat in Deutschland keine Tradition. Ein wenig davon stünde uns aber gut zu Gesicht. So versuche ich stets, auch im Hotel unsere Gäste spüren zu lassen, dass jeder Einzelne für uns etwas Besonderes ist, dass wir uns über seinen Besuch freuen und uns geehrt fühlen, dass er sich unser Haus ausgesucht hat. Allerdings sind uns unsere Gäste wahrscheinlich nicht böse, dass wir ihnen zum Abschied keine streng riechenden Käsestücke in den Koffer packen.

Ich unternahm auch später immer wieder Reisen, allein oder mit Freunden, soweit es mein Geldbeutel erlaubte. Meist führten sie mich in europäische Länder, aber manchmal auch ein wenig darüber hinaus, zum Beispiel nach Tunesien. Stets machte ich dabei neue, interessante Erfahrungen und lernte die Menschen aus einem anderen Blickwinkel als dem des Hotels kennen.

Meine positiven Erfahrungen, die ich im Hotel immer wieder mit französischen Gästen machte, setzten sich fast nahtlos fort, als ich Anfang der achtziger Jahre gemeinsam mit einer Gruppe von Freunden das erste Mal Frankreich bereiste. Seitdem liebe ich dieses wundervolle Land, ich liebe die Mentalität der Franzosen, ihre legere Art, ihr Savoir-vivre.

Das Vorurteil, Franzosen seien nicht gastfreundlich und gegenüber Fremden, besonders gegenüber Deutschen, sehr reserviert, kann ich nicht bestätigen. Ich habe das genaue Gegenteil erlebt, sowohl auf dem Land als auch in größeren Städten. Hotelbesitzer setzten sich abends zu uns an den Tisch, wollten wissen, wo wir herkämen, wie uns Frankreich gefiele und ob wir nicht den Wein vom eigenen Weinberg probieren wollten? Im Postamt eines kleinen Dorfes bei Amboise verursachte unser Auftauchen einen regelrechten Aufruhr. Der halbe Ort lief zusammen, und man ließ uns erst wieder gehen, nachdem wir die wichtigsten Fragen beantwortet hatten: Woher wir kämen, wie lange wir blieben, wohin wir unsere Postkarten schickten und was uns in das Dorf verschlagen habe?

Wer Frankreich nicht liebt, den kann ich nicht verstehen. Dafür muss man nicht unbedingt Wein trinken, denn ich trinke keinen Alkohol, dafür genügt schon einer der köstlichen französischen Käse und ein knuspriges Baguette. An jeder Ecke gibt es ein Käsegeschäft, selbst das kleinste führt Hunderte von Sorten. Solchermaßen versorgt, legten wir uns einfach ins Gras ans Ufer der Loire oder in eine Wiese unter einen großen Birnbaum und genossen das Leben. Es war herrlich.

Wir fuhren mit dem Auto die Loire entlang, blieben, wo es uns gefiel, und suchten uns dort eine günstige Übernachtungsmöglichkeit. Auf diese Weise lernte ich die abenteuerlichsten Hotelzimmer kennen. Am lebhaftesten ist mir das in einer kleinen Herberge in der Nähe des berühmten Schlosses Chambord in Erinnerung. Es gab ein Bett, aber keinen Stuhl, keinen Tisch, keinen Schrank, nicht einmal ein Waschbecken. Nur das Bett und – ein Bidet! Ich amüsierte mich köstlich. Für Franzosen wäre es vermutlich der Untergang des Abendlands, wenn sie kein Bidet hätten.

Doch auch wenn das Zimmer noch so karg war – mir fehlte es an nichts. Das Bett war sauber und gut, ich schlief tief und fest, und die Wirtin brachte morgens den besten Kaffee, den man sich vorstellen kann. Was brauchte ich mehr?

Sehr beeindruckt hat mich auch die Ehrlichkeit der Menschen, wo es doch immer heißt, dass Fremde in Frankreich so häufig bestohlen werden. Einer meiner Mitreisenden ließ nach dem Mittagessen in einer Gaststätte auf dem Land versehentlich seine Geldbörse mit seinem gesamten Bargeld, mit allen Kreditkarten und Ausweisen auf dem Tisch liegen. Er bemerkte es erst geschlagene drei Stunden später und wurde vor Schreck kreidebleich. Als wir kurz danach in das Lokal zurückkamen, war jeder Tisch besetzt – aber der Geldbeutel lag immer noch dort, wo sein Besitzer ihn liegen gelassen hatte. Niemand hatte ihn angerührt. Als wir uns überschwänglich rundum bedankten, ernteten wir nur leicht amüsierte Blicke.

Vielleicht bekam ich ein anderes Bild von Frankreich und den Franzosen, weil meine Reisekameraden und ich offen waren für alles, was sich uns bot. Wir hatten keine überzogenen Ansprüche, wir kamen dadurch mit den Menschen in Kontakt, hatten schöne und lustige Begegnungen, die so einprägsam waren, dass ich mich heute noch an sie erinnere, und wir lernten das Land besser kennen, als wenn wir abgeschirmt vom Alltagsleben der Franzosen von Luxushotel zu Luxushotel gereist wären.

Heute unternehme ich keine großen Reisen mehr. Ich möchte noch so viel lesen und lernen, und das Leben wird nicht länger, wenn man älter wird. Wenn ich verreise, dann bleibe ich in Deutschland und wandere. Deutschland ist so schön!

Eines meiner liebsten Ziele ist die Schwäbische Alb, ich habe sie im Lauf der vergangenen Jahre nach und nach vollständig durchwandert. Nur wenige wissen, wie viele prächtige Barockkirchen und ursprüngliche Landschaften es dort gibt, und nicht zuletzt, wie gut die schwäbische

Küche ist. Da brauche ich nicht weit zu fahren oder gar zu fliegen.

Nur nach Schlesien werde ich in diesem Leben wahrscheinlich nicht mehr kommen, obwohl ich das Haus, in dem ich die ersten Jahre meines Lebens verbracht habe, gerne noch einmal sehen würde. Wie es heute wohl aussieht, wer wohl darin wohnt? Und ob es immer noch die alten Obstbäume und den hölzernen Gartenzaun gibt? Wer weiß.

Es ist jedoch nicht Sentimentalität, die mich manchmal daran zurückdenken lässt. Der Blick zurück verstellt nur allzu oft den für die Gegenwart. Mein Platz ist hier, in Frankfurt, hier bin ich heimisch geworden. Schlesien und das Haus meiner Eltern, das sind verschwommene Erinnerungen an eine Kindheit, die weit entfernt von dem war, was ich einem Kind wünschen würde. Und doch war alles richtig, wie es gekommen ist, ich würde es nicht ändern wollen, auch wenn ich es könnte.

DONNERSTAG

Würde ich gefragt, welches die wichtigste Eigenschaft sei, die ein Concierge besitzen muss, dann würde ich ohne Zögern antworten: Stehvermögen, und zwar im wörtlichen wie im übertragenen Sinn. Mein Rücken erinnert mich jeden Tag daran. Heute, am fünften Tag meiner Arbeitswoche, meldet er mir unmissverständlich ein gewisses Ruhebedürfnis. In meinem Alter kann man mir das vielleicht nachsehen. Doch ein junger Mensch, der diesen Beruf ergreift, sollte neben Begeisterung für die Arbeit im Hotel unbedingt über ein stabiles Rückgrat verfügen, in jeder Hinsicht.

Seit vier Jahrzehnten versehe ich meinen Dienst hinter dem Conciergetresen, und zwar grundsätzlich im Stehen, ohne Pause. Für mich gibt es nichts Schlimmeres als einen Concierge, der sitzt, während der Gast vor ihm steht.

Das geht natürlich aufs Kreuz, genau wie Koffertragen. Aber beides gehört dazu, wenn man im Empfangsbereich eines großen Hotels arbeitet. Die Gäste fragen nicht, ob es einen heute vielleicht im Rücken zwickt. Sie erwarten, dass das Hotelpersonal klaglos seine Arbeit macht. Wer damit Probleme hat, darf nicht Concierge werden. Wenn man sich für einen Beruf wie diesen entscheidet, muss man wissen, worauf man sich einlässt, und frühzeitig die Fürs und Widers abwägen. Und wenn dann die vielen positiven und schönen Seiten, die der Beruf hat, die paar weniger schönen aufwiegen, hat man die richtige Entscheidung getroffen.

Der Hotelalltag ist durch die vielen verschiedenen Menschen, mit denen wir es zu tun haben, spannend, aufregend und inspirierend. Aber manchmal ist er eben auch anstrengend. In jedem Betrieb kommt es hin und wieder zu Reklamationen, aber in einem Betrieb, der Gäste beherbergt, gibt es *immer* Reklamationen, egal ob begründet oder unbegründet. Der Grund ist einfach: Hier haben Menschen mit Menschen zu tun, und keiner ist perfekt.

Es gibt unzulängliche Hotelmitarbeiter, aber es gibt durchaus hin und wieder auch unzulängliche, sprich schwierige und durch nichts zufriedenzustellende Gäste. Das aufzufangen ist die Aufgabe des Concierge. Erst wenn es mir gelungen ist, für eine Lösung zu sorgen und dabei stets die Contenance zu wahren, bin ich wirklich mit mir und meiner Dienstleistung zufrieden.

Manchmal gelingt das aber selbst mir altem Schlachtross nicht, wie im Fall einer weltberühmten Operndiva, die regelmäßig bei uns zu Gast war, aber den Zenith ihres Ruhms überschritten hatte, was sich im Absatz der Konzertkarten deutlich bemerkbar machte. Mag sein, dass sie auch deshalb unleidiger war, als wir das sonst von ihr kannten.

Sie hatte sich vor ihrem Konzert noch eine Käseplatte aufs Zimmer kommen lassen, davon die Hälfte gegessen und sich dann zu ihrem Auftritt in die Alte Oper fahren lassen. Kurz danach erhielt ich einen Anruf der Gästebetreuung, deren Aufgabe es war, zwischendurch im Zimmer nach dem Rechten zu sehen, damit bei der Rückkehr der Dame alles zu ihrer Zufriedenheit war.

»Herr Carl, was mache ich nur, da steht noch der Käse! Sie kennen die Dame doch schon lange – soll ich ihn abräumen oder stehen lassen?«, fragte mich die Kollegin verunsichert, sie wollte auf keinen Fall etwas falsch machen, nicht bei diesem VIP-Gast.

»Räumen Sie ihn bitte weg«, entschied ich nach kurzem Überlegen, »sonst kommt sie zurück, das Zimmer riecht nach Käse, die Ränder sind angetrocknet, und es sieht aus, als hätte sich in der Zwischenzeit niemand darum gekümmert. Das ist sie von uns nicht gewöhnt.«

Wie man sich täuschen kann! Die Künstlerin machte nach ihrer Rückkehr ein Theater, dass ich kaum mehr ein noch aus wusste. »Das ist eine Unverschämtheit!«, schrie sie mich durch das Telefon an, »ich hatte keine Order gegeben, mein Essen wegzuräumen! Das habe ich bewusst stehen gelassen!« Ich konnte es kaum glauben – diese weltberühmte Sängerin, die mit Sicherheit nicht jeden Cent umdrehen musste und eben wieder eine umjubelte Vorstellung gegeben hatte, bestand tatsächlich darauf, angetrockneten Käse zu essen!

Es hat keinen Sinn, mit einem tobenden Gast lange zu diskutieren. Also entschuldigte ich mich vielmals für den »Fehler« des Servicepersonals und versprach ihr, dafür zu sorgen, dass sie Ersatz für ihr entgangenes Nachtmahl erhielt, auf Kosten des Hauses selbstverständlich.

Ein Vorfall wie dieser zeigt, dass man im Hotel – wie im richtigen Leben auch – Fehler machen kann, obwohl man eigentlich alles richtig gemacht hat. Denn ich vermute, dass die Künstlerin genau das gleiche Theater veranstaltet hätte, wenn wir ihr angefangenes Essen nicht angerührt hätten.

Solche Situationen muss ein Concierge meistern können, er muss dem Gast, der sich beschwert, das Gefühl geben, dass ihm das ehrlich leidtut. Zu sagen: »Das fällt nicht in meinen Bereich, wenden Sie sich bitten an die zuständige Person«, ist für mich kein akzeptabler Weg. »Ich kümmere mich darum«, ist meiner Meinung nach die einzig angemessene Antwort, egal, was ich persönlich über das Vorgefallene denke. Wenn sich ein Gast bei mir beklagt, weil vielleicht im Restaurant etwas nicht ganz so geklappt hat, wie er sich das vorstellte, kann ich ihn auch nicht an den Kellner oder an den Restaurantchef verweisen, der eigentlich für die Beschwerde zuständig wäre. Sobald jemand mit seinem Problem zu mir kommt, nehme ich mich dessen an und bemühe mich um eine Lösung.

Im Hotel kümmern sich viele Menschen um das Wohl des Gastes. Und trotzdem kommt es sehr häufig auf den Einzelnen an. Ein langjähriger Stammgast beispielsweise, der häufig mehrmals im Monat einige Tage hintereinander bei uns logierte, kam eines Tages zu mir und bat mich, ihm bei der Erfüllung einer scheinbar harmlosen Bitte zu helfen: Er wünschte sich zum Frühstück zur Abwechslung ein simples Stück Mettwurst, aber aus irgendeinem Grund war es der Küche über Wochen nicht möglich, diesen Wunsch zu berücksichtigen. Mettwurst stand wahrscheinlich nicht auf den Bestelllisten für die Lieferanten, und deshalb gab es keine.

Natürlich hätte ich sagen können, dass es nicht meine

Aufgabe sei, für Mettwurst auf dem Frühstücksbuffet zu sorgen. Doch dafür bin ich Concierge. Ich muss das möglich machen, was eigentlich nicht vorgesehen ist, und damit den Gast zufriedenstellen.

Also ging ich zum Küchenchef und sprach mit ihm. Am nächsten Tag kam der Stammgast abends zur Tür herein, sah mich, strahlte und bedankte sich überschwänglich, weil er endlich seine Mettwurst bekommen hatte. Aber was hatte ich Großes getan? Ich hatte geredet und meinem Kollegen in der Küche klargemacht, dass hier die Zufriedenheit eines guten Kunden auf dem Spiel stand, auch wenn es nur um ein Stück Wurst ging.

Auch diese Erfahrung wird schon fast jeder einmal im Privaten oder im Geschäftsleben gemacht haben: Durch ein persönliches Gespräch lässt sich häufig viel schneller und unkomplizierter eine Lösung für ein Problem finden als durch lange Schriftwechsel, E-Mails oder das Weiterdelegieren an die »zuständige Person«.

Auch Engpässe beim Personal muss ein Concierge auffangen, wenn sie in seinen Bereich fallen. Heute müssen selbst die besten Hotels in Deutschland aus Kostengründen mit deutlich weniger Personal wirtschaften, als das früher der Fall war. Auch in einem Hotel wie dem Frankfurter Hof, in dem sehr viele Menschen arbeiten, kann es deshalb immer wieder zu kurzfristigen Ausfällen kommen. Da kann es sein, dass sich morgens um sechs Uhr plötzlich zwei Mitarbeiter des Etagenservices krankmelden, weil die Grippe grassiert, und trotzdem müssen siebzig Frühstücke innerhalb der nächsten zwei Stunden auf die Zimmer gebracht werden.

In einer solchen Situation ist auch die Kreativität des Concierge gefragt. So muss eben der Hoteldiener einspringen, selbst wenn er dann in der Halle spürbar fehlt. Solche Situationen nehme ich mit Humor und sage mir einfach: Das hält mich frisch, jung und lebendig, und ich schlafe nicht ein!

Früher, während meiner Anfangszeit als Concierge, war die Personaldecke noch wesentlich dicker, und solche Engpässe waren eher die Ausnahme. Zu Spitzenzeiten gab es in einem Hotel von der Größe des Frankfurter Hof bis zu fünfzehn Pagen und fünfundzwanzig Hoteldiener. Neben dem Desk stand eine Bank, die so genannte Pagenbank, auf der pro Schicht fünf Pagen saßen. Sobald ich einen brauchte, musste ich nur ein Wort sagen, und ein hilfreicher Geist war zur Stelle. Die Pagen erledigten Botengänge, besorgten Blumen, trugen Gepäck oder holten vorbestellte Theaterkarten ab.

Diese Zeiten sind vorbei, heute erledige ich solche Dinge in meiner Freizeit, bevor ich zum Dienst komme, damit mir meine Mitarbeiter nicht während der Schicht in der Halle fehlen. Denn dass Gäste warten müssen, bis ihnen ihr Gepäck endlich auf das Zimmer gebracht wird, versuche ich unbedingt zu vermeiden.

Natürlich könnte ich Theater- oder Konzertkarten telefonisch reservieren und an der Kasse hinterlegen lassen. Dann müsste der Gast sich eben rechtzeitig vorher anstellen, um sie abzuholen. Doch was für eine Art von Service wäre das, und wofür bin ich Concierge?

Donnerstag ist deshalb auch der Tag, an dem ich häufig schon morgens in der Stadt unterwegs bin, um vorbestellte Konzert- und Theaterkarten für die Vorstellungen am Wochenende abzuholen, denn Freitag und Samstag sind in der Regel meine beiden freien Tage.

Ich liebe diese Gänge. Mit offenen Augen laufe ich durch die Stadt, registriere Neuerungen und studiere Litfaßsäulen, um zu sehen, welche Ausstellungen und Kulturereignisse in den kommenden Wochen stattfinden werden. Ich sehe mir in Ruhe die Auslagen der edlen Geschäfte in der Innenstadt an, um zu erfahren, welche Farben gerade in Mode sind, dass man als Dame von Welt in der nächsten Saison unbedingt Schuhe mit grotesk hohen Plateausohlen und bleistiftdünnen Absätzen sowie überdimensional große Handtaschen und Sonnenbrillen haben muss und dass überall auf großen Plakaten der neueste Film mit Hollywoodstar Brad Pitt angekündigt wird.

Ich schaue in der Apotheke meines Vertrauens vorbei, um mich zu bedanken, dass neulich spät nachts der Chef persönlich das blutdrucksenkende Medikament vorbeigebracht hat, das der Gast aus Zimmer 328 so dringend brauchte und das er zu Hause in London vergessen hatte. Und den spannenden neuen Krimi, den ich soeben beendet habe, schicke ich einem Herrn, über den ich hin und wieder Konzertkarten beziehe, weil ich weiß, dass er so etwas gerne liest.

Ein Concierge wäre nichts ohne ein dichtes Netzwerk von Menschen, die er um einen Gefallen bitten kann, damit ein Gast das bekommt, was er benötigt, aber mangels guter Verbindungen, Ortskenntnis oder Zeit nicht selbst organisieren kann: ein wichtiges Medikament beispielsweise, fünf zusammenhängende Karten der besten Kategorie für die Frankfurter Festhalle oder eine kurzfristige Anzugänderung bei einem exzellenten Herrenschneider.

Das klingt recht selbstverständlich, doch dass Menschen mir hin und wieder behilflich sind, dass sie etwas möglich machen, was eigentlich nicht möglich ist, weil die Zeit zu knapp oder die Bitte zu ausgefallen ist, ist keineswegs eine Selbstverständlichkeit. Niemand tut mir einen Gefallen, nur weil ich Herr Carl bin und zufällig im Frankfurter Hof arbeite. Deshalb ist es für einen Concierge unerlässlich, gute Beziehungen zu Menschen aufzubauen, die ihm bei der Ausübung seines Berufes hilfreich sein könnten. Doch mit solchen Beziehungen muss man sorgsam umgehen, sie sind wie empfindliche Pflanzen: Bei Nichtbeachtung oder falscher Pflege gehen sie rasch ein.

Geschäftliche Beziehungen sind, wenn sie gut funktionieren sollen, das Gleiche wie private Beziehungen: Es sind *Beziehungen* zwischen zwei oder mehr Menschen. Und Beziehungen müssen immer auf Gegenseitigkeit beruhen, keine kann auf Dauer bestehen, wenn sie einseitig bleibt. Ich kann also nicht nur nehmen, ich muss auch geben. Deshalb ist es unerlässlich, Dankbarkeit zu zeigen, wenn ein anderer Mensch etwas für einen tut, das er gar nicht müsste und ohne dass er eine Gegenleistung dafür erwarten könnte. Für mich ist es daher selbstverständlich, dass ich meine geschäftlichen Beziehungen genau so pflege wie meine privaten Kontakte.

Es gibt aber auch ein offizielles Netzwerk der Concierges weltweit: Die Vereinigung der Clefs d'Or, der Goldenen Schlüssel, der offizielle internationale Berufsverband der Hotel-Concierges. Jeder Concierge, der Mitglied dieser Vereinigung ist, trägt ihr Symbol – zwei gekreuzte goldene Schlüssel – am Revers seiner Uniform. Die Mitglieder sind außerdem im internationalen Verzeichnis der

Clefs d'Or mit Adresse und Telefonnummer aufgeführt. Auf diese Weise können sich die Kollegen gegenseitig helfen, zum Wohl des Gastes: ein ganz besonders schönes Zimmer für einen besonderen Kunden in Paris? Ein weißer Blumenstrauß innerhalb der nächsten Stunde an eine Dame auf Sylt? Karten für ein Fußballspiel der deutschen Nationalmannschaft im Wembley-Stadion in London? Über das internationale Netzwerk der Concierges können auch solche Kundenwünsche meistens zügig erfüllt werden.

Auf den Gast mag das dann wie etwas ganz Besonderes wirken, manche bedanken sich anschließend überschwänglich und behaupten, ich sei ein Magier, ein Hexer, ein Organisationsgenie oder etwas in der Art.

Das ist alles nicht wahr. Es gehört schlichtweg zu meiner Aufgabe – und nicht zuletzt macht es für mich den Spaß an meinem Beruf aus –, Dinge möglich zu machen, die auf den ersten Blick nicht möglich scheinen. Dabei ist ein Concierge kein Zauberer und ich am allerwenigsten. Ich mache meine Arbeit und lasse dabei Phantasie walten.

Immer wieder kommt es vor, dass ich mit recht ausgefallenen Wünschen konfrontiert werde, doch das spornt mich meist besonders an. So wie das Problem des freundlichen Japaners, der häufiger bei uns zu Gast war, sehr gerne Bier trank und mir eines Tages eröffnete, er werde von seiner Firma nach Teheran versetzt. Es war die Zeit der islamischen Revolution im Iran Ende der siebziger Jahre, Ayatollah Khomeini war gerade Staatsoberhaupt geworden, die Sittenwächter achteten streng darauf, dass nirgends im Land Alkohol ausgeschenkt wurde.

»Herr Carl, können Sie mir helfen?«, fragte er mich in nahezu perfektem Deutsch, »ich sehe nur eine Chance, wie ich dort an Bier komme: Ich muss es mir selbst brauen. Aber dafür brauche ich ganz spezielle Bierhefe. Frankfurt ist doch eine Bierstadt – wissen Sie, wo ich hier Bierhefe bekomme?«

Heute wäre mir das Internet bei solch einer speziellen Fragestellung eine unschätzbare Hilfe. Damals musste ich meine Phantasie bemühen. Die Gedankenkette lag nahe: Bier – Bayern – Brauerei. Ich rief also verschiedene Brauereien in Bayern an, von denen es dort ja nicht wenige gibt, und erhielt schließlich von einem Brauer in Niederbayern die Auskunft, dass sie ihre Hefe an ein kleines Geschäft in Frankfurt lieferten – ausgerechnet nach Sachsenhausen, keine Viertelstunde zu Fuß vom Frankfurter Hof entfernt! Glücklich nahm der Japaner noch am selben Tag seine Hefe in Empfang und empfahl sich nach Teheran. Wie ihm dort sein selbst gebrautes Bier mit der bayerischen Hefe aus Sachsenhausen schmeckte, habe ich allerdings nie erfahren.

Natürlich überschüttete mich auch der Japaner mit Lob und Dank. Doch dieser Rechercheerfolg war gar keine besondere Leistung von mir – jeder Journalist wäre so vorgegangen. Meine Leistung bestand lediglich darin, dass ich mich weigerte, die zehn Neins zu akzeptieren, die ich erhielt, bevor ich an den Brauer aus Niederbayern geriet. Das macht einen Concierge aus: Er akzeptiert kein Nein, so lange, bis der der Gast bekommen hat, was er braucht, oder bis zweifelsfrei feststeht, dass der Wunsch tatsächlich unerfüllbar ist.

Es gibt aber auch wirklich komplizierte Aufgaben, bei

denen ich erst einmal ein bisschen überlegen muss. Der Fall des saudischen Gastes, der gerne einen Greifvogel aus Deutschland mit nach Hause nehmen und dort für die Jagd abrichten wollte, war ein solcher. Mit dem Thema Beizjagd hatte ich mich bis dahin noch nie beschäftigt, der arabische Gast hatte mir lediglich aufgetragen, dass es ein Falke sein solle.

Ich ging vor, wie ich auch vorgehen würde, wenn ich den Auftrag erhielte, einen Hund oder eine Katze einer speziellen Rasse zu besorgen: Ich fragte mich bei Kollegen in ganz Deutschland durch, welches hierzulande die Falknerei mit dem besten Ruf sei, landete schließlich bei einer Adresse in Bayern und ließ mich dort beraten, welcher Falke für die Bedürfnisse des saudischen Gastes wohl am besten geeignet wäre. So weiß ich heute, dass die im Nahen Osten beliebteste und den dortigen Bedingungen am besten angepasste Falkenart der Sakerfalke ist. Die Beduinen verwenden ihn traditionell für die Jagd.

Das edle Tier wurde aus Bayern nach Frankfurt geliefert und flog anschließend, versehen mit einem dicken Stoß Ausfuhrpapieren und Gesundheitszeugnissen, gemeinsam mit seinem neuen Besitzer in der First Class nach Saudi Arabien. Dort wird es sein weiteres Leben lang wohl fürstlich umsorgt worden sein, denn Araber lieben ihre Jagdfalken mindestens so sehr wie ihre edlen Pferde. Der Herrscher des Emirats Abu Dhabi unterhält sogar eine eigene Klinik für kranke Greifvögel, die von einer deutschen Falkenspezialistin geleitet wird.

Das Rezept für die Lösung scheinbar komplizierter Aufgaben ist nach meiner Erfahrung relativ einfach. Ich überlege zuallererst: Wo könnte ich etwas bekommen?

Und wenn etwas verloren gegangen und nicht wiederzufinden ist, frage ich mich, was an dummen Dingen alles passiert sein könnte?

Manchmal ist die Lösung dann eine ganz nahe liegende: Den Koffer eines Stammgastes zum Beispiel, der auf einem Flug von Wien nach Frankfurt verschwunden blieb und auch zwei Wochen später nicht wieder auftauchte, trieb ich im allgemeinen Fundbüro des Frankfurter Flughafens auf. Jemand hatte das herrenlose Gepäckstück dort einfach abgegeben.

Und selbst ein verschwundenes Auto lässt sich durchaus wieder beschaffen: Ein amerikanischer Gast kam zu mir, er war am Rand der Verzweiflung. Er hatte sich in Deutschland bei VW ein nagelneues Auto bestellt und wollte es abholen, um es nach Amerika verschiffen zu lassen. Doch aus einem unerklärlichen Grund stimmten die Angaben auf den Papieren nicht, und er konnte nicht herausfinden, bei welchem Händler der Wagen stand.

Auch in solch einem Fall ist es ratsam, erst einmal so schlicht wie möglich zu denken. Ich beschloss, meine Recherche bei der naheliegendsten Adresse zu beginnen, in diesem Fall beim größten VW-Händler in Frankfurt. Und siehe da: Dort stand der Wagen und wartete auf die Abholung durch seinen neuen Besitzer. Keine fünf Minuten hatte mich der Anruf gekostet.

Und wieder wurde ich mit Lob überschüttet: »Herr Carl, wie haben Sie das gemacht? Sie haben ein Wunder vollbracht!« Nein, ich habe kein Wunder vollbracht. Die Lösung liegt oft direkt vor meiner Nase.

Es ist auch keine Leistung des Concierge, wenn er für vermögende Kunden einen Privatjet ordert – Jetverleiher sind froh, wenn man bei ihnen ein Flugzeug bestellt, es kommt selten genug vor – oder wenn er für ein weltberühmtes Model Strümpfe einer ganz bestimmten Marke besorgt. Das sind Routinearbeiten, für die man höchstens ein Telefonbuch braucht.

Die moderne Technik hat unseren Beruf überdies um vieles einfacher gemacht. Heute kann ich mir in wenigen Sekunden Informationen aus aller Welt und aus erster Hand besorgen. Auch die anschließende Organisation ist inzwischen deutlich unkomplizierter – solange der Gast eine Kreditkarte hat, die ausreichende Limiten aufweist, können wir ihm in kürzester Zeit die ausgefallensten Wünsche erfüllen. Der Sakerfalke für den arabischen Scheich wäre heute womöglich mit Kreditkarte bezahlt und per UPS-Spezialversand innerhalb von zwei Tagen ohne den Umweg über Frankfurt direkt nach Saudi-Arabien expediert worden.

Stehvermögen ist jedoch auch bei der Recherche ausgefallener Kundenwünsche unerlässlich. Ich habe kein separates Büro, von dem aus ich die Erfüllung von Sonderwünschen organisiere, sondern erledige diese Dinge neben meiner Arbeit in der Halle, stehend hinter meinem Desk. Da kann es schon einmal vorkommen, dass ich mit einer Musikalienhandlung wegen der Noten eines deutschen Kriegslieds aus dem Zweiten Weltkrieg telefoniere, die ein japanischer Gast unbedingt haben möchte, weil seinem Vater das Lied so gefiel, während sich gleichzeitig vor dem Desk eine Schlange von Gästen bildet, die mich ebenfalls um Hilfe in einer speziellen Angelegenheit bitten möchten. Da heißt es ruhig bleiben, das Kreuz durchdrücken und das Möglichste tun.

Mir macht das Spaß, und ein Nein fordert mich geradezu heraus. Wenn in einem angesagten Restaurant in Frankfurt zur Buchmessezeit alle Plätze bereits über Monate ausgebucht sind, einer unserer Verlagskunden aber unbedingt mit seiner Starautorin und deren Agenten dort zu Abend essen möchte, setze ich alle mir zur Verfügung stehenden Hebel in Bewegung, bis es mir gelingt, dort doch noch einen Tisch zu ergattern, und selbstverständlich nicht den neben der Tür zur Toilette. Und wenn der Verleger anschließend meint, ich sei ein Hexer, und sich keines Besseren belehren lassen möchte, muss ich ihn eben in diesem Glauben lassen, auch wenn ich nur mit jemandem geredet habe, zu dem ich eine gute Beziehung unterhalte.

Hin und wieder ist es auch notwendig, dass ich als Concierge die Diskretion, die für mich gegenüber Gästen normalerweise oberste Pflicht ist, über Bord werfe und mich einmische. Auch dafür benötige ich Stehvermögen und Durchsetzungskraft. Manchmal muss ich sogar richtiggehend autoritär werden, wie im Fall der Dame, die eines Tages an meinen Desk kam und mich bat, ihr eine Heilsalbe zu besorgen, sie habe da irgendetwas an der Hand.

Als sie den Arm hob, um mir die Hand zu zeigen, war selbst mir medizinischem Laien klar, dass die Frau sofort ins Krankenhaus musste. Sie hatte alle Anzeichen einer fortgeschrittenen Blutvergiftung.

Ich ließ mich auf keine weitere Diskussion mit ihr ein, nahm den Hörer zur Hand und rief den Notarzt. Als die Dame widersprechen wollte, weil sie doch Termine habe und nicht nach Frankfurt gekommen sei, um ihre Zeit in der Notaufnahme eines Krankenhauses zu verbummeln, wurde ich sogar ein wenig laut und zwang sie höflich, aber nachdrücklich, in den Rettungswagen zu steigen.

Später erfuhr ich, dass meine Entscheidung ihr wahrscheinlich das Leben gerettet hat. Sie hatte tatsächlich eine akute Sepsis und wäre vermutlich daran gestorben, wenn sie nicht ins Krankenhaus gekommen wäre. Sie selbst sah das wohl nicht ganz so dramatisch, sie hat mich jedenfalls nicht wieder darauf angesprochen.

Dank von Gästen ist mir aber in der Regel eher peinlich. Warum sollten sie sich über die Maßen für etwas bedanken, das ich tue, weil es für mich selbstverständlich zu meinen Aufgaben als Concierge gehört und weil ich es überdies gerne tue? Hotelangestellte freuen sich, wenn Gäste ihrer Zufriedenheit mit einem Trinkgeld Ausdruck verleihen, mehr erwartet niemand. So kommt es für mich immer wieder einer Gratwanderung gleich, wenn Gäste, die besonders zufrieden waren mit dem, was ich für sie tun konnte, mich zum Essen einladen oder mir etwas Besonderes schenken möchten. Das eine wie das andere lehne ich grundsätzlich höflich, aber entschieden ab und hoffe immer, damit niemanden zu kränken.

Niemals würde ich mit einem Gast gemeinsam essen oder nach Dienstschluss ein Bier trinken gehen. Ich würde auch niemals die Einladung eines Gastes in sein Privathaus annehmen, auch wenn ich über die Jahre ein gutes persönliches Verhältnis zu ihm aufgebaut habe. Das fände ich unpassend, ich würde mich dort auch gar nicht wohl fühlen. Denn die Welt, in der sich meine Gäste bewegen, ist eine andere als die, in der ich mich bewege. Ich kenne zwar ihre Regeln, aber immer als Beobachter von außen. Ich habe nie selbst in ihrer Gesellschaft gelebt und würde mich dort deplatziert fühlen. Meine Gastgeber und ich würden uns plötzlich auf einer Ebene begegnen, die für uns beide fremd und ungewohnt ist, und das möchte ich allen Beteiligten ersparen. Das Hotel ist das, was uns verbindet. Hier habe ich meinen Platz und werde in meiner Rolle geschätzt und respektiert. In der Welt meiner Gäste herrschen andere Regeln.

Und auch wenn Gäste mir ihr Herz ausschütten und privateste Dinge mit mir besprechen möchten, versuche ich, eine gewisse Distanz zu wahren, ohne sie vor den Kopf zu stoßen oder ihnen das Gefühl zu vermitteln, ihre Probleme interessierten mich nicht. Sie interessieren mich sehr wohl, so wie mich alles interessiert, was meine Mitmenschen betrifft. Doch ich mache mir immer wieder bewusst, dass unsere Gäste im normalen Leben vermutlich nie auf die Idee kämen, jemanden wie mich um einen Rat zu bitten. Die Welt des Hotels ermöglicht es ihnen vielleicht, die Grenze auch einmal zu überschreiten und im Gespräch einen anderen, klareren und unverfälschteren Blick auf ihre Probleme zu bekommen.

Wenn jemand zu mir kommt und unbedingt mit mir reden möchte, und nur mit mir, vielleicht weil er Sorgen hat oder einen Ratschlag braucht, dann kann er das gerne am Desk tun. Ich würde mit ihm höchstens ein paar Schritte weggehen, um sicherzustellen, dass niemand uns zuhört. Wenn er wirklich nicht weiterweiß, dann versuche ich, ihm aus meiner Perspektive des älteren, erfahrenen Menschen einen Rat zu geben. Aber die Distanz muss gewahrt werden, das ist mir wichtig.

Manchmal fällt mir diese Konsequenz allerdings wirklich schwer, denn Einladungen oder die Bitte um einen persönlichen Rat sind Freundschaftsangebote, die von Herzen kommen. Doch ein Gast ist immer etwas Besonderes, und als Angestellter des Hotels stehe ich nicht auf einer Ebene mit ihm. Ich *will* es auch gar nicht.

Das fängt schon bei der Kleidung an. Kein Mitarbeiter des Hotels, ob Concierge oder Zimmermädchen, sollte vornehmer aussehen als die Gäste. Jeder sollte sich seiner Position entsprechend präsentieren. In dieser Hinsicht bin ich altmodisch und stehe dazu: Als Hotelangestellter bin ich der Diener meiner Gäste und verhalte und kleide mich entsprechend. Das macht mir keine Schwierigkeiten, denn es gehört zu meinem Beruf. Und wenn ein Gast mit meiner Leistung zufrieden ist, hat er die Möglichkeit, sich erkenntlich zu zeigen, indem er ein Trinkgeld gibt. Die Höhe liegt ganz in seinem Ermessen.

Es kann schon einmal vorkommen, dass der eine oder andere Kollege das Trinkgeld, das er für einen Berg von Gepäck erhalten hat, als zu niedrig empfindet und deshalb unzufrieden ist. In einem solchen Fall versuche ich zu relativieren und das erhaltene Trinkgeld in Bezug zu setzen zu Dingen, die mir wichtig sind: Für 50 Cent – und 50 Cent erhält man eigentlich immer – bekomme ich zum Beispiel im Supermarkt-Sonderangebot drei Kiwis, die ich sonst von meinem eigenen Geld bezahlen müsste. Diese drei Kiwis hat mir der Gast durch sein Trinkgeld geschenkt, und deshalb bin ich ihm dankbar.

Oft fragen mich ausländische Gäste, wie in Deutschland die Sitten in Bezug auf Trinkgelder seien. Im Gegensatz zu vielen anderen Ländern ist der Service grundsätzlich inkludiert, auch in Restaurants. Mein Ratschlag ist deshalb grundsätzlich, nicht automatisch ein Trinkgeld zu geben, wie das vor allem in angelsächsischen Ländern üblich ist, sondern ausschließlich als Anerkennung, wenn man zeigen möchte, dass man mit dem geleisteten Service *mehr* als zufrieden war. Wenn die Leistung dagegen nicht stimmte, sollte man meiner Meinung nach auch nichts geben, denn es wäre das falsche Zeichen. Überdies wäre es unfair den Mitarbeitern gegenüber, die sich wirklich Mühe geben.

Das ist ja das Besondere am Hotel- und Gaststättengewerbe: In dieser Branche kann man sich durch außergewöhnliche Leistung zusätzliches Geld verdienen und damit sein Gehalt merklich aufbessern. Das Trinkgeld soll diejenigen, die eine Dienstleistung erbringen, dazu anspornen, mehr zu tun, als sie unbedingt müssen. Mit dem Trinkgeld drückt der Gast aus, dass er diese besondere Anstrengung erkannt hat und dass sie ihm eine finanzielle Anerkennung wert ist. Und viele Hotelangestellte sind auf diese Zusatzeinkünfte auch wirklich angewiesen.

Ich will nicht verhehlen, dass ich mich genau so über Trinkgeld freue wie meine Kollegen. Doch »Trinkgeld« kann weit mehr als ein paar Münzen bedeuten. Vor allem Frauen geben mir ungern Geld, sie bringen mir lieber etwas Süßes mit, weil sie wissen, dass ich das gerne mag. Bei Pralinen aus der Schweiz zum Beispiel kann ich nicht widerstehen – das sind die besten, die ich kenne. Häufig bekomme ich auch Theater- oder Konzertkarten angeboten von Schauspielern oder Musikern, die bei uns wohnen. Ich nehme sie gerne an, wenn ich sie an Kollegen oder Bekannte weiterverschenken darf, denen ich damit eine Freude machen kann, denn mir selbst fehlt die Zeit, um abends auszugehen. Doch wertvolle Geschenke lehne ich grundsätzlich ab.

Nur ein Mal nahm ich ein kostbares Geschenk an, begriff das aber erst Jahre später. Ich bekam es von der inzwischen verstorbenen Film- und Theaterschauspielerin Helga Kruck, die häufig Gast im Frankfurter Hof war.

Es war Anfang der neunziger Jahre, sie hatte ein mehrmonatiges Engagement an der Frankfurter Komödie und bewohnte eines der preiswerteren Zimmer im sechsten Stock. Helga Kruck war damals keine ganz junge Frau mehr und musste wegen eines Nierenleidens regelmäßig ein spezielles Mineralwasser trinken. Bald bemerkte ich, dass sie alle paar Tage mehrere schwere Glasflaschen ihres Mineralwassers auf ihr Zimmer transportierte, was sie sichtlich anstrengte. Kurz entschlossen bot ich ihr an, ihr jede Woche ihre Wochenration Mineralwasser zu besorgen und auf ihr Zimmer zu bringen. Ich schätzte diese kluge, lebenserfahrene Frau und freute mich, etwas für sie tun zu können.

Sie wollte mein Angebot zuerst nicht annehmen, ließ sich dann aber doch überreden. Im Lauf der Wochen tauchte ich also regelmäßig mit Wasserflaschen bepackt bei ihr auf. Wir verstanden uns prächtig, und so erfuhr ich im Gespräch viele Geschichten aus ihrem bewegten Schauspielerleben. Unter anderem erzählte sie mir etwas verschämt, dass sie eine Zeitlang sogar Pornofilme synchronisiert hatte.

»Herr Carl, ich hoffe, ich habe Sie mit diesem Geständnis nicht schockiert!«, meinte sie am Ende fast entschuldigend.

Ich wunderte mich ein wenig über ihre Frage. Sie war schließlich Schauspielerin und verdiente sich damit ihren Lebensunterhalt. Schauspieler sind keineswegs immer auf Rosen gebettet und können oft froh sein, wenn sie überhaupt ein Engagement haben. Und wenn sie bei ihrem Porno-Engagement auch noch Spaß hatte – gut so!

Als ihr Frankfurter Engagement beendet war und sie abreiste, verabschiedete sie sich von mir mit den Worten: »Herr Carl, ich möchte Ihnen etwas geben. Heben Sie es gut auf, vielleicht können Sie es irgendwann einmal in Ihrem Leben brauchen.« Es war eine Goldmünze.

Einige Zeit später wurde einer meiner Brüder sehr krank. Da er begeisterter Münzsammler war, beschloss ich, ihm die Münze zu schenken, um ihm eine Freude zu machen. Er ließ sie schätzen, und es stellte sich heraus, dass sie mehr als dreihundert Euro wert war! Das war so viel, dass ich fast ein schlechtes Gewissen bekam. Helga Kruck hatte mir die Münze zum Dank gegeben und für den Fall, dass ich einmal in Not geraten sollte. Doch bei meinem Bruder, der mittlerweile im Pflegeheim lebt, ist sie gut aufgehoben.

Wenn es um Geld geht, lernt man die Menschen kennen, wie sie wirklich sind – das jedenfalls ist meine Erfahrung nach Jahrzehnten im Dienstleistungsgewerbe. Als Hotelangestellte erleben wir alles: Gäste, die so großzügig sind, dass sie uns damit fast beschämen, bis hin zu Menschen, die berühmte Namen tragen und zu den reichsten Bürgern der Republik gehören, dabei aber fast krankhaft sparsam sind.

Ich habe Gäste erlebt, die – völlig unangemessen – für

eine winzige Handreichung ein kleines Vermögen als Trinkgeld hinterließen, aber auch hochgestellte Persönlichkeiten, die statt Geld Tonporträts von sich verteilten. Nicht wenige reiche Menschen scheinen nach der Devise zu wirtschaften, dass vom Geld ausgeben noch keiner reich geworden ist.

Doch Sparsamkeit fällt im Hotel eigentlich nur dann auf, wenn sie übertrieben daherkommt. Einer der führenden deutschen Unternehmer der Nachkriegszeit beispielsweise, der oft bei uns im Hotel wohnte, war unter den Pagen und Hoteldienern berüchtigt dafür, dass er grundsätzlich darauf bestand, seine Koffer selbst aufs Zimmer zu tragen. Der Grund war klar: Er wollte sich das Trinkgeld für den Kofferträger sparen, obgleich gerade beim Kofferträger das Trinkgeld ein ganz wesentlicher Gehaltsbestandteil ist. Natürlich ließ er nach seiner Abreise auch nie etwas für das Zimmermädchen liegen. Diese Sparsamkeit erstreckte sich nicht nur auf seine Umgebung – auch er selbst lebte sehr bescheiden und war doch, oder wahrscheinlich gerade deshalb, einer der reichsten Männer Deutschlands.

Von einem anderen Gründervater, dem ersten Bundespräsidenten Theodor Heuss, erzählt man sich noch heute im Hotel das genaue Gegenteil: Mit großer Entourage stieg das Staatsoberhaupt eines Tages im Frankfurter Hof ab. Und als der Boy schließlich alle Koffer hochgebracht hatte, hätten es die Herrschaften um den Präsidenten wohl am liebsten gehabt, wenn der Junge sich gleich wieder unauffällig aus dem Staub gemacht hätte. Er war schon halb aus der Tür, als Theodor Heuss höchstpersönlich in seiner schwäbischen Mundart hinter ihm herrief: »Noi, noi, wartet se mal, kommet se mal her zu mir. Sie händ no koi Trinkgeld kriegt!« Er öffnete seinen Geldbeutel und drückte dem Boy ein paar schöne Münzen in die Hand.

Als Schwabe war Theodor Heuss zwar auch alles andere als ein Verschwender, doch er wusste, was sich gehörte und wo Sparsamkeit ihre Grenzen hat. Ein großer Mann, der das Herz auf dem rechten Fleck hatte. Leider habe ich ihn persönlich nie erlebt, dafür aber viele andere deutsche und ausländische Politiker und Politikerinnen, von denen die meisten einen tiefen Eindruck bei mir hinterlassen haben.

Altkanzler Gerhard Schröder beispielsweise, der als Bundeskanzler in den Medien so selbstbewusst wirken konnte, war als Hotelgast immer ein ausgesprochen angenehmer Mensch, sehr jovial und unkompliziert. Er sprach mit mir oder mit meinen Kollegen wie mit seinesgleichen, ohne dass er dabei das Gefühl vermittelte, dahinter stecke politisches Kalkül. Er hat sich aus einfachen Verhältnissen hochgearbeitet und weiß, was es bedeutet, Arbeiter zu sein.

Als einen echten Volkstribunen habe ich Franz-Josef Strauß erlebt. Er war sich seiner Wirkung auf Menschen sehr bewusst, und ich glaube, er setzte sie gezielt ein. Eines Tages, es war im Anschluss an eine Sitzung, die im Frankfurter Hof stattgefunden hatte, ging er durch die Halle zu seinem wartenden Wagen. Politiker durchqueren die Halle meist raschen Schrittes, ohne uns Hotelangestellte eines Blickes zu würdigen. Ganz anders der bayerische Ministerpräsident: Noch im Hinausgehen drehte er sich um, winkte in Richtung der Conciergeloge und rief uns ein fröhliches »Auf Wiedersehen, meine

Herren!« zu. Das war so ungewöhnlich, dass ich die Szene noch heute vor Augen habe.

Immer wieder erstaunt es mich, wie unterschiedlich das Bild von Politikern ist, das sie nach außen abgeben, und wie sie sich verhalten, wenn man ihnen als »normale« Menschen begegnet. Eine der beeindruckendsten Gestalten war für mich in dieser Hinsicht Herbert Wehner, den ich ein einziges Mal erleben durfte. Er, der im Parlament so verschrien war wegen seiner scharfzüngigen, schneidenden und aggressiven Reden, war als Gast ausnehmend freundlich und zuvorkommend und bedankte sich für den kleinsten Handgriff, den man für ihn erledigte, auf das Höflichste. Ausgerechnet ein Mensch, der nach außen so raubeinig wirkte und geradezu gefürchtet war, entpuppte sich als der höflichste und liebenswürdigste Gast. Ich bin deshalb immer sehr vorsichtig damit, den Charakter von Menschen danach zu beurteilen, wie sie sich in der Öffentlichkeit präsentieren. Dafür habe ich in den vergangenen Jahrzehnten zu viele Überraschungen erlebt – in beide Richtungen.

Ganz besonders haben mich aber immer die Damen in der Politik beeindruckt. Stellvertretend seien hier nur Rita Süssmuth, Margaret Thatcher und Hannelore Kohl genannt, die Liste könnte ich aber noch um einige Namen verlängern.

Es mag wie eine Binsenweisheit wirken, wenn ich behaupte, dass Frauen in der Politik die besseren Männer sind. Doch so erlebe ich das immer wieder. An die frühere Bundestagspräsidentin Rita Süssmuth etwa erinnere ich mich gut – sie war eine Dame, durch und durch. Sie war unaufgeregt und sachlich, und so war auch der Stab, der sie umgab, wenn sie hier wohnte. Alles waren freundliche, ruhige Menschen, die sich selbst nicht so wichtig nahmen, aber sehr gute Arbeit machten. Diese Frau hat ihr Amt und auch ihre Mitarbeiter geprägt, stärker als viele Männer.

Mein ganz besonderer Liebling war Maggie Thatcher, das gebe ich gerne zu, auch wenn sie von vielen eher abgelehnt wurde. Aber sie war eine typische, charmante Engländerin und meiner Meinung nach sowieso der einzige Mann im Königreich. Mir ist vor allem positiv im Gedächtnis geblieben, dass sie die einzige Spitzenpolitikerin war, die nach jedem Aufenthalt einen Brief an das Hotel schrieb und sich bei der Generaldirektion *und* beim Personal für alles bedankte, was für sie und ihren Stab getan worden war. Auch in der Alten Oper bedankte sie sich persönlich bei den Künstlern. So etwas macht sonst fast niemand.

Sehr beeindruckt hat mich auch die Ernsthaftigkeit, mit der sie ihre Arbeit tat: Während eines Gipfeltreffens hatte sie einen Termin mit Helmut Kohl und François Mitterrand, die alle im Hotel wohnten. Man verabredete sich in der Hotelhalle. Und wer war die Erste? Die Eiserne Lady! Fix und fertig und kerzengerade stand sie zehn Minuten vor der Zeit da, die Handtasche am Arm, und wartete darauf, dass ihre Herren Kollegen eintrafen.

Und schließlich möchte ich noch etwas zu Hannelore Kohl sagen, die sich aufgrund ihres fürchterlichen Schicksals das Leben genommen hat. *Das* war eine Dame, eine Lady durch und durch! Eines Abends kam sie überraschend in die Halle, grüßte mich und meine Kollegen herzlich und fragte höflich: »Darf ich Sie um etwas bitten?

Ich bin gerade mit meiner Begleitung hier in Frankfurt und habe um die Ecke in der Kaiserstraße etwas zu erledigen. Kann ich vielleicht mein Auto für eine Stunde bei Ihnen vor der Türe abstellen?«

Dazu muss man wissen, dass es fast unmöglich ist, vor dem Frankfurter Hof zu parken, die wenigen Plätze müssen freigehalten werden für vorfahrende Wagen und für die Feuerwehr. Für viele Hotelgäste ist es jedoch selbstverständlich, dass sie ihr Auto dort abstellen, denn sie sind ja der wichtige Herr X oder die wichtige Frau Y von der Firma Z.

Auch Frau Kohl hätte sich auf diesen Standpunkt stellen können, selbst wenn sie gar nicht im Hotel wohnte – schließlich war sie die Frau des amtierenden Bundeskanzlers. Es hätte uns deshalb nicht weiter gewundert, wenn sie ihren Wagen einfach geparkt und dem Wagenmeister höchstens aufgetragen hätte, gut auf ihn aufzupassen. Wir kennen solche Situationen zur Genüge.

Nicht so diese zierliche, gepflegte Dame an der Seite des Bundeskanzlers, die hoch gebildet war, fließend Englisch und Französisch sprach und, wie man immer wieder hört, hinter den Kulissen viel für die deutsche Einheit getan und ihren Mann in seiner Arbeit sehr unterstützt hat. Sie kam in die Halle, ohne Sicherheitsleute, nur in Begleitung einer anderen Dame, und bat um Erlaubnis. Das wird mir immer in Erinnerung bleiben.

Als Concierge muss ich nicht nur Stehvermögen haben, Einfühlungsvermögen beweisen und mit offenen Augen durch die Welt gehen. Manchmal ist das genaue Gegenteil notwendig: Ich muss die Augen schließen und mich möglichst unsichtbar machen können. Das kann an einem Donnerstag wie heute der Fall sein, aber genauso gut an jedem anderen Tag der Woche, denn peinliche Momente richten sich auch im Hotel nicht nach dem Kalender.

Gerade heute Abend erlebe ich wieder eine dieser Situationen, über die ich mir mittlerweile kein Urteil mehr erlaube: Ich beobachte, wie eine hübsche junge Frau hereinkommt, zielstrebig zum Aufzug geht und in Richtung eines der oberen Stockwerke verschwindet, auf denen sich die Gästezimmer befinden. Ich weiß sicher, dass sie kein Gast hier ist, und trotzdem scheint sie sich auszukennen und genau zu wissen, wo sie hinmuss. Vielleicht ist sie ja nur die Mitarbeiterin eines in Frankfurt ansässigen Unternehmens, die hier im Hotel einen Klienten aufsucht. Vielleicht ist sie aber auch etwas ganz anderes ... Dem Äußeren nach wäre ich nicht imstande, sie einzuordnen.

Ein Grandhotel ist ein offenes Haus, hier kann jeder, der sich anständig und unauffällig benimmt und ordentlich angezogen ist, ein- und ausgehen. Besuch ist ja nicht verboten, die Angestellten können und dürfen Besucher deshalb nicht kontrollieren.

Das war allerdings nicht immer so: Bis vor nicht allzu langer Zeit gab es in Deutschland noch einen so genannten Kuppelparagraphen. Hotelbetreiber mussten streng darauf achten, dass unter ihrem Dach keine Unzucht getrieben wurde und der Prostitution kein Vorschub geleistet wurde.

Doch Gesetz hin und her – Menschen haben Bedürfnisse, Menschen, die viel reisen und kaum zu Hause sind, vielleicht noch mehr als andere. Als Concierge benötigt man da viel Feingefühl und die Gabe, im richtigen Moment wegzusehen, um einem Gast eine peinliche Situation zu ersparen.

Vor Jahren hatten wir einen sehr lieben Gast und guten Kunden, von dem wir wussten, dass er ab und zu mit einer Frau herkam – und sie war ganz bestimmt nicht seine Ehefrau. Was tun? Dem Gesetz nach hätte ich ihn zur Rede stellen und ihm schlimmstenfalls verbieten müssen, die Dame mit auf sein Zimmer zu nehmen. Es wäre furchtbar peinlich gewesen, sowohl für ihn als auch für mich. Also legte ich mir im Fall des betreffenden VIP-Gastes eine Strategie zu, die es uns beiden erlaubte, das Gesicht zu wahren: Sobald ich ihn in Begleitung einer Dame durch die Tür kommen sah, nahm ich seinen Zimmerschlüssel vom Schlüsselbrett, legte ihn gut sichtbar auf den Tresen und verschwand hinten im Backoffice, bis sich die Aufzugtüren hinter dem Paar geschlossen hatten.

Wäre es ein mir unbekannter Gast gewesen, hätte ich ihm die Peinlichkeit nicht ersparen können und nachfragen müssen – es hätte ja auch ein behördlicher Test sein können. Und in der Regel versuche ich immer, keine allzu großen Unterschiede zu machen zwischen VIPs und anderen Gästen. In diesem Fall musste ich jedoch abwägen, ob ich wirklich einen langjährigen, mir seit Jahrzehnten bekannten Gast verprellen und bloßstellen wollte, um einem bigotten Gesetz Genüge zu tun. Die Entscheidung fiel mir nicht besonders schwer, denn ich wäre der Letzte, der sich ungebührlich in das Privatleben erwachsener Menschen einmischt – solange sie anderen damit keinen Schaden zufügen. Man muss manchmal im rechten Moment wegsehen können. Es gibt genügend Peinlichkeiten im Leben, da sollte ich als Concierge möglichst diejenigen von einem Gast fernhalten, auf die ich Einfluss habe, solange ich das mit meinem Gewissen vereinbaren kann.

Heikler wird es, wenn eine Dame hereinkommt, der man schon von Weitem ansieht, welchem Broterwerb sie nachgeht. Heute ist das nicht mehr so leicht zu erkennen, die »Damen« kleiden sich auch meist wie solche. Aber es gab Zeiten, wo das noch ganz anders war. Der Film »Pretty Woman« mit Julia Roberts schildert solch eine Situation haargenau. Nur ist es dort der Hotelmanager, der sie aufhält, und nicht der Concierge.

Käme eine Frau in einer Aufmachung wie Vivian in »Pretty Woman« zur Tür herein und wollte auf ein bestimmtes Zimmer, würde ich sie erst einmal aufhalten und fragen, zu wem sie denn wolle, denn wir sind ja kein Stundenhotel. Wenn sie mir dann einen Namen nennt und ich diesen Gast kenne, ist das natürlich eine peinliche Situation, sowohl für ihn als auch für mich. Ich habe es mir deshalb zur Angewohnheit gemacht, in einem solchen Fall auf dem Zimmer anzurufen, meist sogar, ohne mich als Concierge zu melden und ohne den betreffenden Herrn mit Namen anzusprechen. »Ich wollte Ihnen mitteilen, hier ist Besuch für Sie«, sage ich dann nur, »erlauben Sie, dass ich ihn nach oben schicke?« Möge der Gast zufrieden sein …

Wenn Herren bestimmte Bedürfnisse haben, müssen sie allerdings selbst schauen, wie sie an die einschlägigen Telefonnummern kommen. Hier endet definitiv mein Aufgabenbereich als Concierge.

Von der bekanntesten Frankfurter Dame vom Gewerbe, der Edelprostituierten Rosemarie Nitribitt, erzählt man sich übrigens, sie sei in den fünfziger Jahren ebenfalls im Frankfurter Hof ein und aus gegangen. Aber wenn sie das Hotel betreten habe, dann sei sie ausschließlich zum gepflegten Teetrinken in den wunderschönen Teesalon gekommen, den es heute leider nicht mehr gibt, und habe sich sehr vornehm benommen. Ihre Kontakte knüpfte sie wohl unter anderem am Brunnen auf dem Kaiserplatz, der dem Hotel direkt gegenüber liegt. Dort stand sie häufig mit ihrem berühmten schwarzen Mercedes 190 SL mit den roten Ledersitzen, begleitet von ihrem weißen Pudel.

Von vornehmen Erscheinungen kann man dagegen kaum sprechen, wenn ich an die peinlichste Situation zurückdenke, in die ich jemals als Concierge geraten bin. Es ist schon viele Jahre her, zu einer Zeit, als man noch viel strenger auf diese »Damen minderer Qualität« achten musste, die nachts versuchten, ins Hotel zu kommen, um in der Halle und in der Bar auf Kundenfang zu gehen.

Ich hatte Nachtdienst. Es war zwei Uhr und ziemlich ruhig in der Halle. Da ging die Tür auf, und zwei Frauen kamen herein, dermaßen aufgedonnert, dass ich der festen Meinung war: Diese Personen würde ich der Halle verweisen müssen. Also ging ich zu ihnen – sie hatten sich inzwischen in einer Sitzgruppe niedergelassen – und sagte freundlich, aber bestimmt: »Meine Damen, darf ich fragen, wer Sie sind und was Sie um diese Zeit hier in der Halle zu tun haben?«

Sie sahen mich beide höchst irritiert an und nannten ihre Namen. Mir war, als müsste sich gleich der Boden unter mir auftun: Sie entpuppten sich als die Ehefrauen zweier VIP-Hotelgäste! Die Herren kannte ich seit Jahren, die Gattinnen dagegen sah ich heute das erste Mal.

Ich lief feuerrot an und wusste vor Scham kaum, was ich sagen sollte. Die Wahrheit wäre ja eine nicht wiedergutzumachende Beleidigung gewesen. Mir blieb nichts anderes übrig, als zu reden, wie ich es in schwierigen Situationen immer mache. Ich versuchte gar nicht erst, irgendetwas zu erklären, ich konnte sie nur um Verzeihung bitten für meinen schrecklichen Fehler und mich tausendfach entschuldigen.

Sie nahmen schließlich großherzig meine Entschuldigungen an. Ich mochte mir gar nicht ausmalen, was geschehen wäre, wenn sie mit dieser Geschichte zur Direktion gegangen wären, was angesichts des unausgesprochenen Vorwurfs durchaus gerechtfertigt gewesen wäre.

Da soll sich noch einer auskennen, dachte ich auch später so manches Mal: Kurtisanen sehen aus wie Damen, Damen sehen aus wie Kurtisanen. Manchmal leben wir doch in einer verkehrten Welt, auch im Hotel.

Eine Hotelhalle übt auf viele Menschen eine magische Anziehungskraft aus. Sie mag für Außenstehende so etwas sein wie der Zugang zu einer Märchenwelt, in der es scheinbar nur Luxus, Reichtum und Sorglosigkeit gibt. Häufig beobachte ich, dass neu angekommene Gäste, die noch nie hier waren, staunend in der Halle um sich schauen und dann mit leicht zögernden Schritten, fast ein wenig schüchtern, weitergehen in Richtung unserer Bar und der schönen Lobby.

Wenn schon Menschen so reagieren, die hier wohnen werden und mit hoher Wahrscheinlichkeit nicht das erste Mal in einem Hotel dieser Kategorie absteigen – wie mag diese Umgebung erst auf Menschen wirken, mit denen es das Leben weniger gut meint, die ganz unten sind und buchstäblich in der Gosse leben, auf Obdachlose, Alkoholiker und Drogensüchtige? In einer Stadt wie Frankfurt, das ist ja kein Geheimnis, gibt es davon mehr als genug.

Zu besonderen Festtagen, vor allem am Heiligen Abend und an Silvester, kommen immer wieder solche verlorenen Gestalten in die Halle, denn die Tür steht immer offen. Womöglich sind sie auch noch halb betrunken und ein bisschen verlottert. Wie Motten kommen sie herein, angezogen von Licht, Wärme, Musik und Geborgenheit, vielleicht auf der Suche nach Erinnerungen an vergangene, bessere Tage. Diese Menschen mögen früher selbst schöne Weihnachten gefeiert haben, aber irgendwann gerieten sie aus dem Tritt und sind nun nicht mehr in der Lage, sich aus dieser Situation zu befreien.

Da ich an hohen Feiertagen meist Dienst mache, damit die Kollegen, die Familie haben, mit ihren Kindern zusammen sein können, erlebe ich solche Situationen zwangsläufig häufiger. Und so schwer es mir auch fällt – ich muss diese Menschen wieder hinausexpedieren, vorbei an den geschmückten Weihnachtsbäumen und den Fahnen, zurück in Dunkelheit und Kälte. Schön ist das nicht, auch nicht sehr christlich. Doch es geht einfach nicht anders. Das Hotel und die Welt da draußen trennt eine unsichtbare Grenze, die durch Auftreten, Status und Geld definiert ist. Sie kann nur durch Aktivitäten, die hinter den Kulissen stattfinden, manchmal etwas durchbrochen werden.

Weihnachten selbst ist schon längst keine besinnliche Zeit mehr, auch im Hotel nicht. In den Tagen vor dem Fest sind die Gäste noch hektischer als sonst, die letzten Geschenke müssen besorgt werden, und das Jahresende steht für viele eher drohend vor der Tür.

Am Heiligen Abend ist es in der Regel recht ruhig, wir haben kaum mehr als sechzig, siebzig Gäste. Viele kommen nach Frankfurt, um Verwandte zu besuchen, wohnen im Hotel und verlassen es abends, mit Geschenken bepackt, um mit ihren Lieben zu feiern. Erstaunlicherweise, und das ist eine recht neue Entwicklung, ist am Abend aber in den Restaurants sehr viel zu tun. Die Menschen gehen zunehmend dazu über, an Heiligabend gepflegt zum Essen zu gehen, statt sich am heimischen Herd dem Stress eines aufwändigen Weihnachtsmenüs auszusetzen. In den sechziger und siebziger Jahren wäre das noch undenkbar gewesen, da war am Weihnachtsabend alles ruhig, kein Restaurant hatte geöffnet, und auch im Hotel gab es nur für die wenigen Hotelgäste Abendessen, ab 21 Uhr spätestens war auch dort Schluss.

Heute gibt es Menschen, die Weihnachten bewusst ins Hotel ziehen, um sich etwas Gutes zu tun und der Anspannung, die sich in diesen Tagen in vielen Familien aufbaut, zu entziehen. Hohe Erwartungen werden Jahr für Jahr mit dem Weihnachtsfest verbunden, wahre Dramen spielen sich dann manchmal während der Feiertage unter den Weihnachtsbäumen ab.

Obgleich ich Weihnachten sehr liebe und aus meiner Zeit im Kinderheim die schönsten Erinnerungen daran habe, bin ich deshalb sehr froh, dass das Hotel hier ausnahmsweise *kein* Abbild des Lebens draußen ist, sondern dass der Alltag einfach weitergeht. Alles ist zwar festlicher als sonst und liebevoll mit Kerzen, Kugeln und Tannenzweigen geschmückt, aber nichtsdestotrotz ist es das Hotel, wie ich es jahrein, jahraus kenne, und das ist gut so.

Es gibt immer wieder Gäste, die zu mir sagen, sie kämen nur meinetwegen in den Frankfurter Hof. Das ist nett gemeint, aber ich höre es nicht gerne, denn es ist niemals ein einzelner Mensch, der das Besondere eines Hotels ausmacht, sondern es ist die Gesamtheit der Mitarbeiter. Ohne meine Kollegen vor und hinter den Kulissen wäre auch ich nur ein kleines Licht.

Doch ich glaube zu wissen, was die Gäste eigentlich meinen, wenn sie so etwas sagen: Der Concierge ist die Konstante eines Hotels, er ist einer der Menschen, den ein Gast als Erstes wahrnimmt, wenn er das Haus betritt, und es ist idealerweise über viele Jahre immer dieselbe Person, so dass der Gast bei jedem Besuch ein vertrautes Gesicht antrifft.

Wir haben Gäste, die oft hier wohnten, zwischendurch in ein anderes Frankfurter Luxushotel wechselten und am Ende doch wieder zurückkamen in den Frankfurter Hof. Einer sagte mir, er habe in dem anderen Haus trotz aller Schönheit und Perfektion die Menschen vermisst. Menschen wie mich, die ihn kannten, die auf ihn zukamen, die ihn warmherzig in Empfang nahmen und ihm das Gefühl vermittelten, herzlich willkommen zu sein. Auch das macht ein Grandhotel aus.

Jeder, der viel auf Reisen ist, kennt das: Man liebt das Gewohnte. Und wenn man an einen Ort kommt, an dem man auf Menschen trifft, die man kennt und die einen kennen, dann weiß man, dass man nicht alleine ist. Schon das tut gut und macht das Leben als Geschäftsreisender um einiges erträglicher.

Kein Mensch ist wie der andere, und genauso hat jeder Concierge seinen eigenen Stil. Mag sein, dass es auch ein wenig meine persönliche Art ist, die den Gästen gefällt, weil sie spüren, dass sie von Herzen kommt und nicht aufgesetzt ist. Offenheit und echtes Interesse am Gegenüber kann man auf keiner Hotelschule lernen. Man hat sie, oder man hat sie nicht. Vielleicht sind diese Eigenschaften sogar ein besonderes Geschenk, für das ich sehr dankbar bin.

Was allerdings jeder Concierge kann, und deshalb halte ich das für eine der wichtigsten Aufgaben in diesem Beruf: Er kann – und muss – sich informieren über die Menschen, die seine Gäste sind oder es vielleicht eines Tages sein werden. Menschen, die im öffentlichen Leben den Ton angeben, die in der Zeitung oder im Fernsehen erscheinen, wohnen für gewöhnlich auch in Hotels wie dem Frankfurter Hof. Für mich wäre es deshalb eine kleine persönliche Katastrophe, wenn eines Tages ein Wirtschaftsführer, ein Nobelpreisträger oder eine berühmte Autorin zur Tür hereinkäme, und ich würde sie nicht erkennen.

Deshalb lese ich große, überregionale Tageszeitungen und informiere mich, jeden Tag, in jeder freien Minute. Die *Frankfurter Allgemeine Zeitung* ist mir dabei besonders wichtig, denn es ist die Zeitung unserer Stadt und darüber hinaus meiner Meinung nach die Zeitung, in der ich das Meiste über die Themen erfahre, die mich interessieren und die ich zur Ausübung meines Berufes wissen muss: Politik, Wirtschaft und Literatur. Ich brauche nicht viel zum Leben, aber ohne Zeitungen und Bücher wäre ich tatsächlich unglücklich.

VI. BÜCHER UND ANDERER LUXUS – ODER: WARUM EINE REIFE MANGO GLÜCK BEDEUTEN KANN

FREITAG

Ein breiter Sonnenstrahl fällt durch die Fenstertür und lässt den rötlichen Farbton des Kirschholzes noch wärmer leuchten. Ich kann nicht anders – ich muss einfach die Hand heben und über die weiche Oberfläche streichen. Holz hat so etwas Beruhigendes, Lebendiges, fast glaube ich, durch meine Handfläche das Leben und das Licht zu spüren, das sich in den Fasern im Lauf der vielen Jahre angesammelt hat, bevor der Baum gefällt und sein Holz zu Möbelstücken verarbeitet wurde.

Hinter den Türen der Schrankwände verbergen sich meine größten Schätze: meine Bücher. Ich möchte, dass sie stets wie neu aussehen, deshalb bewahre ich sie nicht in offenen Regalen auf. Kein Stäubchen soll sie beschmutzen, kein Eselsohr darf die Seiten beschädigen, kein Bleistift oder Leuchtmarker darf seine Spuren hinterlassen, und niemals würde ich es riskieren, dass durch rohes Aufbiegen der Buchrücken beschädigt würde. Ein Buch ist für mich eine Kostbarkeit, und so behandle ich es auch. Bei mir gibt es keine Büchertürme, die auf Tischen und Fußböden emporwachsen. Mit Büchern muss man respektvoll umgehen, finde ich, denn sie bergen das geistige Eigentum anderer Menschen.

Ich weiß nicht, wie viele Bücher ich besitze, ich möchte

es auch nicht wissen, denn die Menge ist vollkommen uninteressant. Eines allerdings weiß ich: Wenn ich alle Bücher, die ich im Lauf meines Lebens gelesen habe, behalten hätte, könnte ich heute die Wände eines großen Hauses mit ihnen zustellen. In meiner Zweizimmerwohnung bekommen jedoch nur diejenigen Bücher einen festen Platz, die mir wirklich wichtig und deshalb in meinen Augen besonders wertvoll sind. Alle anderen verschenke ich, nachdem ich sie gelesen habe.

Heute ist Freitag, mein freier Tag. Am Freitag versinke ich in Lektüre. Lesen ist für mich das, was für andere Menschen Meditation ist. Wenn ich lese, lasse ich den Alltag und das Hotel hinter mir, tauche ein in eine neue, eine andere Gedankenwelt und setze mich mit dem Leben und den Ideen anderer Menschen auseinander. Lesen ist für mich geistige Nahrung, es bildet mich ständig weiter. Es ist aber auch Entspannung, und es dient mir letzten Endes dazu, meinen Beruf erfolgreich auszuüben.

Mein erstes Buch war eine Bibel. Etwas anderes hatten wir im Kinderheim nicht, auch im Jugendheim gab es keine anderen Bücher. Natürlich hat mich das geprägt, und bis heute sind theologische Bücher meine wichtigste und befriedigendste Lektüre. Der Religionswissenschaft gehört dabei mein Hauptinteresse. Die Bücher der evangelischen Theologen Helmut Thielecke, Eberhard Juengel und Rudolf Smend beispielsweise sind für mich unschätzbare Kostbarkeiten, in denen ich immer wieder nachlesen und etwas nachschauen kann. Sie sind meine Wegweiser in unübersichtlichen Situationen. Solche Bücher würde ich unter keinen Umständen weggeben, sie begleiten mich schon viele Jahre meines Lebens.

Müsste ich eine Rangliste der für mich wichtigsten theologischen Denker aufstellen, dann nähme allerdings Dietrich Bonhoeffer unangefochten den ersten Platz ein, dicht gefolgt von Erik Peterson und Eugen Biser. Auch Rudolf Bultmann ist für mich einer der ganz Großen unter den evangelischen Theologen. In gewissen evangelikalen Kreisen ist er für seinen Ansatz der Entmythologisierung der Aussagen des Neuen Testaments verschrien, doch meiner Überzeugung nach haben ihn diejenigen, die ihn kritisieren, falsch verstanden – bewusst oder unbewusst. Wer diesen außerordentlichen Denker, der als einer der Wenigen im Dritten Reich Widerstand innerhalb der Universität leistete, Juden vor der Verfolgung schützte und sich auch in vielem anderen als wahrer Christ erwiesen hat, wirklich kennen lernen will, sollte Konrad Hamanns Biografie über ihn lesen, die 2009 erschienen ist.

Speziell bei der Lektüre religionswissenschaftlicher Werke würde ich mir manches Mal wünschen, ich könnte Gedanken festhalten und in meinem Kopf einschließen, denn manchmal geht mir erst nach Jahren der wahre Sinn einer Aussage auf, die ich bisher ganz anders gelesen und verstanden hatte. In diesen Büchern steckt so unendlich viel Weisheit, so viel Richtiges, Gutes, Überraschendes und Nachdenkenswertes, dass ich, wenn ich eines von ihnen zur Hand nehme, das Gefühl habe, ich würde eine bis zum Rand gefüllte Schatztruhe aus meinem Schrank nehmen, in der ich jedes Mal wieder neue Edelsteine entdecke. Keine Fernsehsendung, kein Kinofilm der Welt kann an den Reichtum solcher Werke heranreichen.

Für mich, der ich seit vielen Jahren im Hotel von Luxus und Wohlstand umgeben bin, sind Bücher der wahre Luxus, das Kostbarste überhaupt – nicht nur im übertragenen, sondern auch im ganz konkreten Sinn. Ein theologischer Kommentar etwa ist so teuer, dass ich mir seine Anschaffung so gut überlege, wie ein anderer Mensch sich vielleicht den Kauf eines Paars handgemachter Pferdelederschuhe oder eines ausgefallenen Schmuckstücks überlegt. Die Bücher und die Beschäftigung mit ihnen sind mein Hobby und meine Leidenschaft.

Schon als junger Mensch konnte man mir keine größere Freude machen, als mir ein Buch zu schenken, denn so etwas Teures konnte ich mir einfach nicht leisten. Mein Hoteldiener-Einkommen ging für Miete, Kleidung und Kino drauf, für anderes blieb fast nichts übrig.

Es ist deshalb kaum zu beschreiben, was es für mich bedeutete, wenn mir Verlagsmitarbeiter, die von meiner Bücherleidenschaft erfuhren, während der Frankfurter Buchmesse Bücher aus ihrem Verlagsprogramm einfach so *schenkten*! Es mag sein, dass das für sie finanziell keine große Belastung darstellte. Für mich aber bedeutete ein geschenktes Buch mehr, als wenn mir ein Gast einen Wochenlohn als Trinkgeld in die Hand gedrückt hätte.

Natürlich beschäftige ich mich nicht ausschließlich mit theologischen Schriften. Das wäre mir weder zeitlich noch geistig möglich, ich bin ja kein Privatgelehrter. Ich lese fast alles, was mir in die Hände fällt und mich interessiert. Dabei ist die Hauptforderung, die ich an Bücher stelle, eine recht bescheidene: Bücher sollen unterhalten und Spaß machen. Bücher dürfen nicht langweilen, sie müssen abwechslungsreich sein, sie müssen Interesse wecken für ihr Thema. Deshalb ist für mich der erste Satz eines Buches entscheidend. Wenn ich ihn gelesen habe, weiß ich meist sofort, ob ich das Buch zu Ende lesen werde oder nicht.

Die Spanne der Autoren, die ich gerne lese, reicht von Klassikern der Weltliteratur wie Gogol – meinem erklärten Lieblingsschriftsteller – und Maupassant über Faulkner bis hin zu guten Krimiautoren wie Ruth Rendell, die auch unter dem Pseudonym Barbara Vine veröffentlicht. Einen guten Krimi mag ich wirklich gerne, denn häufig lese ich nachts, wenn ich nicht schlafen kann, und wer liest schon hochgeistige Literatur im Bett?

Die Kurzgeschichten von Georges Simenon beispielsweise liebe ich über alles. Seine Krimis mit Kommissar Maigret sind herrlich entspannend, man muss nicht viel nachdenken, und sie sind trotzdem sehr gut geschrieben. Simenon ist meiner Meinung nach einer der besten Schriftsteller, die es je gegeben hat, mit einem Schreibstil, einem Einfallsreichtum und einer thematischen Bandbreite, die man nur bewundern kann. Manche der mehr als vierhundert Romane, die er geschrieben hat – die nihilistischen, depressiven, unfrohen –, mag ich nicht, sie bedrücken mich zu sehr. Mit zum Allerbesten dagegen gehören für mich seine Fact-Stories über seine Reisen nach Afrika. Ich habe sie verschlungen, und auch nach mehrfachem Lesen bleiben sie spannend.

So wie ich Amerika und die Amerikaner liebe, liebe ich amerikanische Literatur. Dieses Land hat so großartige Literaten hervorgebracht, dass es mir schwerfällt, einige wenige herauszugreifen.

Mein absoluter Liebling ist die Südstaaten-Autorin

Carson McCullers, die schon als junge Frau in den dreißiger Jahren des vergangenen Jahrhunderts zu einer viel beachteten Schriftstellerin wurde. Ihre Romane *Die Ballade vom traurigen Café* und *Das Herz ist ein einsamer Jäger* berührten mich zutiefst, sie drückten genau das aus, was ich als junger Mensch während einer für mich nicht ganz einfachen Lebensphase in meinem Innersten fühlte.

Vielleicht war auch das wieder Fügung: Ich sah *Das Herz ist ein einsamer Jäger* in der Bibliothek, in die ich häufig ging, um mir Bücher auszuleihen. Von Carson McCullers hatte ich noch nie etwas gehört, doch dieses Buch, mit dem sie als 23-Jährige im Jahr 1940 schlagartig berühmt geworden war, sprach mich sofort an: Es hatte einen schönen Umschlag und schönes Papier. Das gefiel mir, denn für mich müssen Bücher, die so viel Schönes in sich bergen, auch äußerlich schön sein.

Bis heute hat mich Carson McCullers nicht wieder losgelassen. Mit jedem neuerlichen Lesen ihrer wunderschönen und doch auch sehr traurigen Geschichten entdecke ich neue Aspekte einer Figur oder eine Beschreibung, eine Stimmung, die ich vorher noch nicht bemerkt hatte.

Carson McCullers traf damals genau mein Empfinden und meine Gefühle. Für mich war das faszinierend und zugleich tröstlich: Da war ein anderer Mensch, eine junge Frau, nur wenig älter als ich, die exakt das empfand, was auch ich manchmal dachte und fühlte, und sie hatte zudem die bewundernswerte Gabe, diese Gefühle in Worte und Geschichten zu fassen.

Mit meiner Vorliebe für Carson McCullers weiß ich mich in bester Gesellschaft: Tennessee Williams, einer ihrer engsten Freunde, sagte einmal, Carson McCullers sei in seinen Augen die bedeutendste Autorin Amerikas, wenn nicht der Welt. Dabei war Tennessee Williams selbst ja auch nicht gerade unbedeutend. Und was mich ganz besonders freut: Meine Freundin Elke Heidenreich, mit der ich mich regelmäßig über Bücher austausche und Briefe wechsle, seit sie vor vielen Jahren eine Talkshow in der Alten Oper hatte und während dieser Zeit im Frankfurter Hof wohnte, ist ebenfalls eine große Verehrerin von Carson McCullers. *Das Herz ist ein einsamer Jäger* sei ihr Lieblingsbuch, hat sie mir einmal gesagt. Dass eine Frau, die so viel liest und die sich mit Literatur so gut auskennt wie Elke Heidenreich, in Bezug auf Carson McCullers das Gleiche empfindet wie ich, macht mich sehr glücklich.

Ich habe noch eine zweite Lieblingsschriftstellerin: die mährische Freifrau Marie von Ebner-Eschenbach, die als eine der bedeutendsten deutschsprachigen Erzählerinnen des 19. Jahrhunderts gilt. Die meisten Menschen werden sie gar nicht mehr kennen, was ich sehr schade finde, denn sie schreibt das schönste Deutsch, das ich je gelesen habe. Immer wenn es meine Zeit erlaubt, nehme ich eines ihrer Bücher zur Hand, um wieder in den Klang ihrer Sprache einzutauchen. Ob es die Erzählung »Krambambuli« ist oder eine ihrer vielen Kurzgeschichten – sie zieht mich vom ersten Satz an in ihren Bann. »Vorliebe empfindet der Mensch für allerlei Dinge und Wesen. Liebe, die echte, unvergängliche, die lernt er – wenn überhaupt – nur einmal kennen.« Mit diesen beiden Sätzen beginnt »Krambambuli«. Wer möchte da nicht weiterlesen?

Mein dritter Lieblingsschriftsteller ist weder Mann

noch Frau – es ist die gesamte Redaktion der *Frankfurter Allgemeinen Zeitung*. Meine Zeitung und ich, wir gehören zusammen wie Siamesische Zwillinge. Wo auch immer ich bin, die Zeitung ist stets dabei.

Die Tageszeitung war mein Bildungsinstrument, meine Schule, seit ich im Jugendheim war und als Lehrling in der Gärtnerei schuftete. Sie befriedigte meine Neugierde, meinen Drang, mehr darüber zu erfahren, was in der Welt draußen vor sich ging, von der wir in unserer schönen, aber behüteten Heimkindheit kaum etwas wussten. Sie weitete meinen Blick und lenkte ihn auf Dinge, die mir neu waren und mein Interesse weckten.

Für mich war die Zeitung damals das, was für junge Leute heute das Fernsehen und das Internet sind: die Brille, durch die ich die Welt sah, das Tor nach draußen. Ich erfuhr, welche Politiker die Geschicke unseres Landes lenkten, welche Künstler den Ton angaben, wer die angesagten Filmstars waren und wer in der Wirtschaft das Sagen hatte. Ich lernte die Namen dieser Menschen kennen und über die Zeitungsfotos auch die dazugehörigen Gesichter. Natürlich konnte ich nicht wissen, dass all das, was ich an Informationen gierig in meinem Gehirn speicherte, mir später für meine Tätigkeit in der Empfangshalle unschätzbare Dienste leisten würde.

Wer in einem Hotel wie dem Frankfurter Hof arbeitet, muss eine Zeitung wie die *Frankfurter Allgemeine Zeitung* lesen, denn hier findet er Berichte und Fotos der Gäste, die mit hoher Wahrscheinlichkeit irgendwann einmal im Hotel wohnen werden oder bereits dort Gäste sind. Man erfährt, welcher Manager in seinem Unternehmen Karriere macht, welcher Autor oder welche Autorin den Friedenspreis des Deutschen Buchhandels im Herbst erhalten wird, wie der neue Intendant des Schauspiels Frankfurt heißt und wie er aussieht oder welcher Politiker gerade zum zweiten oder dritten Mal geheiratet hat.

Es ist nicht leicht, sich all die beruflichen und privaten Informationen über so viele verschiedene Menschen dauerhaft zu merken und sie im richtigen Moment abzurufen. Doch wenn der Hotelconcierge dem weltberühmten Tenor, der eines Morgens eintrifft, zum »Echo«-Preis gratulieren kann, den der wenige Tage zuvor erhalten hat, oder die ältere Theaterschauspielerin erkennt und namentlich begrüßt, von der man länger nichts gehört hat, weil sie nicht mehr so häufig auf der Bühne steht wie früher, dann werden diese Gäste das Hotel stärker und positiver in Erinnerung behalten als manch anderes renommiertes Haus. An der freudigen Reaktion unserer Gäste jedenfalls merke ich deutlich, dass eine solch persönliche Begrüßung bei Weitem nicht überall der Standard ist, auch nicht in Grandhotels.

Auch der Lokalteil der Zeitung enthält viele Informationen, die für die Arbeit eines Concierge wichtig sind: Welche Ausstellungen gibt es, wie sind die Kritiken, welcher Kinofilm ist besonders empfehlenswert, welche Persönlichkeiten haben in der Stadtpolitik aktuell Besonderes zu sagen, und welches Restaurant ist im Moment »in«?

Natürlich finden sich etliche der Informationen, die dafür notwendig sind, auch in Boulevardblättern. Doch es geht nichts über die ausgewogene, ausführliche und gut informierte Berichterstattung einer großen, seriösen Tageszeitung.

Das Schönste für mich ist, dass die *Frankfurter Allge-*

meine Zeitung und der Frankfurter Hof – also die beiden Dinge, die mein tägliches Leben mit am stärksten prägen – gemeinsame Wurzeln haben: Der Mitbegründer des Frankfurter Hof ist auch der Vater der *FAZ*. Und das kam so: Im Jahr 1872 wurde die Frankfurter »Hotel-Aktien-Gesellschaft« gegründet, die zum Ziel hatte, in der aufstrebenden Geschäfts- und Messestadt ein großes Hotel mit höchstem Standard zu bauen, etwas, das es in Frankfurt bislang nicht gab. Einer der tonangebenden Initiatoren dieser Gesellschaft war der jüdische Bankier, Tuchhändler, Journalist und Mäzen Leopold Sonnemann, ein Mann mit einem imposanten Backenbart, einem großen Herzen und offenen Blick.

Sonnemann war bereits Besitzer der Zeitung *Frankfurter Geschäftsbericht*, aus der im Jahr 1866 die *Frankfurter Zeitung* hervorging, der Vorgänger der heutigen *Frankfurter Allgemeinen Zeitung*. Außerdem förderte er – neben vielem anderen – als Mäzen den Bau der Alten Oper, initiierte die Internationale Elektrotechnische Ausstellung, gründete den Städelschen Museumsverein, unterstützte die verschiedenen Frankfurter Museen mit großzügigen Spenden und engagierte sich als Mitglied der Stadtverordnetenversammlung leidenschaftlich für die Fortentwicklung des städtischen Gemeinwesens und des Stadtbilds. Auch der Hauptbahnhof, der Palmengarten und der Eiserne Steg gehen auf Initiativen dieses großartigen Mannes zurück, dem Frankfurt so unendlich viel zu verdanken hat.

Die Hotelgesellschaft beauftragte den Architekten Alfred Friedrich Bluntschli, einen Schüler Gottfried Sempers, und seinen Partner Karl Jonas Mylius mit dem Entwurf eines repräsentativen Gebäudes, ausgestattet nach dem neuesten Stand der Technik. Vier Jahre später, am 26. Juni 1876, öffnete das Grandhotel »Frankfurter Hof« erstmals seine Pforten.

Die staunenden Gäste fanden einen wahren Palast vor mit 250 Zimmern, 20 Salons, einem großen Spiegelsaal für 800 Personen, elektrischen Aufzügen, einer dampfbetriebenen Zentralheizung und einer geräumigen Küche nach dem neuesten Standard. Der Frankfurter Hof war damit bei seiner Eröffnung das aufsehenerregendste und modernste Hotel Deutschlands. Für die Frankfurter – und nicht nur für sie – ist er bis heute eine Institution. Und aus der *Frankfurter Zeitung* wurde gleichzeitig eine der wichtigsten deutschen Tageszeitungen, eine Parallelität, an der ich immer wieder große Freude habe.

Nicht jeder Mitarbeiter im Hotel liest so viel und intensiv, wie ich das tue. Ich kann es verstehen, denn es kostet viel Zeit. Und da man schlecht während des Dienstes Zeitung oder Bücher lesen kann, muss das in der Freizeit passieren. Mein großes Glück ist, dass ich *gerne* lese, dass Lesen für mich keine lästige Pflicht ist, sondern meine liebste Freizeitbeschäftigung.

Um sicherzustellen, dass ein wichtiger Gast, der im Hotel erwartet wird, trotzdem nicht nur von mir, sondern von allen Mitarbeitern mit der ihm gebührenden Aufmerksamkeit empfangen wird, schneide ich dann schon einmal sein Foto aus der Zeitung heraus oder lasse es im Internet suchen. Anschließend wird es fotokopiert und zusammen mit den wichtigsten Informationen an alle Mitarbeiter verteilt, die eventuell Kontakt zu diesem Gast haben könnten. So gesehen bin ich als Concierge auch eine Art Fahndungsleiter oder Oberinspektor, der den Steckbrief eines Gesuchten an Orten verteilt, an denen dieser auftauchen könnte.

Doch Lesen allein genügt nicht. Unsere Gäste treten in Fernsehsendungen auf, sie sitzen häufig als Gesprächspartner in Talkshows. Ich zeichne deshalb viele Fernsehsendungen auf und sehe sie mir anschließend zu Hause in Ruhe an.

So kann ich allen angehenden Concierges nur den Rat geben: Lest Bücher, studiert die Tageszeitung, schaut euch Fernsehsendungen an, denn das, was ihr dort erfahrt, könnte etwas mit euren Gästen zu tun haben. Je besser ihr informiert seid, desto wohler wird sich ein Gast fühlen, und desto lieber wird er wiederkommen.

Die Liebe zu Büchern und ihren Autoren hat auch dazu geführt, dass ich jedes Jahr im Herbst eine ganz besondere Rolle im Frankfurter Hof spielen darf: Während der Buchmesse fällt mir die Aufgabe zu, die Wünsche unserer Stammgäste aus den großen Verlagen – Autoren, Verleger, Lektoren und Presseleute – bereits im Vorfeld zu sammeln, zu sichten und dafür zu sorgen, dass sie ohne Pannen realisiert werden können. Besondere Freude macht es mir, wenn Verlage mir ihre Autoren, ihr kostbarstes Gut, ans Herz legen, damit ich mich während ihres Aufenthalts im Hotel um sie kümmere.

Das Großereignis Buchmesse wirft seine Schatten schon monatelang voraus. Stapelweise treffen Faxe, Briefe und E-Mails von Verlagskunden und Agenten ein, in denen sie uns ihre Wünsche auflisten. Das reicht von der Reservierung ganz bestimmter Zimmer für bestimmte

Autoren, von Massageterminen und der Vorbestellung von Konferenzräumen bis hin zur Anzahl der Hochstühle, die ein Agent für ein Mittagessen mit einem Autor, der mitsamt Frau und Kindern anreist, im Restaurant benötigt.

All das und noch viel mehr läuft beim Concierge zusammen, und je näher die Messe rückt, desto dicker werden die Papierstapel, die ich täglich durchzugehen habe, damit alles Notwendige veranlasst wird.

Der zweite Stapel, den ich mir regelmäßig vornehme, ist die Liste der Zimmerreservierungen. Ich schaue mir jeden Namen an, für jedes Zimmer und für jeden Tag der Messe. Zur Buchmesse kommen regelmäßig langjährige Stammgäste, die wir natürlich kennen und von denen wir wissen, welche Bedürfnisse sie in Bezug auf ihre Unterbringung haben. Jedes Jahr kommen aber auch wieder neue Gäste – neue Autoren, die von ihren Verlagen in unserem Hotel untergebracht werden, neue Verlagsmitarbeiter, neue Agenten, neue Nobelpreisträger, neue Anwärter auf den Friedenspreis.

Hinter jedem Namen, zu dem es etwas Besonderes zu berücksichtigen gibt, mache ich einen Vermerk: *Achtung, VIP! Berühmter Autor! Nobelpreisträger! Bestsellerautor!* So wissen die Kollegen von der Rezeption, dass sie bei der Vergabe der Zimmer besondere Sorgfalt walten lassen müssen, denn diese Informationen bekommen sie häufig nicht, wenn ein Kunde ein Zimmer bestellt.

Zu manchen Namen fällt mir nicht auf Anhieb etwas ein, aber etwas klingelt doch. In solchen Fällen recherchieren wir am nächsten Tag im Internet, und wenn sich dann mein Bauchgefühl als richtig erweist und sich hinter dem Namen eine wichtige Persönlichkeit verbirgt, etwa ein Autor, der als Kandidat für den Friedenspreis gehandelt wird, oder der neue Kritiker einer großen Zeitung, war meine Arbeit nicht umsonst.

Wenn die Messe dann endlich beginnt, herrscht im Hotel Ausnahmezustand, rund um die Uhr. Der Frankfurter Hof gilt vielen Kennern als das Herz der Buchmesse. Hier logieren die großen Autoren, die mächtigen Verleger, die wichtigen Agenten, die namhaften Kritiker. Hinter den verschlossenen Türen unserer Konferenzräume und Salons werden die großen Deals ausgehandelt, Verträge besiegelt, neue Projekte aus der Taufe gehoben. Und immer wieder gibt es Veranstaltungen – große Cocktailpartys, intimere Empfänge, Essen im allerengsten Kreis.

Als Hotelmitarbeiter müssen wir präsent sein und zugleich fast unsichtbar. Wir halten die Fäden in der Hand, möglichst so, dass die Gäste nichts davon spüren. Sie sollen hier ihren Geschäften nachgehen können, als seien sie zu Hause oder in ihren eigenen Büroräumen. Und nichts darf nach außen dringen, was nicht für Publikum bestimmt ist.

Spät abends löst sich dann für alle, die den Weg hierhin finden, der bunte, spannende, anstrengende Messetag in einem großen Schlussakkord auf. Man trifft sich in der Autorenbar im Erdgeschoss. Siebenhundert oder achthundert Besucher drängen sich dann regelmäßig bis zum frühen Morgen in Lobby und Barbereich und feiern bisweilen so heftig, als gäbe es kein Morgen.

Wer in die Autorenbar möchte, muss durch die Halle und am Conciergetresen vorbei. Manchmal gelingt es mir, einen Gast, der mir besonders am Herzen liegt, persönlich aus dem Getümmel zu fischen und meinem Kollegen hinter der Bar anzuempfehlen. Ich weiß den Herrn oder die Dame dann bei ihm in den besten Händen. In der Regel endet dort jedoch meine Verantwortung für die Gäste. Feiern müssen sie selber – und das können die Büchermenschen meist ganz besonders gut.

Die Messe ist auch für mich persönlich Ausnahmezustand, der schönste des ganzen Jahres. Während der Messe lasse ich alle arbeitsrechtlichen Auflagen und Beschränkungen außer Acht, Anfang und Ende meines Dienstes sind fließend. Ich bin zur Stelle, sobald ich gebraucht werde, und das ist meist bis spät in die Nacht der Fall. In der Regel bin ich dann zwölf Stunden und mehr ununterbrochen auf den Beinen, aber ich liebe diese Zeit und möchte keine Minute missen.

Neben den Routinearbeiten in der Halle, die während der Buchmesse genau so anfallen wie an jedem anderen Tag des Jahres, bin ich vor allem damit beschäftigt, ankommende Gäste zu begrüßen. Diese Aufgabe ist mir im Lauf der Jahrzehnte zugewachsen, da die Hoteldirektion irgendwann erkannte, dass ich mich so besonders für Bücher und für Autoren interessierte und immer gut über alles informiert war, was mit dem Literaturbetrieb zu tun hatte. So fielen mir fast zwangsläufig immer mehr Aufgaben im Umfeld der Buchmesse zu.

Den ganzen Tag über treffen neue Gäste ein, und so stehe ich manchmal stundenlang in der Halle und bin fast ausschließlich damit beschäftigt, die neu Angekommenen zu begrüßen. Wenn wir uns besser kennen, kann das schon auch einmal etwas länger dauern. Dann reden wir über die Familie, darüber, wie es dem Gast seit der letzten Buchmesse ergangen ist und welche wichtigen Projekte er zur Messe mitbringt. Meistens informiere ich auch die Direktion, die es sich nicht nehmen lässt, viele Gäste persönlich zu begrüßen.

Am Messesonntag fühle ich mich endgültig wie auf dem Neujahrsempfang des Bundespräsidenten: Dann stehe ich neben dem Generaldirektor vor dem Hoteleingang und begrüße all die geladenen Gäste, die nach der Verleihung des Friedenspreises in der Paulskirche zum anschließenden festlichen Mittagessen mit dem Preisträger in den Steigenberger Frankfurter Hof kommen.

Seit vielen Jahren ist das ein festes Ritual, und doch meine ich noch heute manchmal, ich müsste mich zwicken, um sicher zu sein, dass das wirklich Jürgen Carl ist, der dort steht und all diese Berühmtheiten mit Namen und Handschlag begrüßen darf und von ihnen ebenfalls auf das Herzlichste begrüßt wird. Wenn mir das jemand prophezeit hätte, als ich noch Gärtner war und Karotten erntete, ich hätte bloß den Kopf geschüttelt über solche Hirngespinste.

Das Wiedersehen mit bekannten und die Begegnung mit neuen Gesichtern ist für mich das Schönste an der Messe. Jeder Tag ist fast wie Weihnachten, angefüllt mit großen Überraschungen, kleinen Geheimnissen, Lachen und Wärme. Auch die Buchmenschen sind unter Druck, in Eile und nicht selten in Hektik. Und doch verströmen sie stets eine Menschlichkeit, Leichtigkeit und Fröhlichkeit im Umgang, die vielen unserer Gäste aus Wirtschaft und Politik leider nicht gegeben ist. Verbissenheit sucht man bei Menschen, die mit Büchern zu tun haben, nach meiner Erfahrung vergeblich.

Während der Buchmesse werde ich jeden Tag mit den unterschiedlichsten kleinen und großen, alltäglichen und ausgefallenen Wünschen unserer Gäste konfrontiert. Einer der häufigsten ist der nach einem schönen Tisch in unserem – natürlich lange im Voraus bis auf den letzten Platz ausgebuchten – Sternerestaurant Français. Wie bringe ich die Restaurantleitung dazu, für gute Kunden doch noch etwas möglich zu machen? Ich kann ja schlecht jemanden erschießen, jemanden rauswerfen lassen oder den Gast einem anderen auf den Schoß setzen. Also heißt es für mich, wie so oft: reden. Ich spreche mit meinen Kollegen, wir überlegen hin und her, Tische werden verschoben, irgendwo wird noch ein Stuhl dazugestellt, wo eigentlich keiner mehr hinpasst – und am Ende sitzen alle und sind glücklich, meistens jedenfalls.

Das Wichtigste in solchen Stoßzeiten ist immer, den Humor nicht zu verlieren, nicht in Hektik zu geraten und nicht verbissen zu werden. Alle haben Druck, da hilft es nicht weiter, wenn die Hotelmitarbeiter sich untereinander zusätzlichen Stress bereiten. Zum Glück sind meine Kollegen kooperativ, meistens finden wir gemeinsam eine Lösung und freuen uns anschließend an der Zufriedenheit der Gäste.

Auch mit Bargeld muss ich meinen Büchermenschen – wie auch anderen Gästen – hin und wieder über die Runden helfen. Nicht selten kommt es vor, dass ein Gast mich bittet, ihm ein paar hundert Euro vorzustrecken, weil er zu spät erfahren hat, dass das Restaurant, in dem er gebucht hat, keine Kreditkarten akzeptiert. Oder dass mich ein Gast, von dem ich weiß, dass er schwerreich ist, rasch um zweihundert Euro in bar bittet, weil er gerade kein Geld im Portemonnaie hat und das Taxi bezahlen muss. Auch auf so etwas muss ich als Concierge vorbereitet sein.

Besondere Freude macht es mir, wenn ich von Pressedamen, die mich schon lange kennen, gebeten werde, auf eine spezielle Autorin oder einen speziellen Autor ein besonderes Auge zu haben, damit dieser sich hundertprozentig wohl fühlt. Wichtige Autoren reisen so viel in der Weltgeschichte herum und sind solch empfindliche – und häufig auch verwöhnte – Naturen, dass die Verlagsmitarbeiter nicht selten Blut und Wasser schwitzen aus Sorge, ob ihren Stars auch ja alles recht ist.

Häufig werde ich in solchen Fällen zur Unterstützung herbeigerufen. Es hat sich im Lauf der Jahre herumgesprochen, dass ich gerne lese. Und welcher Autor freut sich nicht darüber, wenn er in ein Hotel kommt, und der Concierge sagt ihm ein paar nette Worte über sein neuestes Buch und gratuliert ihm zu Platz 1 auf der Bestsellerliste? Jeder, der ein gutes Buch schreibt, ist für mich ein Genie, das ich grenzenlos bewundere. Und bei allem Lesevergnügen, das ein gut geschriebenes Buch bereitet, darf man nicht vergessen, dass Schreiben harte Arbeit ist.

Umso mehr betrübt es mich, wenn ich durch die Stadt gehe und feststelle, dass wieder eine der kleinen, unabhängigen Buchhandlungen ihre Pforten geschlossen hat. Früher gab es in der Frankfurter Innenstadt Dutzende von Buchhandlungen mit unterschiedlichen Programmausrichtungen. Heute findet man solche Geschäfte fast nur noch in den Stadtteilen, wo ihnen eine Stammkundschaft das Überleben sichert. Die Innenstadt ist fest in der Hand einiger weniger Großer. Das bedaure ich sehr, denn Buchhandlungen verbreiten Kultur und Lebensart, sie stehen einer von Literatur und Literaten seit Jahrhunderten geprägten Stadt wie Frankfurt gut zu Gesicht.

Dennoch mache ich mir um die Zukunft des Buches keine Sorgen. Jedes Mal, wenn ich eine große Buchhandlung in der Innenstadt betrete, um mich ein wenig umzusehen, bin ich erstaunt, wie voll es dort ist, und vor allem: wie viele junge Menschen dort einkaufen! Junge Leute sind es zwar gewöhnt, digital zu lesen, aber offenbar eignet sich nicht alles für den Bildschirm. Die Erfolge solch dicker gedruckter Jugendbücher wie der Harry-Potter-Serie oder der Vampirromane von Stephenie Meyer sprechen aus meiner Sicht eindeutig für das Buch »aus Fleisch und Blut«.

Die elektronische Konkurrenz wird vielleicht etwas Marktanteil wegnehmen, aber gedruckte Bücher, die man zur Entspannung liest oder um sich in sie zu vertiefen, wie ich es mit meinen religionswissenschaftlichen Werken tue, wird es immer geben. Und solange es Bücher gibt, wird es auch die Buchmesse geben – und meine geliebten Büchermenschen, die den Frankfurter Hof ein Mal im Jahr zum Nabel der Literaturwelt machen.

Gegen Mittag blicke ich von dem Buch auf, das ich gerade wie gebannt studiere: *Noli me tangere* von Jean-Luc Nancy, Professor für Philosophie an der Universität Straßburg. Es geht um das Ostererlebnis und ist so faszinierend geschrieben und illustriert, dass ich beinahe alles um mich herum vergesse. Doch leerer Bauch studiert nicht gern, also stehe ich auf, um mir etwas zu essen zu machen.

Obgleich ich mit dem besten Essen groß geworden bin, das man sich vorstellen kann, weil Fräulein Regel im Kinderheim aus den einfachsten Zutaten die köstlichsten Gerichte zauberte, bin ich in kulinarischen Dingen extrem bedürfnislos. Selbst wenn ich es wollte – ich werde mich in diesem Leben wohl nicht mehr zu einem Feinschmecker entwickeln, und schon gar nicht zu einem leidenschaftlichen Koch. Außer für Obst aller Art, ohne das ich nicht leben könnte, und hin und wieder einem schönen Stück Kuchen kann ich mich kaum für Essen begeistern. Mir schmeckt alles, von dem ich weiß, dass es gesund ist.

Zum Glück muss ich für niemanden regelmäßig kochen, sie würden bei mir alle verhungern, denn außer mir würde wohl keiner die Produkte meiner Kochkünste schätzen. Der Feldsalat kommt bei mir unangemacht auf den Tisch, und ich bin, wenn es schnell gehen soll, schon zufrieden mit einer Haferflockensuppe, in die ich ein wenig Öl und Gewürze gebe. Andere Menschen würde es schütteln, ich bin damit ganz glücklich. Allerdings schaue ich sehr gerne zu, wenn gekocht wird, weil es so gemütlich ist: Ich liebe die köstlichen Düfte, die vom Herd aufsteigen, die Unterhaltungen nebenbei und das Zusammensitzen an einem schön gedeckten Tisch.

Auch wenn ich also im Grunde ein genügsamer Mensch bin, so gibt es doch einen Luxus in meinem Leben, für den ich hart gearbeitet habe: meine eigene Wohnung. Ich fahre nicht groß in Urlaub, ich gehe nicht aus und leiste mir nichts, aber meine Wohnung muss schön sein, denn ich werde nicht jünger und werde zwangsläufig immer mehr Zeit in ihr verbringen. Ich habe lange auf sie gespart, jahrelang in billigsten Löchern gewohnt, und der Lohn dafür ist, dass ich nun genau das habe, was ich mir immer vorgestellt habe: ein Refugium im Grünen, mit Blick auf den Stadtwald, und absolut ruhig.

Bewusst habe ich meine Wohnung mit viel Holz eingerichtet – Kirsche, Buche und Eibe. Ich liebe die Natur und Naturmaterialien. Sie strahlen Leben und Wärme aus, man fühlt sich sofort wohl und geborgen. Auch die Bilder an den Wänden handeln von der Natur: Sie zeigen Blumen, Bäume, Sträucher und Landschaften. Denn was die Umgebung angeht, in der ich lebe, bin ich schon immer Ästhet gewesen. Wenn ich beim Lesen aufblicke, muss mein Blick auf schöne Dinge fallen – auf geschmackvolle Möbel, eine hübsche Schale oder ein schönes Bild. Zwei sorgfältig gemalte kleine Ölbilder liebe ich besonders, denn sie stellen meine Lieblingsblume dar: das Stiefmütterchen. Ich wüsste keine andere Blume, die so unvergleichliche, samtene Farben hätte. Jedes Mal, wenn ich diese Bilder ansehe, werde ich ganz andächtig angesichts der makellosen Schönheit, die die Natur hervorzubringen vermag.

Mag sein, dass es wirkt, als lebte ich wie ein Einsiedler oder ein Asket. Doch den weitaus größeren Teil meiner Zeit verbringe ich in einer üppigen, luxuriösen Umgebung und in Gesellschaft vieler unterschiedlicher Menschen – im Hotel. Und trotz meiner Liebe zu meiner Arbeit und meinen Gästen bin ich nach Dienstende froh, wenn ich meine Ruhe habe und zu mir kommen kann. Für Freundschaften und Freunde bleibt da nur wenig Platz, Zeit und Energie.

Doch ich brauche Menschen um mich herum wie die Luft zum Atmen. Seit meiner Zeit im Kinderheim war ich immer von Menschen umgeben, ich kenne es nicht anders. Nach einer Woche Ruhe im Urlaub bekomme ich deshalb buchstäblich Entzugserscheinungen. Und wenn ich eines Tages nicht mehr im Hotel arbeiten kann oder darf, werde ich mein Leben umstellen müssen. Ich werde mir wieder Menschen suchen, um die ich mich kümmern und mit denen ich zusammen sein kann, und ich werde eine neue Aufgabe finden, um diesen Lebensabschnitt bewusst zu gestalten. Es gibt so viele Menschen, die Hilfe und Unterstützung brauchen – niemand, der körperlich dazu noch in der Lage ist, muss im Alter zu Hause sitzen und Vergangenem nachtrauern. Wer gesund an Körper und Geist ist, ist damit im Besitz eines so großen Geschenks, dass er seinen Mitmenschen, die weniger Glück haben im Leben, davon gut etwas abgeben kann. Es macht andere glücklich, und es macht einen selbst glücklich.

Zwei Mal im Jahr räume ich all meine Schränke aus, mache sie sauber und sichte, was sich im Lauf der Zeit dort angesammelt hat. Dabei stelle ich jedes Mal fest, dass ich viel mehr besitze, als ich eigentlich brauche. Genau genommen könnte ich mit zehn Prozent dessen, was ich habe, auskommen, ohne dass mir etwas fehlen würde. Und ich nehme an, dass es anderen kaum anders geht.

Wir häufen Dinge an, die uns gefallen und von denen wir meinen, dass wir sie brauchen. Doch eigentlich wären wir viel freier, wenn wir weniger hätten, um das wir uns kümmern, das wir pflegen müssen, das wir verlieren können oder das kaputt gehen kann.

Besonders Menschen, die in ihrem Leben Krieg und Not erlebt haben, fällt es jedoch häufig schwer, sich von Dingen zu trennen. Sie wissen genau, wie es ist, nichts zu haben, und halten deshalb alles fest, aus Sorge, es könnten wieder einmal Notzeiten ausbrechen, in denen man nichts kaufen kann und froh ist über alles, was man zu Hause in Kisten und Schränken aufbewahrt hat. Bei mir sind es Wäsche und Handtücher, von denen ich stets viel zu viel habe, weil sie mir früher schmerzlich fehlten.

Von allen anderen Dingen trenne ich mich jedoch sehr leicht, und es tut so gut, dass ich jedem nur dazu raten kann. Man fühlt sich hinterher wie befreit. Einen fast neuen Mantel kann ich problemlos weggeben, wenn ich merke, dass ich ihn nicht wirklich brauche. Andere haben vielleicht gar keinen Mantel, warum also sollte ich ihn nutzlos im Schrank hängen lassen, statt ihn, solange er noch gut ist, an jemanden weiterzugeben, der ihn viel dringender nötig hat als ich? Mit Pullovern ist es das Gleiche, auch Geschirr sammelt sich im Lauf der Jahre immer mehr an. Und natürlich verschenke ich jede Menge Bücher, die ich gelesen habe und von denen ich nicht das Gefühl habe, dass ich sie unbedingt behalten müsste, auch wenn sie mir gut gefallen haben. Andere sollen ebenfalls ihren Spaß an guter Lektüre haben, und vor allem ist es mir wichtig, dass möglichst viele Menschen möglichst viel lesen.

Ich bin dankbar dafür, dass ich das habe, was ich unbedingt benötige, und mir Dinge, die mir wirklich wichtig sind, nicht mehr versagen muss. Vielleicht ist es das, was unserer Gesellschaft heute so spürbar fehlt: Dankbarkeit. Dankbarkeit für das, was man hat. Und die Erkenntnis, dass man davon eigentlich nur sehr wenig wirklich braucht.

Was ich brauche, um glücklich und zufrieden zu sein, weiß ich genau: Ich brauche eine warme Wohnung, Bücher, eine Waschmaschine; ich brauche Obst, ich brauche die Zeitung, und ich brauche den Kontakt zu anderen Menschen. Alles, was darüber hinausgeht, ist für mich Luxus, der mir zwar ein Glücksgefühl vermitteln kann, auf den ich, wenn es sein muss, aber auch gut verzichten kann.

So gesehen kann man sich natürlich fragen, wofür die Menschheit Luxushotels braucht. Für mich ist das ganz leicht zu beantworten: Ein Luxushotel ist das Angebot einer Branche, das einen Bedarf abdeckt. Es bietet Menschen, die viel unterwegs sein müssen und fordernden Tätigkeiten nachgehen, ein Zuhause auf Zeit, in dem sie sich von den Anstrengungen des Alltags erholen können. Würde dieses Angebot nicht nachgefragt werden, könnte es auch nicht existieren.

Jedem Menschen sind unterschiedliche Dinge wichtig: Wer für sich entscheidet, dass er für sein Wohlergehen Luxus und Umsorgtsein braucht, so wie ich für mein Wohlergehen meine Bücher brauche oder ein anderer ein großes Auto, dem kann im Luxushotel geholfen werden. Und wer entscheidet, dass er es nicht braucht, so wenig wie er zwei Mäntel oder eine Spülmaschine braucht, der findet genügend Unterkünfte, die seinen Bedürfnissen entsprechen.

Für mich verbindet sich deshalb mit dem Thema Luxus und Luxushotel keine moralische Frage. Die Welt ist, wie sie ist. Mir geht es stets nur um den Menschen, der vor mir steht. Menschen haben Bedürfnisse, sie haben Wünsche und Probleme, die nicht zwangsläufig vom Geld abhängen – auch in einem Luxushotel. Ich versuche, ihnen allen gerecht zu werden, ihnen zu helfen, sie zu unterstützen und für alle mein Bestes zu geben.

Ich selbst lebe in einer anderen Welt. Für mich ist Luxus nicht das, wonach man in erster Linie streben sollte. Doch Luxus kann etwas sehr Schönes sein, wenn man es sich bewusst gönnt und sich klarmacht, dass es nichts Selbstverständliches ist. Auch ich gönne mir ab und zu einen Luxus, der für andere Menschen vielleicht etwas Alltägliches ist: Für mich bedeuten wahrer Luxus und Glück beispielsweise, in das goldgelbe Fleisch einer schönen, duftenden Mango zu beißen. Natürlich würde es auch ein Apfel tun – doch Luxus, das ist für mich eine Mango, eine wahre Götterfrucht!

Ich denke, es kommt im Leben nicht darauf an, was und wie viel man von einer Sache hat. Wirklich wichtig ist, dass man sein Leben bewusst führt, mit sich im Reinen ist und mit seiner Umwelt in Frieden lebt, denn Streit und Unehrlichkeit können einem das Leben vergällen.

Luxus ist nicht gleich Glück. Glück ist für mich, wenn man das Leben führen darf, das man sich wünscht. Ein Glück, das vielleicht einige unserer Gäste nie empfinden können, selbst wenn sie in einem Luxushotel wohnen.

Es ist später Nachmittag geworden, gleich wird die Sonne untergehen. Allmählich weichen die Gedanken, die sich auch heute, an meinem freien Tag, meistens um das Hotel und um die Gäste drehten, und machen einer sanften Ruhe Platz, die sich nach und nach in mir ausbreitet.

Sorgfältig räume ich die letzten Gegenstände, die in der Wohnung herumliegen, an ihren Platz zurück, so dass alles seine Ordnung hat, trinke ein Glas Wasser, mache es mir in meinem Lesesessel bequem und – nein, nehme kein Buch zur Hand, sondern lege eine CD in den CD-Player. Dann lehne ich mich zurück und höre Musik.

Meine ganz große Liebe gilt – neben der Literatur – der Musik von Mozart, aber je älter ich werde, umso mehr schätze ich auch Richard Wagner. Vielleicht muss man alt werden, um Wagner zu mögen. Und natürlich verehre ich Bach – seine wundervolle Musik wird auf immer unerreicht bleiben.

Ich schließe die Augen, versenke mich in einen Choral aus der »Matthäus-Passion« und bereite mich innerlich auf den Höhepunkt meiner Woche vor: den Sabbat, der bei Sonnenuntergang beginnt.

VII. VON GUTEN MÄCHTEN WUNDERBAR GEBORGEN

SAMSTAG

Nein, ich bin nicht zum Judentum übergetreten, obgleich ich mich der jüdischen Religion und der jüdischen Kultur sehr verbunden fühle. Dennoch bin ich dem christlichen Glauben mein Leben lang treu geblieben. Seit vielen Jahren gehöre ich allerdings nicht mehr der evangelischen Amtskirche an, sondern einer protestantischen Freikirche. Ich bin Mitglied der Freikirche der Siebenten-Tags-Adventisten, der so genannten Adventgemeinde.

Da vielleicht manche Leser nicht wissen, was die Adventgemeinde ist, sie vielleicht sogar in die Nähe einer christlichen Sekte rücken, möchte ich sie hier in ihren wichtigsten Grundzügen vorstellen, denn ohne meinen Glauben zu verstehen, würde man auch mich, meine Lebensauffassung und letztlich die Auffassung von meinem Beruf nicht wirklich verstehen. Und ohne meinen Glauben, der mir so oft Wegweiser in unübersichtlichen Situationen gewesen ist, wäre ich heute vielleicht gar nicht mehr auf der Welt.

Der Adventismus kam Mitte des 19. Jahrhunderts aus den USA nach Europa und nach Deutschland. Seine Lehre ähnelt der baptistischen Kirche, hat aber eigene Ausprägungen entwickelt. In Deutschland gibt es rund 36000 Adventisten, weltweit knapp 16 Millionen.

Das Merkmal, an dem Adventisten am einfachsten zu erkennen sind, ist ihre Lebensführung: Anders als Katholiken oder Protestanten, für die der Sonntag der heilige Tag der Woche ist, halten wir den Samstag heilig, der nach unserer Auffassung der Bibel der Tag ist, an dem der Mensch ruhen soll. Und wir bezeichnen ihn als »Sabbat«, so wie er auch in der Bibel, unserer einzigen religiösen Autorität, genannt wird.

Der Sabbat beginnt wie bei den Juden am Freitag mit Sonnenuntergang und endet am Samstag, ebenfalls bei Sonnenuntergang. Sabbat ist der Tag, den wir dem Bibelstudium, dem Gottesdienst und unseren Mitmenschen widmen. An diesem Tag sollte kein Adventist arbeiten.

Auch in Bezug auf Nahrungs- und Genussmittel folgen Adventisten bestimmten Regeln: Wir legen Wert auf gesunde Ernährung, meiden Alkohol, Tabak und andere Rauschmittel und halten – ebenfalls wie die Juden – die biblischen Speisegebote ein. Dazu gehört, dass wir kein Schweinefleisch, kein Kaninchen und keine Meeresfrüchte essen. Viele Adventisten ernähren sich sogar vollständig vegetarisch. In diesem Licht betrachtet ist es vielleicht nicht sehr erstaunlich, dass die Lebensreformbewegung im 19. Jahrhundert stark von Adventisten geprägt wurde. Der amerikanische Arzt John Harvey Kellogg beispielsweise, der gemeinsam mit seinem Bruder die Cornflakes und die Erdnussbutter erfand, war Adventist.

Religiös war ich schon immer, der Glaube spielt eine zentrale Rolle in meinem Leben. Glaubensfragen faszinierten mich, seit ich Kind war, ich liebte es, mich mit den Inhalten der Bibel auseinanderzusetzen, und war ständig auf der Suche nach Antworten auf Fragen, die das Leben in mir aufwarf.

Zur Adventgemeinde kam ich, als ich mein erstes Zimmer in Frankfurt bezog. Es war ein Loch, kaum besser als das in Mannheim, und es befand sich in einem Wohnhaus in der Elbestraße im Bahnhofsviertel, einer wahrlich schlecht beleumundeten Gegend. Doch es war ein anständiges Haus, das von einer seriösen Wirtin geführt wurde. Schon bald bemerkte ich, dass es bei ihr, die sonst ein wahres Energiebündel war, am Samstag immer ungewöhnlich ruhig war. Sie ging morgens zu einer bestimmten Zeit aus dem Haus und kam nach ein paar Stunden wieder, aber nichts von dem passierte, was ich an jedem anderen Tag der Woche gewöhnt war: kein Topfklappern, kein Platschen nasser Wischlappen auf der Treppe, kein Essensgeruch – dafür häufig ein Schüsselchen mit Nachspeise vor meiner Zimmertür.

Irgendwann sprach ich sie beiläufig darauf an und erhielt zur Antwort, dass die Stille daher rühre, dass der Samstag ihr Feiertag sei. Ich glaubte zu verstehen. »Dann sind Sie also Jüdin?«, fragte ich sofort, und in meiner Wissbegier schickte ich mich an, sie über ihren Glauben, über das Schicksal ihrer Familie und über ihr Leben in Deutschland nach dem Holocaust auszufragen. Es war ja Anfang der sechziger Jahre, eine Zeit, in der man in Deutschland erst ganz allmählich begann, sich Juden und dem jüdischen Glauben gegenüber offen und halbwegs unverkrampft zu verhalten.

»Wieso denken Sie, dass ich Jüdin bin?«, fragte sie erstaunt, aber freundlich zurück, »es gibt doch auch Christen, die den Sabbat halten!«

Davon hatte ich tatsächlich noch nie etwas gehört, und so kamen wir ins Gespräch.

Vieles an dem, was sie mir vom Adventismus erzählte, sprach mich so viel stärker an als das, was ich in der evangelischen Kirche bislang erfahren hatte, dass ich das Gespräch mit einem Jungprediger suchte und mich schließlich dazu entschloss, dieser Gemeinde beizutreten, obwohl sie damals in Deutschland noch als Sekte galt und sehr rigide Moralvorstellungen hatte. Frauen in Miniröcken oder in Hosen beispielsweise waren damals ein absolutes Tabu.

Doch mit dieser sittlichen Strenge ist es heute weitestgehend vorbei, Gott sei Dank. So wie es ein liberales Judentum gibt, gibt es auch einen liberalen Adventismus. Besonders die Frankfurter Gemeinde, der ich angehöre, gilt als weltoffen und fortschrittlich. Jeder kann frei seine Meinung sagen, es herrscht ein reger und ehrlicher Gedankenaustausch, niemand versucht, einem Mitbruder oder einer Mitschwester seine Überzeugungen aufzuoktroyieren. Lebensfreude, Toleranz und Großzügigkeit sollten meiner Meinung nach in jeder Religion oder Glaubensrichtung vorherrschen. Das zerstört das Fundament des Glaubens nicht, wie manche Erzkonservative wohl befürchten, im Gegenteil: Es stärkt ihn, denn es macht ihn im wahrsten Sinn des Wortes »glaub-würdig«.

Wir leben in einer hektischen, anstrengenden, lauten Welt, sind ständig getrieben, unser Bestes zu geben und das Beste für uns zu erreichen. Nie in der Geschichte haben Menschen so viel hervorgebracht, waren so produktiv, so schnell, so effizient in dem, was sie taten, nicht zuletzt auch dank der modernen Kommunikationsmittel, die unser Leben in ungeahnter Weise beschleunigt haben. Da nimmt es kaum Wunder, dass manche von diesem sich immer schneller drehenden Karussell abspringen, einige freiwillig, viele aber auch unfreiwillig. »Burn-out-Syndrom« oder »Managerkrankheit« nennt man dann beschönigend, was nichts anderes ist als der Schrei einer Seele nach Ruhe, nach Innehalten, nach Entlastung. Erkennt der Mensch nicht, was in seinem Körper und seiner Seele vor sich geht, dann nehmen sich Körper und Seele eben selbst, was sie brauchen. Nicht umsonst sind Depressionen eine Volkskrankheit mit erschreckenden Zuwachsraten.

Auch ich bin fünf Tage in der Woche auf Höchstleistung gepolt. Alles muss schnell gehen, effizient sein, nichts darf danebengehen. Auch ich drohe manchmal das rechte Maß zu verlieren und das Bewusstsein dafür, dass unser Leben endlich ist. Die Zeit, die uns auf Erden bleibt, ist geschenkte Zeit, und sie ist kostbar. Das sollte man sich immer wieder vor Augen führen, gerade dann, wenn das Leben wie ein Schnellzug an einem vorbeizurasen droht, Minute für Minute, Stunde für Stunde, Tag für Tag, Monat für Monat. Denn ein ausgefüllter Terminkalender bedeutet noch längst kein ausgefülltes Leben. Und was am Ende bleibt, ist unter Umständen kläglich wenig.

Mein erster und wichtigster Rat gegen Stress und dessen Folgen lautet daher: Nehmen Sie sich vor, ruhig zu werden, an einem Tag der Woche wenigstens. Kommen Sie zu sich, lauschen Sie in sich hinein, horchen Sie auf die Signale Ihres Körpers und Ihres Geistes, bringen Sie diese auf Hochtouren drehende Maschine in Ihrem Inneren zum Stillstand, zum Abkühlen. Sie wird es Ihnen danken.

Für mich ist es der Sabbat, an dem ich bewusst innehalte, der mir Ruhe gewährt. Dieser eine Tag der Woche ist für mich der wahre Segen, und er ist lebensnotwendig, gerade in dem Beruf, den ich ausübe. Für andere Menschen mag es ein anderer Tag sein. Die Hauptsache ist, dass man ihn sich gönnt.

In Berufen mit Schichtdienst, wie es im Hotelgewerbe häufig der Fall ist, ist die Einhaltung der Sabbatruhe in der Praxis natürlich nicht ganz einfach. Doch wenn man sich etwas wirklich von Herzen wünscht, weil man davon überzeugt ist, dann wird es einem auch gegeben, diese Erfahrung habe ich immer wieder in meinem Leben gemacht. Nur ein Erlebnis aus der Zeit, als ich noch ein junger Portierassistent war, möge hierfür als Beispiel dienen: Anders als heute waren wir Portierassistenten damals verpflichtet, alles, was wir an Trinkgeldern von Gästen erhielten, an die Portiers abzugeben, die das Geld auf Nimmerwiedersehen in den eigenen Taschen verschwinden ließen, obgleich wir auf unseren Anteil zur Aufstockung unseres Grundgehalts eigentlich angewiesen waren.

In Karlsruhe sollte an einem Wochenende eine so genannte Vereinskonferenz der Adventgemeinde stattfinden, an der ich unbedingt teilnehmen wollte. Man würde mit dem Zug von Frankfurt nach Karlsruhe fahren und dort in billigen Pensionen übernachten – doch egal, wie günstig die Reise war, ich hatte das Geld nicht.

Ich zerbrach mir den Kopf, wie ich es anstellen könnte, doch mitzufahren. Und am letzten Tag, bevor die Reise losgehen sollte, an einem Freitagmorgen, geschah etwas, das mir wie eine Fügung erschien: Ich bekam von mehreren Gästen, die wussten, dass der Portier das nicht sehen durfte, heimlich außergewöhnlich viel Trinkgeld zugesteckt. Und als ich in einem unbeobachteten Moment zusammenzählte, was sich da in meiner Tasche angesammelt hatte, war ich sprachlos vor Freude: Es war gerade so viel, dass es für die Bahnfahrt und für die Übernachtung reichte!

Für einen Nichtgläubigen mag das einfach Zufall gewesen sein. Für mich als gläubigen Menschen war das ein Segen Gottes, der mir half, meinen Herzenswunsch zu erfüllen. Warum sonst sollte ich ausgerechnet an diesem Freitagmorgen genau die Summe zugesteckt bekommen, die ich so dringend für die Teilnahme am Gemeindeleben benötigte?

Ich bin fest davon überzeugt, dass es Dinge zwischen Himmel und Erde gibt, die mit dem normalen Menschenverstand nicht erklärbar sind. Vielleicht ist es auch die Kraft der Vorstellung, die Kraft eines innigen Wunsches, die zu seiner Realisierung führen kann. Wir wissen es nicht. Ich bin jedoch sicher, dass fast jeder Mensch solche Erfahrungen durch eigene Erlebnisse bestätigen kann, wenn er ein wenig in sich hineinhorcht.

Auch die Tatsache, dass mein Arbeitgeber es mir in all den Jahren, die ich im Frankfurter Hof arbeite, ermöglicht, meinen Glauben zu leben, indem er bei der Gestaltung des Dienstplans Rücksicht auf meine Sabbatruhe nimmt, empfinde ich als einen Segen, für den ich unendlich dankbar bin. Früher, als die Woche noch sechs Arbeitstage hatte, musste ich vom Spätdienst am Donnerstag zum Frühdienst am Freitag wechseln, damit ich rechtzeitig zu Hause war und mich auf den Sabbat vorbereiten konnte. Der Samstag war frei, und am Sonntag begann dann wieder meine Woche. Heute ist es einfacher, denn die Fünftagewoche beschert mir auch einen freien Freitag.

So streng wie bei gläubigen Juden ist die Einhaltung der Sabbatruhe bei den Adventisten allerdings nicht vorgeschrieben. Sie ist kein Muss, sondern eine freiwillige Angelegenheit. Und meine Kollegen im Hotel wissen, dass sie mich anrufen können, wenn Not am Mann ist, beispielsweise, weil jemand krank geworden ist. In solch einem Fall bin ich selbstverständlich zur Stelle, denn dann sehe ich es als meine Pflicht an, auszuhelfen. Ich würde es als unchristlich und lieblos empfinden, wenn ein anderer zwei Schichten hintereinander machen müsste, weil ich aus lauter Liebe zu Gott nicht arbeiten kann.

Doch in der Regel gelingt es mir, den Sabbat einzuhalten. Dann gehe ich morgens um halb zehn in den Gottesdienst, der zwei Stunden dauert. Eine Stunde davon ist dem gemeinsamen Studium der Bibel gewidmet, anschließend folgt die Predigt. Den Rest des Tages habe ich frei, komme zur Ruhe, zum Nachdenken und zum Abschalten. Und am nächsten Tag, dem Sonntag, stehe ich wieder hinter meinem Tresen im Hotel, gestärkt an Geist und Seele, und sehe gelassen dem entgegen, was die neue Woche für mich und meine Kollegen bereithalten mag.

Der Sabbat rückt unsere Kirche bewusst in die Nähe des Judentums, wir fühlen uns dem Judentum sehr verbunden. Aber selbst Juden sind häufig erstaunt, wenn sie erfahren, dass es christliche Glaubensgemeinschaften gibt, die den Tag des Gebets und der Ruhe nach dem Text der

Hebräischen Bibel definieren und die, was die Feiertage und die Speisevorschriften anbelangt, mit der jüdischen Religion konform gehen.

Im Frankfurter Hof verkehren viele Gäste, die jüdische Wurzeln haben. Häufig sind es Amerikaner oder Deutsche, deren Vorfahren vor, während oder nach der Naziherrschaft ausgewandert waren. Wenn sie zufällig erfahren, dass ich den Sabbat genau so heilige wie sie und ihn sogar ähnlich feiere, sind sie meist erst verwundert und dann begeistert. Mein Glaube nimmt sie für mich ein, mehr und schneller vielleicht als so manches Lippenbekenntnis evangelischer oder katholischer Christen gegenüber der jüdischen Religion.

Sicherlich liegt es an meinem Glauben, aber nicht nur daran, dass ich zu Juden häufig besonders gute persönliche Beziehungen aufbaue. Dieses Volk fasziniert und beeindruckt mich, seit ich denken kann. Der Zusammenhalt der Juden innerhalb der Familien, der hohe Stellenwert von Bildung und Wissen, die Offenheit gegenüber anderen Sitten und Kulturen, ihre Weltläufigkeit – all das sind Eigenschaften, die ich zutiefst bewundere. Ihren Gemeinsinn, ihre Toleranz, ihre Großzügigkeit und ihre soziale Einstellung empfinde ich als vorbildlich, und ich wäre glücklich, wenn sich das Gleiche vorbehaltlos über meine christlichen Mitbürger sagen ließe.

Besonders berührt mich immer wieder, wenn ich erlebe, wie stark bei ausgewanderten Juden immer noch die Liebe zu ihrer deutschen Heimat ist, trotz all des unfassbaren Leids, das ihnen und ihren Familien und Freunden während der Schreckensherrschaft der Nationalsozialisten widerfahren ist.

Seit dem Jahr 1980 gibt es in Frankfurt ein Besuchsprogramm für ehemalige jüdische Frankfurter Bürgerinnen und Bürger, die die Stadt und das Land während und nach der Naziherrschaft verlassen haben. Es geht auf eine Initiative des ehemaligen Frankfurter Oberbürgermeisters Walter Wallmann zurück, der damit ein Stück Wiedergutmachung an den vertriebenen jüdischen Bürgern leisten und einen Prozess der Versöhnung und der Verständigung anstoßen wollte.

Jedes Jahr kommen im Frühsommer rund einhundert Gäste auf Einladung der Stadt für zwei Wochen nach Frankfurt. Früher waren es noch fast doppelt so viele, doch die erste Generation stirbt allmählich aus, und auch diejenigen, die kommen, werden zwangsläufig immer älter und gebrechlicher. Es gibt ein Besuchs- und Begegnungsprogramm, Theater-, Konzert- und Ausstellungsbesuche, und die Gäste wohnen stets im Frankfurter Hof, da er ein wichtiger Teil der Stadt ist, genau wie der Palmengarten oder das Senckenbergmuseum. Manche dieser Gäste hatten vor dem Krieg sogar im Frankfurter Hof noch ihre Hochzeit gefeiert.

Bis heute haben rund 3500 Menschen aus aller Welt an dem Besuchsprogramm teilgenommen, viele kommen aus Amerika, wo sie eine neue Heimat gefunden haben. Zu manchen dieser Gäste habe ich im Lauf der Jahre richtige Freundschaften entwickelt, da ich mich sehr für sie und für ihre Geschichte interessierte. Sobald ich nur ein wenig nachfrage, wo sie früher gewohnt haben und wer ihre Familie gewesen war, sprudelt es nur so aus ihnen heraus, und es ergeben sich die wunderbarsten Gespräche.

Zu einer alten Dame aus New York beispielsweise, die mit der allerersten Gruppe nach Frankfurt kam, habe ich heute noch Kontakt. Der Besuch in ihrer früheren Heimat gefiel ihr so gut, dass sie anschließend jahrelang immer privat kam, später auch in Begleitung ihrer Enkel und ihrer ganzen Familie. Jetzt kann sie nicht mehr reisen, weil sie zu alt ist, aber wir schreiben uns Briefe und telefonieren. Ich rufe sie auch zum Versöhnungsfest Jom Kippur an oder wünsche ihr ein gutes neues Jahr, und sie schreibt mir regelmäßig zu Weihnachten.

Diese Dame ging jedes Jahr, wenn sie nach Frankfurt kam, zu dem Haus, das ihrer Familie gehört hatte und in dem sie aufgewachsen war. Es steht noch, ein stattliches Eckhaus im Westend mit einem großen Balkon. »Ich muss dort immer ganz alleine hingehen«, sagte sie mir einmal, »da darf niemand mitgehen, es kommen so viele Gefühle in mir hoch. Dann stehe ich auf der Straße und schaue zu dem Balkon hoch, von dem aus mir meine Mutter jeden Tag einen Gruß hinterhergerufen hat, wenn ich in die Schule ging.«

Mir bricht es bei solchen Erzählungen fast das Herz. Was hat man diesen Menschen angetan!

Auch nach so langer Zeit haben sie alle noch Heimweh, das spüre ich, wenn wieder eine Gruppe bei uns eintrifft. Sie sind in vielem deutscher als die Deutschen, so pünktlich und so ordentlich – und alle sprechen immer noch Frankfurterisch! Es ist kaum zu glauben: Diese Menschen kommen in das Land zurück, in dem ihnen so viel Leid widerfahren ist, und doch spürt man die große Liebe, die sie nach wie vor für ihre alte Heimat empfinden. Wer einmal Frankfurter war, der liebt seine Stadt, und ich kann das verstehen: Frankfurt war vor dem Krieg eine der schönsten Städte Deutschlands; es war eine offene Stadt, eine demokratische Stadt; es war eine soziale Stadt; und es war eine Stadt, die sehr stark geprägt war von dem Engagement ihrer großen, liberalen jüdischen Gemeinde. Die Vertreibung und Vernichtung der jüdischen Bevölkerung mit ihren Künstlern, ihren Wissenschaftlern, ihren Ärzten und Unternehmern war ein solch immenser Aderlass, dass er heute noch spürbar ist, nicht nur in Frankfurt, sondern im ganzen Land.

Doch trotz des Heimwehs, das bei den Besuchern stets deutlich zu spüren ist, kenne ich keinen, der nach einem Besuch in Frankfurt wieder nach Deutschland zurückgezogen wäre. Wer kann und will das schon, wenn er sich in einem anderen Land eine Existenz aufgebaut hat? Manche habe ich kennen gelernt, die in Amerika oder in Israel zu großem Wohlstand gelangt waren, dort ihre Firmen besaßen, aber den größten Teil des Jahres in Deutschland verbrachten. Bezeichnenderweise lebten sie jedoch immer in Hotels, besaßen keine eigenen Häuser oder Wohnungen. Der Schritt fiel ihnen dann wohl doch zu schwer, was ich gut verstehen kann. Wenn mir widerfahren wäre, was diese Menschen durchmachen mussten – ich würde wahrscheinlich keinen Fuß mehr in das Land setzen, das mir und meiner Familie so viel Leid angetan hat.

Ich habe sie mir angesehen, die Filme, die die Nazis über ihre Gräueltaten drehten. Manchmal konnte ich einfach nicht mehr hinschauen. Hochschwangere Frauen, denen man ihre Kleinkinder aus den Armen riss und einen groben Stiefeltritt in den Bauch gab. Säuglinge, die mit voller Wucht mit dem Kopf gegen die Wand geschmettert wurden und auf den Boden klatschten wie schlaffe Puppen. Alte und junge Menschen, die sich bei Eiseskälte splitternackt ausziehen und stundenlang im Schnee stehen mussten, bevor sie erschossen und verscharrt wurden. Viehwaggons, die bis auf den letzten Quadratzentimeter vollgestopft waren mit Menschen. Alte Männer, Frauen und Kinder, die an der Rampe in Auschwitz in einer Reihe standen, um ins Gas zu gehen. Von den grauenvollen medizinischen Experimenten an kerngesunden Menschen ganz zu schweigen.

Wenn es überhaupt einen Schluss aus diesem nachtschwarzen Kapitel deutscher Geschichte geben kann, dann den: Man darf den Mord an den Juden nicht vergessen, genauso wenig wie den Massenmord an Behinderten, Sinti, Roma, Homosexuellen und an allen, die die Nazis sonst noch als »Untermenschen«, »minderwertige Fremdrassen« oder »lebensunwertes Leben« bezeichneten.

Immer häufiger erlebe ich es jedoch, dass gerade jüngere Menschen sagen, man solle das endlich ruhen lassen, es sei schließlich so lange her. Selbst von Juden, die bei uns zu Gast sind, höre ich oft sinngemäß: »Das war eine andere Zeit, da denke ich gar nicht mehr dran. Ich schaue lieber nach vorne.«

Doch ich kann immer nur wiederholen: Wehret den Anfängen! Antisemitismus und Fremdenhass sind heute wieder stark ausgeprägt, und bei Weitem nicht nur in Deutschland. Die Erinnerung an das, wozu Menschen fähig sind, muss schon deshalb wach bleiben, damit wir daraus lernen und damit sich so etwas nie wiederholen kann.

Eine der größten und herausforderndsten Aufgaben, vor der die Menschheit heute steht, ist die, Toleranz in religiösen Fragen zu lernen und zu praktizieren. Die Weltreligionen stehen sich in Teilen feindseliger gegenüber als jemals in der Vergangenheit. Man bedenke nur, dass es Zeiten gab, in denen Christen, Juden und Moslems – wie in Spanien vor der Reconquista – in Eintracht, Frieden und Wohlstand zusammenlebten und von dem Können und den Kenntnissen der jeweils anderen Religionsgemeinschaft wechselseitig profitierten, bis blinder religiöser Wahn diesem Zusammenleben ein schreckliches Ende setzte. Seitdem wird die Kluft eher größer statt kleiner, mit Folgen für das friedliche Zusammenleben der Menschen, die heute noch gar nicht absehbar sind.

Dabei sind wir doch alle Brüder und Schwestern. Wie gern wird zum Beispiel auch von offiziellen kirchlichen Stellen die Tatsache übergangen, dass sowohl das Christentum als auch der Islam auf den Schultern der viel älteren Religion des Judentums stehen! Wir sollten uns, wie schon Paulus im Brief an die Römer schrieb, immer wieder klarmachen, dass die Christen Zweige des wilden Ölbaums sind, die auf den edlen Ölbaum des Judentums aufgepfropft wurden. Jahrtausendelang hat die christliche Kirche das Judentum verteufelt und wollte nicht sehen, welchen Segen es für die Entwicklung des christlichen Glaubens bedeutete.

Toleranz kann man lernen, indem man lernt, das Wesen anderer Religionen zu verstehen. Ein erster Schritt zu mehr Verständnis kann meiner Meinung nach etwas relativ Einfaches sein: die Kenntnis der heiligen Feste der

Nicht-Christen. Was wissen wir schon über die großen jüdischen Feste, was über die der Muslime oder der Hindus? Sie sind ihnen mindestens ebenso wichtig, wie es für Christen Weihnachten, Ostern oder Pfingsten ist. Und doch wage ich zu behaupten, dass viele Menschen hierzulande noch nicht einmal deren Namen kennen, geschweige denn wissen, wofür sie stehen. Dabei haben all unsere hohen kirchlichen Feste, aber auch manche kirchlichen Bräuche ihre Wurzeln meist in den Festen älterer Religionen. Wer weiß beispielsweise, dass unser Fasching, unser Karneval, letztlich auf das jüdische Purim-Fest zurückgeht, das an die Errettung des jüdischen Volkes aus drohender Gefahr in der persischen Diaspora erinnert? Zu Purim gehört, genau wie zu unserem Karneval, ausgelassenes Treiben und die Verkleidung mit Kostümen und Masken.

Über solche und viele andere Gemeinsamkeiten der Religionen sollte man nicht einfach hinweggehen in der Überzeugung, man habe als Christ die einzig wahre Erkenntnis. Wenn man einen Gott hat und ihn anbetet, dann muss man auch zulassen und akzeptieren, dass dieser Gott viele Wege hat, auf denen er Menschen zu sich bringt.

Kirchen wollen missionieren, das ist ihnen eigen. Ich selbst würde niemals versuchen, andere von meinem Glauben zu überzeugen. Ich weiß, dass mein Glaube für mich der richtige ist. Doch woher weiß ich, dass er auch für andere der »richtige« ist? Gibt es überhaupt einen »richtigen« und einen »falschen« Glauben?

Wenn man es genau betrachtet, ist es doch ein großer Zufall, vielleicht sogar eine Gnade, dass ich selbst in

Deutschland zur Welt gekommen bin, wo das Christentum die vorherrschende Religion ist. Aber Gottes Wege sind unerforschlich: Er lässt es ja auch zu, dass es andere Religionen gibt, die sich – wie der Islam – noch dazu stark ausbreiten. Wäre ich vielleicht heute ein glühender Muslim, wenn ich in Saudi-Arabien geboren worden wäre? Oder wäre ich vielleicht ein überzeugter Buddhist, wenn ich in Asien zur Welt gekommen wäre? Vielleicht hätte ich einen anderen Glauben, aber deshalb wäre ich noch längst kein schlechter Mensch!

Der von mir hoch verehrte Theologieprofessor Eberhard Jüngel sagte einmal in einer Fernsehdiskussion in Bezug auf den »richtigen«, den »wahren« Glauben einen Satz, der sich mir geradezu eingebrannt hat, weil er so weise ist: Niemand, so Jüngel, könne von sich behaupten, er sei im Besitz der Wahrheit. »Wenn überhaupt, dann kann man höchstens sagen: Nicht wir haben die Wahrheit, sondern die Wahrheit hat *uns*!« Es lohnt sich, hin und wieder über diesen Satz nachzudenken.

Doch Toleranz gegenüber Andersgläubigen kann nicht alleine stehen, sie braucht Helfer, um ihre friedensstiftende Wirkung voll entfalten zu können: Ohne Menschlichkeit, Gemeinsinn und Nächstenliebe kämen wir auf Dauer keinen Schritt weiter in unserem Streben nach Toleranz und Frieden auf Erden.

Überall, wo Menschen zusammenkommen, zusammenleben, zusammenarbeiten, entsteht viel Gutes, es gibt aber auch immer wieder Reibereien, Missverständnisse, Ungerechtigkeiten, Streit und Eigensucht. Wie leicht kann es da passieren, dass man den Blick für den Mitmenschen verliert und vergisst, dass es immer noch ein *Mensch* ist, der einem gegenübersteht, auch wenn der andere in diesem Moment vielleicht etwas tut oder sagt, das einen selbst ärgert oder gar verletzt. Man möchte es ihm vielleicht mit gleicher Münze heimzahlen, ihn spüren lassen, dass er im Unrecht ist. Doch das Himmelreich auf Erden findet man nur, wenn man mit den anderen Menschen Frieden hält. Nur dann ist wirkliche Nächstenliebe möglich.

Im Hebräischen gibt es für das Wort »Liebe« tausend Begriffe, und sie müssen nicht immer die hochdramatische, ekstatische Liebe bezeichnen. Freundlichkeit gegenüber einem Mitmenschen kann ebenfalls eine Art von Liebe sein. Wer freundlich zu anderen ist, zu dem sind andere auch freundlich, meistens jedenfalls. Umgekehrt bewirkt Unfreundlichkeit auch beim Anderen Unfreundlichkeit – das hat wohl jeder schon einmal selbst erlebt.

Deshalb würde ich jedem Menschen, sei er gläubig oder nicht, den Rat geben: Sei freundlich zu deinem Mitmenschen, und er wird freundlich zu dir sein. Das gilt für alle Arten von Beziehungen, sei es in der Familie, gegenüber Kolleginnen und Kollegen oder in einer Partnerschaft. Wer es nie ausprobiert, wird es nie erfahren.

Zur gelebten Nächstenliebe gehören für mich auch Gemeinsinn und soziales Engagement, beides Dinge, die heute leider nicht mehr sehr *en vogue* sind. Zugegeben – soziales Engagement kann ein wenig unbequem sein, denn es nimmt uns etwas von unserer kostbaren Freizeit. Was man zurückerhält, wiegt diese »Einbuße« jedoch um ein Vielfaches auf. Ein Sinnspruch meiner Lieblingsschriftstellerin Marie von Ebner-Eschenbach lautet: »Man muss das Gute tun, damit es in der Welt bleibe.«

Wie recht diese kluge Frau hatte! Wo stünden wir heute, wenn es keine gemeinnützigen Organisationen gäbe, keine Menschen, die sich für übergeordnete, nicht kommerzielle Belange einsetzen würden, wer würde sich um die Schwachen und Unterprivilegierten dieser Welt kümmern, mit denen es kein Geld zu verdienen gibt?

Soziales Engagement ist für mich kein Opfer, das *darf* es gar nicht sein. Wenn ich mich in meiner Freizeit ein wenig um ein blindes Ehepaar kümmere, für sie einkaufe und ihnen im Haus zur Hand gehe, oder wenn ich einen ehemaligen Kollegen regelmäßig im Pflegeheim besuche, ist das für mich keine besondere Leistung. Vielleicht kostet es ein wenig Überwindung, etwas von der eigenen Bequemlichkeit aufzugeben und sich einen Ruck zu geben, doch die Zufriedenheit, die mich anschließend erfüllt, wiegt diese Unbequemlichkeit um ein Vielfaches auf.

Nächstenliebe hat durchaus viel mit einem selbst zu tun, denn *ich* fühle mich besser, wenn ich etwas Gutes getan habe. Die Bibel fordert klipp und klar: »Liebe deinen Nächsten wie dich selbst.« Es ist eine Ermahnung, immer daran zu denken, dass der andere Mensch so ist wie man selbst. Und wenn man sich selbst liebt, liebt man damit auch den anderen.

Eigenliebe als höchstes Ziel – so herum kann man soziales Engagement auch deuten, und es ist nichts Schlechtes daran. Denn ohne Liebe ist auf Dauer kein menschliches Zusammenleben möglich. Und wie könnte ich einen anderen Menschen mögen, wenn ich mich selbst nicht mag?

Wie die großen Kirchen und Glaubensgemeinschaften, so engagiert sich auch die Adventgemeinde stark im

Wohltätigkeitsbereich, der Alten- und Krankenpflege. Finanziert werden diese Aktivitäten durch die Mitglieder der Gemeinde: Wir zahlen den biblischen »Zehnten«, einen freiwilligen Beitrag, da unsere Kirche keine Kirchensteuer erhält, von der sie ihre laufenden Kosten und die Projekte im sozialen Bereich bestreiten könnte.

Das ist für mich über die Jahre gesehen eine Menge Geld, geradezu ein kleines Vermögen. Doch mit diesem Geld wird so viel Gutes im karitativen Bereich auf der ganzen Welt bewirkt, dass es mir jeden Cent meines Beitrags wert ist. Außerdem lernt man dabei, dass man nicht nur für sich lebt, sondern dass es auch andere Bedürfnisse als die eigenen gibt. Man lernt, das, was man hat, mit anderen zu teilen, die weniger haben und denen es nicht so gut geht wie einem selbst. Zudem wird die Gemeinde erhalten, es werden Bedürftige unterstützt, es werden Behindertenheime gebaut und vieles mehr.

Auch der Umgang mit Krankheit, Sterben und Tod fällt innerhalb der Gemeinschaft leichter, der Prozess bekommt einen tieferen Sinn. So wie wir ins Leben treten, müssen wir es auch irgendwann wieder verlassen, niemandem bleibt das erspart. Doch *wie* wir aus dem Leben scheiden, ob friedlich oder im Kampf, getröstet oder verzweifelt, voller Hoffnung und Vorfreude auf das, was danach kommt, oder in Angst und Furcht – dafür gibt es viele unterschiedliche Wege.

Noch heute, nach mehr als dreißig Jahren, habe ich das Sterben meiner ältesten Schwester vor Augen, zu der ich ein sehr inniges Vertrauensverhältnis hatte. Es war, trotz meines festen Glaubens, das schlimmste Erlebnis meines Lebens.

Sie hatte Krebs, und wir mussten als Geschwister mit ansehen, wie sie mit neunundvierzig Jahren unter grauenvollsten Umständen innerhalb weniger Monate starb. Ihr Tod war die Erlösung von schrecklichen Qualen, doch was für mich das Schmerzhafteste war und mir heute noch nachgeht: Wir hatten beschlossen, sie zu schonen und ihr nicht die Wahrheit zu sagen über ihren Zustand und über ihr bevorstehendes Ende. Wir glaubten, es sei das Beste für sie.

Niemals wieder würde ich so etwas tun, es war, rückblickend betrachtet, falsch verstandene Nächstenliebe. Wir wussten, dass ihr allerhöchstens sechs Monate zu leben blieben. Und es hätte so Vieles gegeben, über das ich mit ihr noch hätte sprechen wollen. Doch ich durfte es nicht. Also log ich sie an, jedes Mal, wenn ich sie besuchen ging. »Das wird schon wieder« – mit solchen dummen, leeren Sprüchen versuchte ich sie auch dann noch aufzumuntern, als mir aus den weißen Kissen bereits ein knochiger, kahler Totenschädel entgegenblickte.

Es war das erste Mal, dass ich den Tod eines mir nahestehenden Menschen bewusst miterlebte und nichts tun durfte, das dem anderen vielleicht etwas Erleichterung verschafft hätte. Noch heute schmerzt es mich, dass ich keine tröstlichen Gespräche mit meiner Schwester geführt habe, auch nicht darüber, was das Ende, was der Tod bedeutet. Dabei war sie eine hochintelligente und sehr gläubige Frau. Sie hätte ihren Frieden mit sich machen und womöglich viel Trost aus ihrem Glauben schöpfen können, wenn sie um ihren Zustand gewusst und ihn akzeptiert hätte. Stattdessen lehnte sie sich auf, wehrte sich mit aller Kraft. Sie kämpfte einen inneren Kampf, der sie aufzehrte und den sie nicht gewinnen konnte. Und alle Gespräche, die wir während ihres hoffnungslosen Todeskampfes mit ihr führten, waren sinnlos und hohl.

Vielleicht wussten wir es damals einfach nicht besser. Heute gibt es solch segensreiche Einrichtungen wie Sterbehospize, in denen man Todkranke bis zum Schluss begleitet und ihnen die Angst vor dem Tod so gut wie möglich zu nehmen versucht. Früher oder später trifft es ja doch jeden von uns, und wie tröstlich ist es da zu wissen, dass es Orte gibt, an denen Menschen den Kranken und ihren Angehörigen in dieser letzten Phase mit Rat und Hilfe zur Seite stehen, es ihnen ermöglichen, in Ruhe, Ehrlichkeit und Offenheit voneinander Abschied zu nehmen, das zu sagen, was gesagt sein möchte, und vielleicht noch Dinge aus der Welt zu schaffen, die belasten.

Wie gerne würde ich manchmal das Rad zurückdrehen und mit meiner Schwester diese letzte Wegstrecke gemeinsam gehen, ihr Trost spenden, mit ihr sprechen, mit ihr lachen, mit ihr weinen, mit ihr schweigen. Nicht nur meinetwegen – vor allem ihretwegen, damit sie in Frieden von uns gehen kann.

Doch das ist ein frommer Wunsch. So bleibt mir nur, todkranke Mitschwestern oder Mitbrüder zu begleiten, wenn es notwendig ist, in dem festen Wissen, damit das zu tun, was für sie das Beste ist: gute Gespräche zu führen, ihnen zu helfen, sich vorzubereiten, alles Notwendige zu regeln, bewusst Abschied zu nehmen und das Schicksal anzunehmen. Es ist ein Trost für alle.

Glauben zu können ist ein großes Geschenk, man kann es sich nicht einfach verordnen oder beschließen. Und ich habe größtes Verständnis für jeden, der nicht glauben kann, weil er dieses Geschenk vielleicht nie angeboten bekam oder es nicht als Geschenk erkannte und daher ablehnte.

Ob ein Mensch gläubig wird oder nicht, liegt nicht unbedingt an der Erziehung. Interessanterweise sind meine eigenen Geschwister dafür ein gutes Beispiel: Wir alle sind im selben Kinderheim aufgewachsen, hatten dieselben Betreuerinnen, die uns allen dieselben Werte vermittelten. Und doch haben wir uns in Glaubensdingen sehr unterschiedlich entwickelt.

Ich habe eine Zwillingsschwester, zu der ich bis heute ein sehr gutes Verhältnis habe, obwohl wir uns als Kinder häufig als Konkurrenten empfanden. Doch es war eine positive Konkurrenz, die uns beide stets zu Bestleistungen anstachelte: Wenn wir beispielsweise in den Wald geschickt wurden, um Beeren zu sammeln, ging es zwischen meiner Schwester und mir grundsätzlich darum, wer zuerst seinen Topf voll hatte.

Ausgerechnet diese Zwillingsschwester ist in Glaubensdingen das genaue Gegenteil von mir: Sie glaubt an nichts und niemanden, lehnt alles ab, was mit Glaube und Kirche zu tun hat, verfolgt andere Interessen. Ich hingegen nahm als Kind die Bibel zur Hand und war von dem, was ich dort las, vom ersten Moment an fasziniert. Da war etwas, das tiefer ging als alles, was ich kannte. Ich konnte es nicht in Worte fassen, es war einfach so.

Deshalb bin ich der Meinung, dass jeder Mensch seinen eigenen Weg des Glaubens finden muss. Und deshalb begrüße ich es sehr, dass unsere Gemeinde die Erwachsenentaufe praktiziert. Jeder Mensch soll sich aus eigenem

Antrieb für oder gegen Glauben und Kirche entscheiden können, wenn er alt genug dafür ist.

Mein Glaube ist meine große Kraftquelle, ohne ihn wäre ich heute wahrscheinlich nicht mehr hier. Er hat mich gelehrt, Menschen zu lieben, und er schützt mich vor Fehlern, weil ich mich an bestimmte Regeln halte. Er führt mich auf den richtigen Weg zurück, wenn ich manchmal drohe, mich zu verirren.

Niemand ist von Geburt an liebe- und rücksichtsvoll, auch ich nicht. Doch Liebe lernt man, durch Erziehung und durch Glauben. Das Wort »Liebe« ist auch in der Religion ein großes Wort, doch die christliche Religion erzieht zu Liebe, zu Freundlichkeit, zu Güte, zu Demut – alles Eigenschaften, die für das gedeihliche Zusammenleben der Menschen unabdingbar sind.

Auch wenn der Glaube sehr tief und das Streben nach Güte und Nächstenliebe groß ist, kann es leicht passieren, dass man vom Alltag überrollt wird und seine hehren Grundsätze vergisst. Ich habe es mir deshalb zur Regel gemacht, mir immer wieder vor Augen zu führen, dass es nicht Geld, Erfolg und Perfektion ist, was am Ende zählt. Wenn ich meinen Mitmenschen nicht gezeigt hätte, dass ich für sie da bin, dass ich mit ihnen gedacht, mit ihnen gefühlt habe, dann wäre mein Glaube sinnlos. Wenn mein Glaube keine Früchte trägt, mich nichts lehrt im Umgang mit meinem Nächsten, dann wäre auch mein ganzes Leben sinnlos gewesen. Und wenn es nur ganz kleine Früchte sind.

Jeder Mensch bewirkt etwas in der Welt, allein durch seine Existenz, mehr noch durch sein Verhalten anderen gegenüber, genau wie ein Stein, der ins Wasser geworfen wird und unweigerlich Wellen verursacht. Deshalb ist auch jeder Einzelne für sein Leben verantwortlich, verantwortlich dafür, es sinnvoll und im Sinne der Gemeinschaft aller Menschen zu gestalten.

Es ist wie das Bild von dem Schmetterling, der mit dem sanften Windhauch seines Flügelschlags eine Kette von Wirkungen in Gang setzt. Am Ende können die Flügel gar einen Orkan auslösen, der in der Lage ist, alles, was bisher galt, zu verändern. Man muss nur darauf vertrauen, dass jeder diese Kraft in sich trägt.

Dietrich Bonhoeffer, den ich so verehre und schätze, hat im Gefängnis, kurz vor seiner Hinrichtung durch die Nazis, ein ergreifendes Gedicht für seine Verlobte verfasst. Es ist mir, seit ich es das erste Mal las, zum Motto geworden, weil es meine Lebenseinstellung so genau wiedergibt. Mit diesen Worten der Liebe, des Glaubens, der Hoffnung und des unbedingten Vertrauens möchte ich deshalb auch die gedankliche Reise durch meine Woche beschließen:

Von guten Mächten wunderbar geborgen
erwarten wir getrost, was kommen mag.
Gott ist bei uns am Abend und am Morgen,
und ganz gewiss an jedem neuen Tag.

VIII. JEDEM ANFANG WOHNT EIN ZAUBER INNE

Das Hotel und die Menschen, die in ihm arbeiten, sind mir in den vergangenen vierzig Jahren zu einer Heimat, einer Familie geworden. Und das Oberhaupt dieser Familie war immer jemand, der den Namen Steigenberger trug.

Das war so, seit ich als Hoteldiener im Mannheimer Hof anfing, und das würde so sein, bis ich das letzte Mal den Fuß über die Schwelle des Frankfurter Hof setzen würde – dachte ich jedenfalls. Bis zu jenem Tag im Sommer 2009, an dem die Familie Steigenberger ihren Entschluss verkündete, die Aktienmehrheit der Hotelkette an einen ägyptischen Tourismuskonzern zu verkaufen, der ebenfalls ein Familienunternehmen ist: die 1979 gegründete Travco Group in Besitz und unter der Führung der Familie El Chiaty.

Dieser Schritt berührte mich sehr. Ich hatte über die Jahrzehnte hinweg miterlebt, wie es aufwärts ging mit der Steigenberger-Gruppe, wie ein Hotel nach dem anderen in Deutschland und dann auch im Ausland dazukam und wie sich der Name als Inbegriff für deutsche Luxushotellerie auf höchstem Niveau durchsetzte. Ich kenne die ganze Familie. Ich arbeitete unter Egon Steigenberger, der die Kette nach dem Tod seines Vaters Albert im Jahr

1958 übernahm und ihre Expansion mit viel Energie vorantrieb, so dass sie schließlich mehr als achtzig Häuser umfasste. Er ließ keinen Möbelstoff, kein Teppichmuster durchgehen, ohne dass er es höchstpersönlich vorher gesehen, befühlt und für gut befunden hätte. Ich erlebte auch seine schwere Erkrankung mit, an der er 1985 starb.

Und vor allem erlebte ich Egon Steigenbergers wundervolle Frau Anne-Marie Steigenberger, die das Unternehmen nach seinem Tod weiterführte. Ich sah, wie ihre Kinder aufwuchsen, Kommunion feierten, die Schule abschlossen und ihre Hochzeiten im Frankfurter Hof feierten.

Ihnen allen habe ich gedient, und ich habe es mit viel Freude getan. Die Familie hat mir immer den größten Respekt entgegengebracht, auch als ich noch nicht »Herr Carl«, der Concierge des Steigenberger Frankfurter Hof war, sondern ein kleiner, unbedeutender Portierassistent, der liebend gerne ins Kino ging und immer gute Tipps für jedes einzelne Familienmitglied auf Lager hatte. Ein wenig wurde die Familie Steigenberger deshalb auch meine Familie, mit ihr verbindet mich ein besonderes, ein sehr persönliches Verhältnis, für das ich sehr dankbar bin.

Der Familie ist, vor allem in Bezug auf den Frankfurter Hof, etwas gelungen, das mir immer besonders gefallen hat: Das Hotel ging, obwohl es ein altes Haus war, stets mit der Zeit. Es war immer fortschrittlich und behielt trotzdem seine Tradition und seine Patina bei.

Das Haus hat heute ungefähr die gleiche Zimmerzahl wie vor dem Krieg, in dem es durch die Bomben der Alliierten bis auf die Außenmauern vollständig ausbrannte. Heute sind die Zimmer jedoch größer, da das Gebäude durch Anbauten kontinuierlich erweitert wurde. So etwas wie die kleinen Chauffeurszimmmer ohne eigenes Bad gibt es heute gar nicht mehr. Damals, kurz nach dem Krieg, war man im zerbombten Frankfurt, in dem Wohnraum ein kostbares Gut war, jedoch dankbar für ein intaktes Dach über dem Kopf. Und funktionierende Hotels gab es kaum, der wieder aufgebaute Frankfurter Hof war so etwas wie eine Oase der Kultiviertheit, die Albert Steigenberger mit viel Enthusiasmus und Energie inmitten der Nachkriegswüste aus den Trümmern erschaffen hatte.

Bis in die sechziger Jahre hinein herrschte eine eklatante Zimmerknappheit in Frankfurt, der Stadt der großen Messen. Ich selbst habe es noch miterlebt, dass während solcher Großereignisse wie der Interstoff, der Pelzmesse oder der Buchmesse auch noch das letzte Bett vermietet wurde, und wenn dafür im Hotel Büros oder Salons ausgeräumt werden mussten. Da konnte es durchaus vorkommen, dass Gästen, die morgens in voller Montur in den Festsaal zum Frühstücken gingen, in der Lobby andere Gäste im Pyjama und mit Waschbeutel entgegenkamen, auf dem Weg zum nächsten Waschraum. Ja, es konnte sogar passieren, dass Leute, die sich noch nie zuvor gesehen und eigentlich Einzelzimmer reserviert hatten, in Doppelzimmer zusammengelegt wurden, um noch mehr Platz zu schaffen.

In dieser Zeit des Aufbruchs und des Neuanfangs war so etwas dank der Flexibilität des Familienbetriebs möglich. Die Gäste hatten Verständnis und waren froh, überhaupt ein Bett zum Schlafen gefunden zu haben. Mut zur Improvisation und zur Innovation hat das Unternehmen damals groß gemacht. Doch heute ist Bettenknappheit in einer Stadt wie Frankfurt kein Thema mehr, das Angebot ist übergroß. Deshalb muss sich ein Haus wie der Steigenberger Frankfurter Hof durch andere Eigenschaften hervorheben, die es einzigartig machen und es ihm erlauben, diese Stellung zu behaupten: seine individuelle Klasse, sein unverwechselbarer Stil, seine Liebe zum Detail und seine Professionalität. Und genau diese Eigenschaften sind es, die die alte und die neue Besitzerfamilie verbinden.

Es macht mich sehr froh, dass das Unternehmen weiterhin ein Familienbetrieb sein wird, denn auch bei den neuen Besitzern handelt es sich um eine Familie, in der die Generation der Eltern und der Kinder zusammenarbeitet. Deshalb sehe ich der Zukunft mit einem lachenden und einem weinenden Auge entgegen. Weinend, weil uns allen, Angestellten und Besitzerfamilie, nach dem Verkauf das Herz blutete. Lachend, weil ich die Chancen sehe, die in jedem Neuanfang stecken. Ein Neuanfang kann etwas sehr Schönes sein, und dass ihm ein Zauber innewohnt, wusste schon Hermann Hesse.

Eine Ära ist 2009 zu Ende gegangen, eine neue hat begonnen. Die neuen Besitzer sind Hotelprofis, genau so wie es die Familie Steigenberger war. Sie wissen, worauf es in einem Grandhotel ankommt, damit es konkurrenzfähig bleibt und dennoch seinen ganz eigenen Charakter nicht einbüßt. Sie wissen, dass die Gäste jeden Tag aufs Neue überrascht werden möchten und dass sie erwarten, immer wieder etwas Besonderes geboten zu bekommen. Wie in der Vergangenheit, so wird es deshalb auch in Zukunft an vielen Stellen Neuerungen und Umgestaltungen geben, und dennoch wird der Frankfurter Hof bleiben, was er heute ist: die First Lady am Kaiserplatz, das erste Haus der Stadt, davon bin ich überzeugt.

Alles, was mir im Leben widerfahren ist, alles, was ich erreicht habe, betrachte ich nicht als mein Verdienst. Es ist ein kostbares Geschenk, das ich erhielt, das ich annahm und dessen ich mich würdig erweisen wollte – so wie auch Paulus im Ersten Brief an die Korinther schreibt: »Was hast du, das du nicht empfangen hast? So du es aber empfangen hast, was rühmst du dich denn, als ob du es nicht empfangen hättest?« Mein besonderes Glück war vielleicht, dass ich stets zur rechten Zeit auf die richtigen Menschen traf, die mir halfen und die mir den Weg wiesen.

Auch dass ich im 72. Lebensjahr noch arbeiten kann, dass ich noch die Kraft dazu habe, betrachte ich als ein Geschenk. Zumindest aber ist es eine Besonderheit. Solange man mich lässt und meine Gesundheit es mir erlaubt, werde ich deshalb auch weiterhin in der Empfangshalle meinen Dienst als Concierge tun, immer in dem Bestreben, unseren Gästen den Aufenthalt im Hotel so angenehm wie möglich zu gestalten.

Und wenn doch einmal etwas schiefgehen sollte, dann bin ich der Blitzableiter. Es kann schmerzen, wenn der Blitz einschlägt, aber dafür ist ein Concierge da: Er wendet Schaden ab, er schützt das Haus, und er ist glücklich, wenn die Gäste zufrieden sind und dies mit einem Lächeln zeigen.

DANK

Mein Dank gilt all denen, die lesbare Bücher schreiben und verlegen.

»Es geht um das scheiß kleine Leben, das man hat, und zwar nur ein Mal!«

Thomas M. Stein
GESAGT, GETAN
Autobiografie
272 Seiten
mit zahlreichen
Abbildungen
ISBN 978-3-431-03804-0

Mit neunzehn wurde er zum ersten Mal Vater, mit neunundfünfzig zum dritten Mal. In den vierzig Jahren dazwischen wurde aus Thomas M. Stein einer der mächtigsten Männer im deutschen Musikgeschäft. Ein Selfmademan, der sich vom Verlagslehrling zum Chef der Plattenfirma BMG hocharbeitete, neben Dieter Bohlen in der Jury von »Deutschland sucht den Superstar« saß und dort als »Onkel Stein« Kultstatus erlangte.
Thomas M. Stein schildert zahlreiche Begegnungen mit Größen des Musik- und Showgeschäfts und gibt Einblicke in das Innere der Musikbranche. Gewürzt mit einem gehörigen Schuss Selbstironie lässt er sein ereignisreiches Leben Revue passieren.

Lübbe Ehrenwirth

Deutschland, einig Vaterland?

Beatrice von Weizsäcker
DIE UNVOLLENDETE
Deutschland zwischen
Einheit und Zweiheit
288 Seiten
ISBN 978-3-7857-2417-0

Der Fall der Mauer – erkämpft von den Ostdeutschen und bejubelt von allen. Zwanzig Jahre Vereinigung, doch der Tag der Deutschen Einheit wirkt noch immer wie aus der Retorte. Mag die staatliche Einheit vollendet sein, die der Menschen ist es nicht. Falsche Versprechungen von blühenden Landschaften und der einseitige Beitritt ohne Beteiligung des Volkes sorgten für Enttäuschung und Zwist. Immer noch zeigen Umfragen ein düsteres Bild. »Gefallen kann einem das nicht«, sagt selbst Angela Merkel – doch es ändert sich wenig. So darf es nicht bleiben. Ein starkes Land braucht eine innere Einheit und die Vielfalt der Menschen, es braucht endlich Versöhnung. Das geht.

Lübbe Hardcover